E. T. Post

… und geschieht nichts Neues unter der Sonne

DER BERICHT DES KEDALION

novum premium

Dieses Buch ist auch als
e-book
erhältlich.

Bibliografische Information
der Deutschen Nationalbibliothek:

Die Deutsche Nationalbibliothek
verzeichnet diese Publikation in
der Deutschen Nationalbibliografie.
Detaillierte bibliografische Daten
sind im Internet über
http://www.d-nb.de abrufbar.

Gedruckt in der Europäischen Union
auf umweltfreundlichem, chlor- und
säurefrei gebleichtem Papier.

© 2024 novum Verlag

ISBN 978-3-99130-623-8
Lektorat: Mag. Eva Reisinger
Umschlagfotos: Worawee Meepian,
Yulia Ryabokon | Dreamstime.com
Umschlaggestaltung, Layout & Satz:
novum Verlag

www.novumverlag.com

Druckprodukt mit finanziellem
Klimabeitrag
ClimatePartner.com/16547-2311-1001

meinem Sohn Benedikt,
dem stillen Diener des Herrn

Nun, da ich, Marcos Kedalion, alt und gebrechlich zum Ende meines Weges komme, will ich die Bitten eines wissbegierigen Freundes erfüllen und aufschreiben, was ich von einem geheimnisvollen, mythischen Schicksal erfuhr und zum Teil miterlebte. Von dem Schicksal eines Jägers und bisweilen auch Gejagten, dem Schicksal meines Freundes Poserich Ohrionn. Es ist Erstaunliches, bisher nie Gehörtes. Ich spürte den Einfluss der Vorsehung, erkannte die stete Wiederholung bereits Geschehenen über alle Epochen der Menschheit und die erbarmungslose Macht der Zeit. Steht doch schon in einem Buch, geschrieben nach der Entstehung der Welt: „Das Wesen, das keinen Anfang und kein Ende hat, das immer war und immer sein wird, das alles schuf, maß allem und jedem seine Zeit." Die Menschen spürten bald ihre erbarmungslose Unbezwingbarkeit und riefen flehend: „Muss das wirklich sein?" Aus den unendlichen Tiefen des Alls kam die Antwort: „Ja, es muss!" Und in einem anderen alten Buch steht: „Ein jegliches hat seine Zeit und alles hat seine Stunde " Das wird wohl so sein. Also schreibe ich, bevor meine letzte Stunde naht, schreibe, damit überlebt, was ich weiß.

Poserich stammte aus einer alten Jägersippe und Jagen war unser beider Passion. In einem kleinen Freundeskreis war sie ein unerschöpfliches Reservoir für leidenschaftliche Diskussionen und faszinierende Erzählungen. Saß ich aber mit ihm allein in seinem gemütlichen Heim, erzählte er mir von seinem Leben und seiner Familie. Es waren diese Abende, die mich mit seinem Schicksal verwoben. Nun sitze ich an seinem Schreibtisch und schreibe meine Erlebnisse und Erinnerungen. Es begann alles weit zurück in der Zeit vor der Zeit. Doch ich will mit Poserichs Geburt beginnen.

Sein Vater musste im zweiten großen europäischen Krieg Soldat werden, kämpfte in Frankreich, wurde verwundet und kam zur Genesung heim. Als bekannter Jäger wurde er, nachdem es ihm etwas besser ging, von den örtlichen Parteifunktionäre zur Jagd verpflichtet. Sein Lohn war das kleine „Jagdrecht", die Innereien. Meist nahm er unbemerkt noch Träger, Bauchlappen, Rippen und manchmal sogar die Lenden mit, wertvolle Nahrungsmittel für seine Familie in der damaligen Hungerzeit.

An einem grauen Novembertag hatten ihm die örtlichen Machthaber wieder befohlen, ein Reh zu schießen. Mit seinem alten, „ausgemusterten" Auto fuhr er zu einem Hochsitz an einer Waldwiese, sah aber schon von weitem einen Mann dort sitzen, grummelte „Wilderer, die Leute haben Hunger", bog ab und fuhr tief in den Wald zu einer überdachten Leiter an einem Kahlschlag. Mit schmerzender Wunde erklomm er mühsam den Sitz, richtete sich ein und wartete auf Wild. Der Wind frischte auf, Kälte kroch in die Kleider. Fröstelnd suchte er immer wieder die Brache ab, sah aber außer einem missmutig herumschnürenden Fuchs nichts. Die Zeit verstrich, nichts rührte sich, bis plötzlich eine Amsel neben ihm zeternd aus einer Dickung flog und laut protestierend die Brachfläche überquerte. „Ein Zeichen für Wild?" Tatsächlich schob sich aus den Fichten neben ihm eine Ricke, sicherte lange und zog dann gemächlich auf der Fläche zu Brombeersträuchern. Er wollte sicher sein, dass sie kein Kitz führte, wartete mit dem Schuss. Es wurde langsam dunkel. Im letzten Büchsenlicht kam aus dem gegenüberliegenden Wald noch ein Reh. Ein Kitz, wohl das der Ricke. Als es breit stand, schoss er. Es war weg, wie vom Erdboden verschluckt. Die Ricke machte ein paar Fluchten, verhoffte, sicherte, näherte sich hin und her ziehend dem Anschuss. Atterich wusste, das Kitz liegt, und er hat die Chance auf viel Fleisch, wenn er auch die Ricke schießt, doch nur das Kitz abliefert. Er schoss! Das Reh brach zusammen. Er zog es in die Dickung, brach es auf, zerwirkte es grob und versteckte das Fleisch im Kofferraum unter dem Kitz. Bei der Rückfahrt sah er den Wilderer sich über einen Sack ducken, nickte: „Schon gut, lass dich nur nicht erwischen!" In der Parteizentrale lieferte er wortkarg das Kitz ab und fuhr zufrieden lächelnd nach Hause.

Im Hausflur hörte er Babygeschrei, stellte hastig Waffe und Rucksack in einen Schrank, lief ins Schlafzimmer, sah seine Frau. Sie hielt blass aber mit einem zufriedenen Lächeln einen schreienden Säugling im Arm. Neben ihr standen sein Sohn und eine dicke Frau mit einer blutbefleckten Schürze. Sie deutete auf das Kind: „Ein Knabe!" Er schob sie zur Seite, küsste seine Frau, nahm freudestrahlend das Baby und drückte es vorsichtig an sein stoppelbärtiges Gesicht. Das Kind verstummte, tastete nach seinem nassen, verwitterten Mantel. Seine Großmutter hatte erzählt, er habe sich gegenüber seinem Vater und sein Vater sich gegenüber dem Großvater ebenso verhalten. Sein Erstgeborener hatte weiter geschrien. Während er das Kind in die Arme seiner Frau zurücklegte, verkündete er stolz: „Das wird ein großer Jäger!" Die Mutter seufzte: „Ich ahnte es." Lange blickte er auf den Knaben. Dann entschied er: „Poserich – ja, Poserich –, so soll er heißen." Seine Frau wusste, solche Entscheidungen sind endgültig, der Name wohl Teil seiner Familienlegende.

Nachdem die Hebamme gegangen war, weckte Atterich das Rehfleisch ein. Weit nach Mitternacht verbarg er das Fleisch im Keller und staunte über die Wintervorräte seiner Frau: Eingemachtes Obst, Marmeladentöpfe und Gläser mit Zuckerrübensirup standen in einem Regal. Kartoffel lagen in einer Ecke auf gestampfter Erde neben einem mit Erde bedeckten kleinen Haufen Möhren. In Kisten waren Weißkohl-Köpfe gestapelt, an Fäden hingen getrocknete Pilzscheiben. Überall standen noch große tönerne Töpfe, gut verschlossen, und natürlich Mausefallen. Was fehlte, war ein ausreichender Holzvorrat. Zurück in der Küche briet er die Lenden und brachte sie mit Brot ins Schlafzimmer. Der Säugling schlief ruhig in der alten bemalten Holzwiege, in der auch schon sein Vater und er gelegen hatten. Er schob seiner Frau ein Kissen unter den Rücken, gab ihr den Teller. Erst zögernd, dann hungrig, aß sie, während er, über die Wiege gebeugt, vorsichtig die kleine Hand des Säuglings streichelte. Als das Kind seinen Finger fasste, murmelte er gerührt: „Gott schütze dich! Viel ist dir in die Wiege gelegt."

Atterich konnte seiner Frau noch zwei Wochen helfen und auch den Holzvorrat „organisieren". Dann musste er wieder zu seiner Einheit. Einer Eingebung folgend, sandte er vorher noch das von seinem Vater geerbte, wertvolle Jagdgewehr zu Verwandten in den Westen. Bei dem Regiment erhielt er eine Auszeichnung und wurde an die Ostfront verlegt. Der folgende Winter wurde bitterkalt. Seine Familie kam einigermaßen gut durch, fror und hungerte kaum. Für sie war es ein „guter" Kriegswinter; für Atterich nicht.

Die Heeresgruppe, zu der Atterichs Regiment gehörte, war weit in russisches Land vorgedrungen, musste sich wieder zurückziehen, sollte dabei aber nachrückende russische Verbände aufhalten und grub sich in einer endlos erscheinenden Steppe ein. Ungenügend gegen den bitterkalten russischen Winter gerüstet, erkrankte Atterich. Die Erkältung wurde zur Lungenentzündung. Sein Leben schwand. Ein hoher Sanitätsoffizier, der in ihre Stellung verschlagen wurde, versuchte, ihm zu helfen, blieb aber ohne adäquate Medikation und Unterbringung erfolglos. Als der Arzt vor seiner Weiterfahrt den Kranken noch einmal besuchte, phantasierte Atterich im Fieber von einer Jagd in Masuren, seiner Heimat. Der Offizier, ebenfalls Jäger, hatte dort auch viel und erfolgreich gejagt, fühlte sich mit dem kranken Jäger verbunden, befahl kraft seines Ranges die Verlegung in ein Lazarett und nahm ihn warm eingepackt in seinem Wagen mit. Sie kamen glücklich aus dem umkämpften Gebiet, Atterich in ein Lazarett und nach seiner Genesung wieder an die Front.

Im nächsten Jahr wurden die deutschen Armeen weiter zurückgedrängt. Bei den verlustreichen Rückzugsgefechten kämpfte Atterich an vorderster Front, kämpfte jetzt um seine Heimat. An einen Sieg glaubten er und die meisten Kameraden nicht mehr. Trotzdem leisteten sie, stark dezimiert, verzweifelt Widerstand. Bei einem nächtlichen Gegenangriff wurde Atterich von seinem Trupp getrennt, musste auf dem Rückweg an einem sowjetischen Posten vorbei, der wie schlafend an einem Ufer saß. Als er in der Nähe des Mannes war, riss der, hellwach, Atterich zu Boden und versuchte, ihn mit dem Bajonett zu töten. Poserichs Vater wehrte sich verzweifelt. Dabei rutschte aus seinem Hemd ein uraltes Amulett seiner Ahnen. Der Mann hielt spontan inne, starrte auf den stilisierten Skorpion, ließ Atterich los und das Bajonett fallen. Beide verharrten sekundenlang bewegungslos. Vorsichtig zeigte der Soldat auf das Amulett: „Du Yamai, verschwinden, schnell!" Der Jäger huschte davon.

Im folgenden Winter hungerten und froren die deutschen Soldaten erbärmlich. Die Frontlinien brachen ein. Die Armeen wurden zerschlagen und zurückgeworfen. Der Krieg war verloren. Das Regime meldete trotzdem weiter Erfolge und Fanatiker Durchhalteparolen. Atterich kam mit den Resten der ehemaligen Invasionsarmee in seine Heimat, krank, erschöpft, zerlumpt, hoffnungslos. Er wollte zu seiner Familie, wollte noch einmal den kleinen „großen Jäger" im Arm halten. Wegen seiner Auszeichnungen wurden ihm ein paar Stunden gewährt. Poserich sah seinen Vater mit einem Holzpferdchen an einer Schnur durch den Flur kommen. Es stand auf einem Brett mit Rädern, war weiß-schwarz gefleckt und hatte einen Schweif aus Hanffasern. Der Vater gab ihm die Schnur, nahm ihn in die Arme und drückte ihn an sich. Den Geruch, den Poserich damals spürte, vergaß er nie. Er roch Schnee, Eisen und einen dumpfen, süßlichen Geruch, dem er später als Ministrant in den Sterbezimmern bei letzten Ölungen wieder begegnete.

Das geliebte Holzpferdchen blieb bei der Flucht zurück. Später sah er ein ähnliches Spielzeug in einem „alternativen" Laden, kaufte es. „Es ist ein Geschenk", sagte er etwas verlegen, war aber für ihn.

Am Ende des kurzen Besuchs beschwor Atterich seine Frau: „Die Russen werden kommen. Sie sind erbarmungslos! Ihr müsst fliehen! Flieht! Flieht, so schnell wie möglich, flieht nach Westen!" Poserichs Mutter wollte sofort los, hatte von einem Schiff gehört, das Frauen und Kinder in Sicherheit bringen soll. Doch sie wusste nicht, wie sie mit ihren kleinen Kindern zu dem weit entfernten Hafen kommt. Ihr war nur ein Fahrrad geblieben. Atterichs altes Auto war doch noch „eingezogen" worden und Straßenbahnen oder Busse fuhren schon lange nicht mehr. Fliehen? Ja, aber wie? Trotzdem packte sie den großen, schweinsledernen Koffer ihres Mannes, legte warme Kleidung, etwas Proviant, ihren Schmuck und Atterichs Jagdpistole hinein. Er hatte ihr geraten, sich zu erschießen, bevor Russen sie in ihre Gewalt brachten. Zuletzt holte sie noch ein dickes, altes Buch. An ihrem Hochzeitstag hatte Atterich mit großem Ernst verlangt: „Dieses Buch darf nie verloren gehen! Nie! Es gehört nicht mir und auch nicht meiner Familie. Es wurde uns vor vielen hundert Jahren anvertraut und wird irgendwann zurückverlangt." Atterich behütete das Buch wie ein Heiligtum und hatte, als Poserich ein Jahr alt war, verlangt: „Nach meinem Tod soll der kleine Jäger das Buch bekommen und es hüten, wie ich es tat. Was auch passiert, bewahre es für ihn." Mit zitternden Händen verschloss sie den Koffer, band ihn auf das Fahrrad, nahm die Kinder und lief überall hin, wo andere Frauen auch hinliefen. Doch es gab keine Fluchtmöglichkeit. Das Schiff war unerreichbar und einen Marsch über das zugefrorene Meer würden die Kinder nicht überstehen. Verstört, erschöpft und hoffnungslos kehrte sie wieder in ihr Haus zurück. Tage verstrichen. Der Holzvorrat war verbraucht. Kälte breitete sich aus. Verzweifelt saß sie nachts neben ihren schlafenden Kindern. Dann stand plötzlich ihr Mann im Zimmer, zog die Vorhänge zu und flüsterte: „Ich habe mich weggeschlichen. Merkt man es, werde ich erschossen." Er schloss sie in die Arme: „Ich weiß von einer Fluchtmöglichkeit, wohl der letzten. Morgen Früh, um drei Uhr, fährt ein Zug nach Westen, der letzte, für alle viel zu klein. Am Hauptbahnhof wird es einen brachialen Kampf beim Einsteigen geben. Dort hast du mit den Kindern keine Chance, aber am Güterbahnhof. Dort wird der Zug zusammengestellt, dort musst du heute Nacht spätestens um zwei sein. Frag nach Fritz Mutat. Er ist Rangierer und mein Freund. Er wird dich in den Zug setzen." Er verlangte noch: „Verlasst auf keinen Fall im Zug euren Platz, bevor ihr nicht hinter den feindlichen Linien seid." Atterich küsste seine Frau und verschwand. Nachts, gegen eins, ging sie los. Den Jüngeren hatte sie auf den Koffer gesetzt, der auf den Gepäckträger geschnallt war, den Älteren auf den Sattel. Vor Kälte und Angst zitternd schob sie das Fahrrad durch knöchelhohen Pulverschnee zum Güterbahnhof. Nach einem Blick auf die Kinder ließen die Wachen sie passieren und an einem Stellwerkhäuschen fand sie Fritz Mutat. Einen langen, hageren Mann mit Schnauzbart und warmen, gütigen Augen. Ihm fehlte der rechte Arm. Mutat brachte sie in ein Abteil. Es war eiskalt, doch sie waren aus dem scharfen Wind. Den Koffer schob sie unter den Sitz. Poserich nahm sie auf den Schoß und seinen Bruder setzte sie zwischen sich und das Fenster. Das Fahrrad war auf einen Gepäckwagen geworfen worden. Sie glaubte nicht, es je wieder zu bekommen. Nach und nach wurden noch weitere Frauen mit Kindern und ein paar alte Leute in den Zug gebracht. Um halb drei rangierte er kurz und fuhr zum Hauptbahnhof. Auf dem Bahnsteig, den daneben liegenden Gleisen und auch noch dahinter drängten sich in spärlicher Beleuchtung Menschenmassen. Noch bevor der Zug stand, stürmten sie die Waggons, stießen und zerrten sich gegenseitig von Trittbrettern und Türen. Männer, meist alt oder verkrüppelt, brüllten, Frauen kreischten, Kinder schrien in Panik. Poserichs Mutter starrte angstbleich durch das Fenster. Plötzlich fielen Schüsse. Einen Moment erstarrte die tobende Menge. In die Stille schrie ein Offizier: „Frauen mit Kindern zuerst, wer sich widersetzt, wird erschossen." Kommandos ertönten.

Soldaten bahnten sich mit Gewehrkolben einen Weg durch die Menschenmassen und stellten sich neben die Waggontüren. Das zeigte Wirkung, doch nicht lange und das Gezerre und Gedränge begann erneut. Als auch Gänge und Plattformen des Zuges überfüllt waren, zogen die Soldaten die Menschen gewaltsam von den Trittbrettern und verriegelten die Türen. Der Zug fuhr jedoch nicht sofort ab. Die Soldaten blieben an den Türen oder patrouillierten am Zug entlang. Die Zurückgebliebenen resignierten nach und nach. In dem überfüllten Abteil hielt die Frau ihre Kinder fest an sich gedrückt. Als sie unwillkürlich aus dem Fenster blickte, sah sie in die Augen ihres Mannes. Er stand dicht am Zug, versuchte zu lächeln, drückte eine Handfläche an das Zugfenster und deutete auf Poserich. Sie hob ihn ans Fenster, er stemmte seine kleinen Fäuste dagegen und lachte hell auf. Nun lächelte auch sein Vater. Als Poserich nicht mehr lachte, war ihr Mann verschwunden. Sie drückte ihr Gesicht gegen die Scheibe, suchte nach ihm, sah jedoch nur fremde Gesichter, ängstlich, zornig, apathisch. Der Zug setzte sich stoßend und quietschend in Bewegung. Die Gesichter zogen immer schneller vorbei, wurden weniger und der Bahnsteig war zu Ende. Sie hatte ihren Mann und Poserich seinen Vater zum letzten Mal gesehen. Die Scheiben vereisten in dem ungeheizten Zug. In beklemmender Dunkelheit verharrten die Menschen still und bewegungslos. Angst herrschte, Angst vor Artillerie und Flugzeugen; Angst vor dem Tod. Doch sie kamen davon; Atterich nicht.

Poserichs Vater lag am Rande der Stadt – tot. Eisiger Wind wehte Schnee über seinen zerfetzten Körper. Seine Entfernung von der Truppe war verraten worden. Ein Standgericht hatte die sofortige Erschießung angeordnet. Sein Kompanieführer suchte es zu verhindern, kommandierte ihn unmittelbar nach dem Urteil zu einer Meldefahrt ab. Das war eine winzige, aber die einzige Chance. Alle wussten es, auch Atterich. Nach dem Krieg erzählte der Leutnant Poserichs Mutter: „Ich beobachtete Ihren Mann bei der Fahrt an den feindlichen Linien entlang. Er wurde beschossen, wohl auch verletzt. Dann schlug eine Granate neben ihm ein, riss ihn vom Motorrad und schleuderte ihn auf die Straße. Nachts versuchte ich, seinen Leichnam zu bergen. Als ich ihn wegziehen wollte, spürte ich etwas in seiner Hand, sein Amulett. Ich wusste, wie wertvoll es für ihn war. Im selben Moment wurde ich beschossen, musste fliehen." Der Leutnant meinte tröstend: „Er ist verblutet; da hat man kaum Schmerzen." Poserichs Mutter flüsterte in sich gekehrt: „Er sah in einem Traum seinen Tod so voraus, wie Sie ihn schildern. Nur das Ende war anders. Da war er von der Straße aufgestanden und zum Ufer eines Sees in seiner Heimat gegangen. Im Sternenlicht kam ein großer Hirsch aus dem Wasser, verwandelte sich in einen mächtigen Skorpion, sagte: ‚Komm, du wirst mitgenommen. Ich bringe dich zu den Deinen.' Er stieg auf den Rücken des Tieres und glitt mit ihm zu den Sternen." Der Leutnant murmelte: „So ein Tier sah ich auch, als Ihr Mann starb. Damals glaubte ich, ich sehe Gespenster." Er holte das Amulett aus der Manteltasche, legte es auf den Tisch, drückte ihr lange die Hand und ging.

Als Poserich 16 war, gab ihm die Mutter das Amulett: „Für deinen Vater hatte dieses kleine Gebilde große Bedeutung, war neben dem alten Buch sein wertvollster Besitz. Jäger seiner Sippe verwahren es schon seit Hunderten von Jahren und Jäger der Sippe sollen es weiter verwahren. So sei es bestimmt, sagte er. Er war überzeugt, du wirst ein Jäger, und vermachte das Amulett dir, wie schon das alte Buch. Er glaubte, dass es für dich so wertvoll sein wird wie für ihn." Sie reichte ihm den kleinen „Glücksbringer" und versank in Gedanken. Nach einer Weile sah sie ihn so ernst und forschend an, dass er erschrak: „Du wirst doch ein Jäger, hütest das Amulett, wie er es tat, und gibst es auch am Ende deines Weges deinem Sohn – dem, der Jäger wird. Versprich es!" Er versprach es.

Unsere kleine Jagdgemeinschaft traf sich regelmäßig, verabredete Jagden, tauschte Neuigkeiten und Erlebnisse. Poserich war unter uns nicht nur der erfolgreichste Jäger, sondern auch der brillanteste Erzähler. Seine Berichte wurden in unseren

Köpfen zu Filmen. Wir animierten ihn oft, von seinen Erlebnissen zu berichten. Tat er es, bannte er uns mit bildgewaltigen Schilderungen und versetzte uns in jagdliches Geschehen, als seien wir unmittelbar dabei. Ich glaubte ihm – fast – alles. Bei manchen allzu abenteuerlichen oder ungewöhnlichen Erlebnissen meinte ich dann doch, es blitze Schalk in seinen Augen oder ein verschmitztes Lächeln husche über sein Gesicht. Ein bisschen „Jäger-Latein“? Vielleicht? War er doch voller Phantasie, lebensfroh, meist heiter, zum Scherzen bereit, doch stets auch empfindsam und empathisch. All das stand in einem verblüffenden Kontrast zu einem anderen, eher beängstigenden Wesenszug. Er konnte in eine unbeherrschbare Leidenschaft gleiten. Deren harmloserer Teil war eine überbordende Begeisterung, die sich aber in Verbindung mit seinem zeitweise aufschäumenden Temperament zu einem „taumelnden Verlangen mit unendlicher Sehnsucht“ wandeln konnte. So beschrieb er den Überschwang seiner Gefühle trefflich selbst und sprach ironisch von seiner ekstatischen Seele. Staunend erlebten wir diese Zustände. Sie verschwanden meist schnell, immer harmlos, ohne Folgen. Doch dann war es anders. Plötzlich war er von einem fernen Land gebannt, von Taiga und Tundra zwischen Ochotskischem Meer und Laptewsee, von den dort lebenden Menschen, dem Wild, den Bergen, Seen und Flüssen. Er sprach bei jeder Gelegenheit davon. Mir erzählte er einmal fast ängstlich, er wisse nicht, wie dieses Verlangen in ihm entstand. Es habe plötzlich von ihm Besitz ergriffen. Ihm schien dieser Zustand noch unheimlicher als uns. Er sträubte sich dagegen. Aber ein unwiderstehlicher Zwang zog ihn nach dort. „Dort“ bedeutete, wie er auf einmal lokalisierte, das ostsibirische Bergland, etwa das Werchojansker Gebirge oder was dahinter liegt. Sein ganzes Denken und Trachten waren nun dort. Er hatte nicht einmal mehr Interesse an der Jagd. Wir waren konsterniert und beschlossen, er müsse von dieser Obsession befreit werden, legten zusammen und kauften ein Flugticket nach Jakutsk. Das schenkten wir ihm im Juni. Damit hatten wir für ihn gehandelt. Er musste sich nicht mehr entscheiden. Wir hatten abrupt herbeigeführt, was sowieso geschehen wäre.

Er wurde wieder ausgeglichen, sogar fröhlich. Im Sommer reiste er ab und kam erst nach fast zwei Jahren zurück. Doch es war nicht mehr „unser" Poserich, nicht mehr der, den wir kannten.

Vor der Reise war er eine beeindruckende Erscheinung, schlank und drahtig, lebhaft und flink, leichtfüßig, mit gleitenden Bewegungen. Bewegungen, die manchmal an die Zeitlupengänge des Steinwilds oder an die Schleichschritte der Großkatzen erinnerten – faszinierend! Bei Treffen, ob in der Stadt oder im Wald, hatte er mich oft durch seine plötzliche Anwesenheit erschreckt. Auf einmal war er da, wie und wo er herkam? Keine Ahnung! Beunruhigend war, dass ich nie wusste, wie lange er schon hinter oder neben mir gestanden hat. Beruhigend war, dass es anderen genau so ging. Fühlte ich mich beobachtet, blickte ich oft in sein gelangweiltes Gesicht. Ein Gesicht mit einer gleichmäßig bräunlichen Farbe, hohen, etwas breitstehenden Wangenknochen, einer Adlernase und schmalen, beinahe schwarzen, meist fröhlichen Augen. Bei so einer Begegnung schimpfte einer von uns halb verärgert, halb bewundernd: „Der ist wie eine Katz." Das wurde sein Spitzname. Er war fortan: „Die Katz".

„Die Katz" war nicht „reich", hatte aber ein kleines Vermögen, das ihm ein angenehmes, unabhängiges Leben erlaubte. Nebenbei verdiente er als studierter Mineraloge noch regelmäßig hinzu. Bei seinen überschaubaren Bedürfnissen und seiner wenig aufwändigen Lebensführung konnte er sich eigentlich alles leisten. Und wenn er wieder „flüssige Mittel" angesammelt hatte, gönnte er sich auch mal richtig viel. Aus meiner von einem stressigen Beruf mitgeprägten Sicht führte er ein bequemes, meist glückliches Leben. Doch nur meist. Denn ich spürte auch, manchmal fehlte ihm nicht etwas, sondern jemand. Jemand, der mehr als Bequemlichkeit und Ordnung schafft, wie seine fröhliche Hauswirtschafterin. Es fehlte ihm eine Partnerin, eine Geliebte – eine Frau, die ihm in einer engen menschlichen Beziehung Wärme und Liebe bringt, Emotionen weckt. Jemand, dem er vertraut, dem er seine intimen

Gefühle und Leidenschaften zeigen kann. Eine Frau, die ihn „verssteht". Doch eine so tiefe Bindung wollte er nicht mehr. In früher Jugend war er in zarter, scheuer, kindlicher Liebe einem gleichaltrigen Mädchen zugetan. Das war wohl seine einzige glückliche Beziehung zum anderen Geschlecht. Als junger Mann lebte er im Gebirge, war leidenschaftlich in ein einheimisches Mädchen verliebt, die kurz vor der Hochzeit in einer Lawine starb. Danach vereinsamte er. Viele Jahre später erlitt er eine tiefgehende Enttäuschung, eine brutale Ernüchterung, die sein künftiges Verhalten gegenüber dem weiblichen Geschlecht prägte. Er war in einer romantisch verklärten, hingebungsvollen Liebe einer älteren, temperamentvollen Schauspielerin verfallen. Sie nutzte ihn aus, verschleuderte sein Geld, stellte ihn dann in der Öffentlichkeit als Narr hin und amüsierte sich, wenn er verspottet wurde. Tief enttäuscht mied er seitdem, fast ängstlich, jede emotionale Bindung zu Frauen. Er begegnete denen, die sich mehr als nur kameradschaftlich für ihn interessierten, zurückhaltend, ja unnahbar. Er war und blieb allein. Seine Mutter war vor Jahren gestorben, der Bruder ebenfalls tot. Sonstige Verwandte hatte er nicht. Doch er hatte uns. Bei uns war er ein fröhlicher, manchmal spitzbübischer und scharfzüngiger, aber stets treuer, hilfsbereiter und großzügiger Kamerad. Bisweilen, wenn seine ekstatische Seele durchbrach, konnte er auch richtig verschwenderisch werden. Wir mussten ihn dann in seiner Freigiebigkeit bremsen, schon weil wir nicht wussten, wie wir uns revanchieren sollten – was er zwar nicht erwartete und auch nicht wollte, uns aber bedrückte. Sicher hätte er sich auch das Flugticket selbst leisten können, wenn er denn gewollt hätte. Aber dieses „Wollen" war damals noch nicht da. Zu größeren Unternehmungen, wie eine Sibirien-Reise, hatte er eigentlich keine Lust. Das war ihm zu „aufwändig", wie er es formulierte. Seine Jagdreisen erstreckten sich nicht über Europa hinaus. Er wollte keinem Dolmetscher, Reiseleiter, Jagdführer oder irgendwelchen Zeitplänen ausgeliefert sein. Ich glaube, er vermied alles, was ihn auch nur kurz abhängig machte. Mit unserem Geschenk beschleunigten wir dann das ohnehin Unvermeidliche und überwanden den Zwiespalt seiner Gefühle. Glücklich machte uns das nicht.

In einem stadtnahen kleinen Dorf hatte er ein schmuckes Häuschen mit Bauerngarten und Jägerzaun, in dem ein geräumiges, verträumtes Zimmer der häusliche Mittelpunkt war. Durch ein breites Fenster blickte man an einem alten Kirschbaum vorbei auf eine große Wiese vor einem Nadelwald. Abends traten dort Rehe aus, ästen, schufen ein friedliches, romantisches Bild heiler Natur. In der Mitte des Zimmers standen an einem Couchtisch zwei bequeme Sessel, in einer Ecke unter einer Bogenlampe ein gemütlicher, feinlederner Ohrensessel und neben einem Tischchen ein zierlicher Schaukelstuhl. Zum Fenster hin stand sein massiver Schreibtisch mit einem abgewetzten „Chefsessel". Auf den leise knarrenden Dielen lagen dicke Teppiche, an den Wänden standen Regale, gefüllt mit einer erlesenen, wertvollen Büchersammlung. Hinter den Büchern verwahrte er in einem kleinen Tresor seinen wertvollsten Besitz, das alte Buch und das Amulett seines Vaters. Als er sie mir einmal zeigte, erzählte er, wie sie zu ihm kamen. Das Buch war faszinierend, dick und schwer mit einem abgegriffenen, ledernen Einband. Die Blätter waren aus Büttenpapier, Pergament, Papyrus und Materialien, die ich nicht kannte. Einige Seiten waren mit steinzeitlichen Zeichnungen bedeckt, andere mit kappadokischer oder altassyrischer Keilschrift, wieder andere mit hethitischen, luwischen oder ägyptischen Hieroglyphen. Auch Runen, altgriechische oder kyrillische Schriftzeichen waren zu sehen. Neuere Aufzeichnungen waren in Latein und Althochdeutsch geschrieben. Nur die gemalten oder geschriebenen Zeichen ließen eine chronologische Ordnung erkennen. Bei den anderen Blättern war eine dominante inhaltliche oder zeitliche Zuordnung nicht möglich. Zum Teil wurden sie wohl schon öfter auf neue Trägermaterialien kopiert und dann irgendwo eingefügt. Poserich hatte, als er mir das Buch reichte, tiefernst, beinahe andächtig gesagt: „Das soll die Chronik meiner Sippe sein und mein Schicksal soll auch in ihr stehen. Doch ich kann leider nur wenig entziffern. Das müssen irgendwann Gelehrte für mich tun." Nicht nur diese Chronik, die gesamte Bibliothek war für mich eine faszinierende Fundgrube, stets ein Grund, bei ihm „vorbeizuschauen". Meine spontanen Besuche dauerten dann oft von nachmittags bis nach Mitternacht. Wir diskutierten bei so mancher Flasche Rotwein über „Gott und die Welt", Geschichte und Gegenwart, wälzten tiefgründige Probleme, tauschten heitere Begebenheiten und Erlebnisse. Es war eine Zeit voller Nachdenklichkeit und Esprit, eine Zeit der Bücher und des Weins. Damals erfuhr ich viel aus seinem Leben.

Nach seiner Rückkehr aus Sibirien veränderte sich Poserich. Er wurde schwammig, bekam einen Bauch. Sein früher schwarzes, dichtes Haar ergraute, fiel aus. Was blieb, waren die Bewegungen, denen er seinen Spitznamen verdankte, und manchmal ging er auch noch mit uns jagen – ohne Passion. Vor seiner Reise war er ein großartiger Jäger. Der beste und waidgerechteste, den ich kannte, geduldig und ausdauernd. Er konnte einem bestimmten Stück Wild tagelang in schweißtreibender Pirsch und durchfrorenen Nächten folgen. Hatte er dann das Stück endlich vor der Büchse, konnte er es doch verschonen, wenn es vielleicht zu jung war oder noch einen Fortpflanzungszyklus durchlaufen sollte oder weil der heimliche Spießer schon ein paar Zentimeter „zu hoch auf hatte". Er freute sich trotzdem. „Die Jagd", sagte er dann, „die Jagd und nicht die Beute zählt." Seine Schilderungen des Geschehens, bis hin zum beutelosen Schluss, wurden dann wieder eine seiner spannenden und lebhaft diskutierten Geschichten mit „wenn" und „aber", dem Einbringen eigener Erfahrungen und dem von anderen Gehörten. Nach solchen Abenden waren wir manchmal so erschöpft, als wären wir selbst erst von langer Jagd heimgekehrt.

Dann kam sein „Halali" – Jagd vorbei. Der große Jäger Poserich wurde nicht „dahingestreckt von wildem Keilers Zahn". Nein, sein Tod war undramatisch – aber geheimnisvoll. In Erinnerungen versunken, seines Daseins müde, verschwand er aus unserer Welt. Wir hatten es kommen sehen, wollten es verhindern, schleppten ihn mal zu einem Essen, mal zum Stammtisch oder auch zu einer Jagd. Wenn er denn mitging, was immer seltener vorkam, war es uns zuliebe. Eigentlich wollte er nur noch ungestört bei seinen Erinnerungen und Träumen sein. Ich wusste das. Mir hatte er erzählt, was er erlebte. Ich mochte es zunächst nicht glauben, vermutete eine seiner nicht ganz so wahren Geschichten. Es war so mysteriös. Doch ihm war tatsächlich in zwei langen Wintern und einem Sommer im wilden Nordosten Russlands etwas widerfahren, was ihn unnachgiebig festhielt, nicht mehr losließ. Die Leidenschaft, die ihn in diese menschenferne Gegend gezogen hatte, schenkte ihm viel, von dem er annahm, es nie mehr zu bekommen: Liebe, Hingabe, Zärtlichkeit, Augenblicke tiefster Zufriedenheit und umfassenden Glücks. Doch trafen ihn dort auch qualvolles Unheil und grausames Leid. Von all dem erzählte er mir, während seine Zeit sich dem Ende zuneigte:

Bis Jakutsk kam ich mit eurem Ticket, fuhr dann mit einem alten Versorgungsschiff gemächlich die Lena hinab nach Zhigansk. Dort sollte ich meinen Guide treffen, den mir ein alter Jakute, der wie bestellt bei befreundeten Russlanddeutschen auftauchte, vermittelt hatte. Der Mann sollte mich im Hotel abholen. Diese Unterkunft war ein schlichter Holzbau mit einfacher Ausstattung und einer akzeptablen Gaststätte. Ich wartete drei Tage auf ihn. Als er schließlich erschien und ich ihn auf seine Verspätung hinwies, erklärte er etwas grimmig, Termine wären ihm lästig. Er habe keine Uhr und wolle auch keine. Die würde ihm nur „Zeit klauen". Dass er den Kalender kannte, glaube ich schon, dass er sich daran orientierte, glaube ich nicht. Er meinte, es sei doch ziemlich egal, ob wir heute oder in einer Woche aufbrechen. Ankommen würden wir schon.

Mein künftiger Begleiter war ein besonderer, etwas sonderbarer Mann. Er sah aus wie eine Mischung aus Sioux und Inuit mit leicht mongolischem Einschlag, hatte schmale, nachtdunkle Augen, war von mittlerer Statur, schlank, sehnig. Sein schwarzes, glattes Haar war in der Mitte gescheitelt und hing in Zöpfen hinter den Ohren herunter. Der dünne Oberlippenbart reichte bis übers Kinn. Bekleidet war er mit einer derben Stoffhose, einem verwaschenen Hemd und einer weichen Lederjacke. Als eine Art Mantel trug er ein langes, fast haarloses Fell-Cape. Die Füße steckten in gefütterten Gummistiefeln und in der Hand hielt er eine Mütze aus Otterfell, ähnlich einem Helm. Meine Hightech-Bekleidung, von den Stiefeln bis zur Mütze mit Membranen bewehrt und mit Fleece gefüttert, erschien mir dagegen ziemlich übertrieben. Doch ich war kein Sibirier, war „nur" ein Mitteleuropäer, der in der kältesten Ecke der nördlichen Erdkugel überwintern wollte.

Der Mann sprach Deutsch; ein sonderbares Deutsch, mit einem gewöhnungsbedürftigen Satzbau und einer mal schwäbischen, mal ostpreußischen Aussprache. Deutsch habe er von „armen" Leuten gelernt, die im großen Krieg nach Sibirien gebracht wurden. Als ich ihn auf seine Kleidung ansprach, erzählte er, er sei ein Volganlar. Seine Vorfahren seien Nomaden gewesen. Sein Vater und die ganze Sippe seien es geblieben, trotz aller „Bekehrungsversuche" der Russen. Die hätten sie nie „fangen" können. Schließlich habe sich seine Familie weit nach Nordosten abgesetzt. Seine Mutter sei keine Volganlar. Sie gehöre zu einem anderen Volk. Auf meine Frage, was das für ein Volk sei, schwieg er erst, meinte dann, ich würde es doch nicht verstehen, sprach jedoch von Lukagiren. Die meisten von ihnen würden weit im Osten hinter den großen Flüssen leben. Flüsternd, als dürfe es niemand erfahren, erzählte er noch, eine Gruppe von ihnen wohne jedoch oft näher, jenseits des Werchojansker Gebirges, auch jetzt wieder. Bei der könnte seine Mutter sein. Ich sah ihn staunend an, denn ich verstand wirklich nichts. Er schüttelte den Kopf, versuchte es nochmal. Die Mutter wäre schon auch bei denen, aber eben nicht richtig. Man wisse nie genau, wo sie gerade ist, auch jetzt nicht, und ob sie überhaupt noch lebt. Sie sei eines Tages in das Lager seines Vaters gekommen, habe seine Kriegsverletzungen geheilt und war bei ihm geblieben; bis „er" da war. Ich fragte neugierig: „Wer?" „Ja ich, ich", antwortete er. Seinem Vater habe die Mutter gesagt, der Junge würde „gebraucht". Der Vater habe ihm erzählt, seine Mutter sei eine Schamanin und „Chefin". Bevor ich wieder fragen konnte, erklärte er: „Mutter ist – war – Oberst bei ihrem Volk." Von diesem Volk wüssten Volganlar und Lukagiren schon seit vielen Generationen, doch keiner habe es jemals gesehen. Jetzt staunte ich nur noch. Er blickte stolz, doch auch etwas irritiert, um sich: „Ich nicht wissen, warum ich alles erzählen dir." Seine Leute sagen, die Mutter sei bald nach seiner Geburt verschwunden. Er schüttelte wieder den Kopf: „Das alles Schamanen. Mutter große ‚Heilerin' und Schwester, halbe Schwester, auch." „Warum halbe Schwester?", fragte ich. „Weil anderer Vater", kam die Antwort. „Schwester mächtig große Zauberin, mehr als Mutter", murmelte er ehrfürchtig und schüttelte sich, als wolle er damit nichts zu tun haben.

Wir schwiegen eine Weile. Dann kam er „zum Geschäft", wollte wissen, was ich vorhabe und wohin ich wolle. Das fragte ich mich auch schon seit Monaten, wusste aber immer noch nicht, was ich im Osten Sibiriens eigentlich suchte. Mein Zögern irritierte ihn. Einer Eingebung folgend, sagte ich deshalb schnell: „Ins Werchojansker Gebirge und weiter zur Jana oder zur Quelle der Kolyma." Er sprang auf: „Wir gleich gehen; wenig Zeit." Dann setzte er sich wieder, lächelte etwas verlegen, glaubte wohl, ich habe ihn auf den Arm nehmen wollen. „Wohin du wollen?", fragte er noch einmal, diesmal sehr ernst. Ich verstand. Um ausreichend Proviant und eine entsprechende Ausrüstung zu besorgen, brauchte er ein konkretes Ziel. Obwohl ich keins hatte, versuchte ich wenigstens, etwas konkreter zu werden. Viel kam nicht raus, eigentlich nur, dass ich bis zum nächsten Sommer in Sibirien, im Ostsibirischen Bergland, bleiben wollte. Er betrachtete mich abschätzend, stützte dann nachdenklich das Gesicht in die Hände und verharrte so. Als er mich wieder ansah, dachte ich: „Der hält dich für verrückt und geht einfach wieder." Doch er nickte. Ich sah ihn fragend an.

„Wir gehen zu Schwester, sie nur helfen kann."

„Die Hexe?", dachte ich: „Warum die? Nun, er wird es wissen. Und in dieser Wildnis ist eine Schamanin wohl hilfreicher als ein Trupp Gebirgsjäger oder Bergretter." Wie sich später herausstellte, war meine Vermutung goldrichtig. Der Volganlar stand auf: „Gleich wir gehen!" Ich zog schnell Bergstiefel und Parker an, stülpte die Fleece-Kappe über und suchte in den mitgebrachten Geschenken herum. Man hatte mir empfohlen, bei Besuchen immer ein Geschenk mitzubringen. Natürlich fand ich nichts Passendes für eine Schamanin. Einzig das Skorpion-Amulett hatte ein wenig Affinität. Ich steckte es kopfschüttelnd ein. Vor dem Hotel blickte sich mein Begleiter misstrauisch um und zog mich dann schnell in eine schmale Gasse. „Niemand wissen soll, wo wohnt", flüsterte er. Wir gingen eine morastig aufgeweichte Straße entlang, gesäumt von lückenhaften Bretterzäunen und überspannt von spinnennetzartigen Stromleitungen, sprangen über Pfützen, umgingen Schlammlöcher und verscheuchten Hunde, die sich knurrend an unsere Fersen hefteten. Dann wurde der Weg allmählich zu einem sandigen Pfad und die Häuser zu windschiefen Hütten, die verstreut in den Dünen standen. Zwischen zwei dieser Katen führte der Pfad zu einer kleinen Düne, hinter der ein solides, schmuckes Holzhaus stand, umgeben von einem lückenlosen Bretterzaun. Der Volganlar klopfte mit einer Elchschaufel einen bestimmten Rhythmus ans Tor. Es dauerte, bis eine alte Frau erschien, die Tür hinter sich zuzog und zu uns schlurfte. Sie nickte meinem Führer in der dort üblichen Art zu, blickte mich feindselig an und fragte in einer mir unverständlichen Sprache etwas. Die beiden diskutierten, wurden immer heftiger und lauter. Plötzlich schob der Volganlar sie zur Seite und zog mich zur Haustür. Keifend verfolgte uns die Alte. Er klopfte den Rhythmus noch einmal, diesmal leise, beinahe ängstlich. „Der hat aber Respekt vor seiner Schwester!", dachte ich. Die Türe öffnete sich wie von selbst. Ich blickte in einen großen Raum, spärlich erhellt von einem gegenüberliegenden Fenster, zu dem eine Frau im Halbdunkel langsam ging, sich mit dem Rücken zu uns auf einen mit Fellen ausgelegten Lehnstuhl setzte und bewegungslos verharrte. Wir blieben, ebenfalls bewegungslos, an der Türe stehen; ich, gebannt, hinter meinem Führer. Nach einer Weile räusperte er sich leise. Die Frau bewegte sich nicht. Eine knisternde Spannung entstand. Nichts geschah. Mir wurde das Ganze unheimlich. Zunehmend nervös, wandte ich mich meinem Führer zu, wollte gehen. In diesem Moment drehte sich die Frau um, zwang mich mit einem Blick ihrer großen, funkelnden Augen zum Innehalten. Der Volganlar hatte den Kopf gesenkt. Die Alte war verschwunden. Die Frau winkte mich heran. Als ich mich zögernd näherte, streckte sie mir eine Hand entgegen. Forderte sie das Geschenk? Fragend blickte ich zu ihr hoch, spürte eine lähmende Kraft, wich zurück. Sie folgte mir, forderte in fast akzentfreiem Deutsch: „Gibt mir den Skorpion!" Während ich in meinen Taschen wühlte, trafen sich unsere Blicke erneut. Mir wurde schwindlig. Sie senkte die Lider. Als ich ihr das Amulett in die Hand legte, versank sie in Staunen: „Wie, bei allen Geistern, kann sie wissen, dass ich ein Skorpion-Amulett nach Sibirien bringe? Und wieso weiß eine Eingeborene jenseits des Polarkreises überhaupt, was ein Skorpion ist? Und dass ich ihr das Amulett schenken will, weiß ich doch selbst erst seit einer halben Stunde?" Ich war völlig verwirrt. Dies Amulett sollte eigentlich nach meinem Tod mein Sohn erhalten. Da ich aber keinen Sohn hatte und auch nicht mehr glaubte, je einen zu bekommen, hatte ich es mitgenommen. In der Wildnis sollte es mir Glück bringen. Und wenn es hierblieb, wäre das allemal besser, als in einem Antiquitätenladen oder auf einer Auktion zu landen. Jetzt wusste ich, wo es blieb – bei einer Schamanin. Sie betrachtete am Fenster die alte Plastik. Ich bewunderte derweil ihre hochgewachsene, schlanke, mädchenhafte Figur. Sie musste jünger sein als ihr Bruder, der um die Dreißig war. Ihr Haar war schwarz und glänzend, wie seins. Doch hatte es einen weichen, seidenen Schimmer, der wie ein zarter Lichtkranz ihr Haupt umgab. Vorsichtig steckte sie das Amulett in den Ausschnitt ihres Hemdes, kam wieder zu mir, fasste sanft meine Hand und legte lächelnd eine kleine Figur hinein, ein minimalistisch gestaltetes Wesen, ähnlich einem Tiger: „Mein Tier für dein Tier. Die Katze wird dich besser beschützen als der Skorpion." Sie öffnete eine Tür neben dem Fenster und verschwand hinter einer Düne. Der Volganlar grinste: „Das gut für Reise. Sie dich kennt!"

„Sie kennt mich nicht. Wir sahen uns noch nie. Ich wusste gar nicht, dass es sie gibt!"

„Doch! Sie wissen von dir. Das großer Zauber."

Nun hatte er es eilig: „Wir schnell aufbrechen!" Ich gab ihm reichlich Geld. Betrügen würde er mich nicht. Wenn er vor mir auch keine Angst hatte, seine Schwester fürchtete er. Er hatte mir etwas betreten gestanden: „Dein Weg mein Weg, dein Leben mein Leben; so sie hat gemacht." In den nächsten Tagen schleppte er Proviant heran: Schwarzbrot in Dosen, Obstkonserven, Mehl in einem Plastiksack, eine ganze geräucherte Schweinekeule, Schmalz, Salz, Zucker, schwarzen Tee und was man sonst für eine einfache Küche braucht. Auch Wodka. „Muss sein!", sagte er. Ich fragte: „Ist das jetzt alles?" „Ja, hier." Er deutete in Richtung Lena: „Drüben mehr. Du sehen. Früh ich dich holen." In der Nacht schlief ich kaum, dachte an die Schamanin. Sie faszinierte mich, war mir wundersam vertraut: eine eigenartige Frau. Irgendwann schlief ich ein, träumte, neben einem hammerschwingenden Schmied zu liegen, schreckte hoch. Der Volganlar hämmerte an die Tür, grinste über meine Verwirrung und schleppte unser Gepäck nach unten. Währenddessen verstaute ich in meinem voluminösen Rucksack die zerlegte Kipplaufbüchse mit Zieloptik und Patronen, mein Fernglas und ein Waidbesteck; dazwischen stopfte ich Thermo-Unterkleidung und Toilettenartikel. Den Beutel mit den sündhaft teuren Winterstiefel band ich obendrauf. Sie hatten Filzinnenschuhe, waren „thermoisoliert", „kanadaerprobt" und „schneeschuhgeeignet". Ich glaubte das alles, ausprobiert hatte ich es nicht. Den Rucksack stellte ich auf die Ladefläche eines alten Autos vor dem Hotel zum anderen Gepäck. Mein Führer saß schon auf dem Rücksitz. Ich quetschte mich auf den Beifahrersitz. Der Fahrer erwiderte meinen

Morgengruß nicht und würdigte mich auch keines Blickes. Mit qualmendem Auspuff und stotterndem Motor fuhr er durch Schlaglöcher und Pfützen, dann über den Sandstrand zu einer Art Anlegestelle aus ein paar Brettern auf Stützen. An ihr war ein schmales Boot mit Außenbordmotor festgemacht, auf das der Volganlar unser Gepäck verstaute. Ich gab dem Chauffeur Geld. Nach einem prüfenden Blick darauf steckte er es knurrend ein und fuhr wortlos weg.

„War es zu wenig?"

„War zu viel! Du ihn beleidigt; nimmt kein Trinkgeld!"

„Soll sein, ist mir egal!"

Ich war schon ganz bei unserer Tour, spürte seit langer Zeit wieder Abenteuerlust. Unser Fährmann steuerte das Boot stromabwärts an einer großen Insel vorbei in einen Nebenfluss. Nach einigen Kilometern setzte er den Kahn mit Schwung aufs sandige Ufer. Als ich ihm Geld gab, zog er die Mundwinkel runter, und verschwand mit seinem Kahn in der Dunkelheit.

„Gab ich dem auch zu viel?"

„Nein, zu wenig."

Ich murmelte einen derben Fluch und fragte: „Was nun?" „Du warten hier!", befahl er, verschwand und tauchte bald wieder mit zwei Rentieren auf, beides Hirsche, stark und groß wie Karibus. Eins war bereits mit Stangen, Häuten, Schneeschuhen, Kochgeschirr und der Ausrüstung meines Führers bepackt: Gewehr, Fellkleidung und „Unti", die sibirischen Fellstiefel. Auf das andere luden wir das mitgebrachte Gepäck, obendrauf meinen Rucksack. Im Gänsemarsch, er voran, gingen wir jeder mit einem Ren am Zügel im Morgengrauen das sandige Ufer entlang und kletterten bei Sonnenaufgang eine hohe Uferböschung hinauf. Vor uns lag eine weite Ebene mit hohem Gras, niedrigem Buschwerk und kleinen Birken- oder Espenwäldern. Zwischen dem Bewuchs glänzten Moorflächen, Teiche, Bäche und kleine Flüsse. Eine menschenleere, kaum zugängliche Landschaft. Ab hier waren wir allein, waren auf uns gestellt, waren eine Art Schicksalsgemeinschaft. Und ich kannte noch nicht einmal seinen Namen.

„Ich Volgan. So ich heißen, weil bin Volganlar. Russen gaben Vater noch Namen Chrebet, ist viele Berge, kam aus Gebirge; alle mussten haben zwei Namen."

„Ich heiße Poserich."

„Das komisch; deutsch?"

„Weiß nicht. Die Vorfahren meines Vaters sollen aus den Steppen südwestlich von hier kommen – vor langer, langer Zeit. Vielleicht stammt der Name von dort."

Er verstand nicht. Ich erläuterte: „Dort gab es damals oft Namen mit ,rich': Alarich, Theoderich, Eurich, Geiserich, Hunerich – alles Könige."

Von denen hatte er nie etwas gehört.

„Ich habe auch einen zweiten Namen: Ohrionn."

„Das guter Name, gehört schon von Mutter. Aber ich dich nennen Poser, das leicht."

Dabei betonte er die letzte Silbe fast französisch: „Posèr."

Wir schüttelten uns kurz die Hand, folgten etwa eine Woche Wildwechseln, gingen über schwankende Grasböden, an Mooren vorbei, an Bachläufen und Flüssen entlang, durch kleine Wälder und weite Buschflächen, immer nach Nordosten. Dann hatten wir endlich wieder trockenen Boden unter den Füßen.

Es ging bergan. Das Wetter war herbstlich, kalte Nächte, klare, sonnige Tage. In der Ferne glitzerte schon Neuschnee auf hohen Gipfeln. Hier, im Vorbergland, war der Winter noch fern. Ich fühlte mich rundum wohl, genoss Stimmung und Landschaft, lag manchmal auf sonnendurchwärmten Felsen, beobachtete den hoch über mir kreisenden Adler und die spielenden Kolkraben über den Bäumen, freute mich über Schmetterlinge und bewunderte Ameisen, die ihre riesigen Quartiere „winterfest" machten. Die leisen Töne des Windes, das Brummen und Summen der Insekten waren die einzigen Laute. Einsamkeit und Ruhe machten mich froh. Ich fühlte mich jung, war unternehmungslustig. Die zehrende Sehnsucht und das diffuse Verlangen ließen nach. Es schien, als käme ich dem unbekannten, aber so sehr ersehnten Ziel näher.

Abends baute Volgan mit den Stangen und Häuten ein kegelförmiges Zelt, eine Art Tipi, und entfachte darin ein kleines, mollige Wärme verbreitendes, raucharmes Feuer, auf dem wir unser Abendessen bereiteten. Meist gab es gebackene Kornfladen mit gebratenem Wildbret, dazu manchmal auch noch einen „Nachtisch" aus den Konserven. Das Frühstück bestand aus Tee, kaltem Braten, Schwarzbrot oder übrig gebliebenen Brotfladen. Mittags pausierten wir mit einer Zwischenmahlzeit nur nach kräfteraubenden Aufstiegen. So kamen wir gut voran und bald in höhere Regionen. Die Bestockung wechselte, Birken und Espen wichen Tannen und Lärchen. Dann standen nur noch kleine Trupps von Bergfichten und vereinzelt Zirbelkiefern im Gestein. Langweilig wurde mir nie. Irgendetwas Besonderes gab es immer zu sehen. Mal war es, weit unter uns, eine Braunbären-Mutter mit ihren spielenden Jungen, mal ein die Sonne genießender Luchskater, ein vorbeitrottender Vielfraß oder ein in der Ferne äsendes Rudel Rentiere. Volgan meinte: „Alte Männer, zäh!" Später kreuzten wir ihre Fährten und fanden dabei auch Spuren von Wölfen. An diesem Abend fragte Volgan, während er seine Pfeife paffte, beiläufig: „Was wir wollen jagen?" Ich war einen Moment ratlos. Zum Jagen war ich nicht gekommen. Ich wäre auch hier, wenn es kein Wild gäbe. Das würde er nicht verstehen, würde vielleicht umkehren. Er war Jäger und Guide. Wenn ein Fremder, wie ich, im Herbst ohne festes Ziel ins Gebirge geht, will er jagen! Was sonst? Und ich hatte tatsächlich wieder Lust dazu. In Erinnerung an die Wolfsfährten sagte ich: „Wölfe!" Auf die hatte ich noch nie gejagt und hier erfreuten sie sich keiner großen Beliebtheit, rissen Herdentiere und waren Jagdkonkurrenten. „Gut, gut", stimmte Volgan zu: „Wir weiter über Berge, in dunkle Taiga, zu Jana-Fluss, dort große Wölfe, dort gut jagen." Er lächelte zufrieden, doch nur kurz, dann verfinsterte sich sein Gesicht: „Das weit. Winter kommen bald. Wird schwer, viel schwer. Vielleicht wir nicht durchkommen, umkehren müssen, Hilfe suchen." Verdrossen zog er an seiner Pfeife: „Vielleicht auch Wölfe uns jagen, vielleicht wir gewinnen, vielleicht sie." Ich konnte mir das nicht vorstellen, meinte „ja, vielleicht", fragte: „Hast du Angst?" Im selben Moment wusste ich, das war daneben. Volgan fühlte sich beleidigt, sah mich grimmig an, zischte zornig Unverständliches. Ich versuchte, ihn zu beschwichtigen. Legte eine Hand aufs Herz und beteuerte, für mich sei er der mutigste Mann diesseits der Hölle. Hölle verstand er nicht. Erst als ich schwor, dass ich ihn ganz bestimmt nicht beleidigen wollte, legte sich sein jäher Zorn. Versöhnt war er jedoch nicht, packte seine Sachen. Ich hielt ihn freundlich zurück. Dabei rutschte aus meiner Ärmeltasche das Geschenk seiner Schwester, fiel ihm vor die Füße. Er erblasste, sah sich ängstlich um: „Katze hier? Alles gut schon! Du sagen, wir machen. Ich dir helfen." Ich hob das Amulett auf, steckte es schnell wieder weg. Angst vor Wölfen hatte er kaum, aber einen riesigen Respekt vor dem kleinen Ding. Nicht vor der Figur selbst, aber vor dem, was immer sie verkörperte. Mit gesenktem Kopf beobachtete er mich respektvoll, zündete seine Pfeife wieder an, zog heftig daran und setzte sich. Verstimmt war er immer noch. Ich zog mich in meinen Schlafsack zurück. Volgan blieb am Feuer sitzen. Beim Aufwachen blickte ich gleich auf sein Lager. Es war leer. Doch von seiner Ausrüstung fehlte nichts. Beruhigt machte ich Feuer, bereitete das Frühstück und wartete. Etwa eine Stunde später schob sich Volgan durch die Zeltöffnung, nickte mir freundlich zu, stellte den Teekessel wieder aufs Feuer, nahm sich Brot und Schinken. Von seiner Verstimmung war nichts mehr zu merken. Ich hätte gerne gewusst, wo er gewesen war, fragte aber nicht. Irgendwann wird er schon reden; nur keine „Wolf-Diskussion". Dann, nachdem er mit großem Appetit gefrühstückt hatte, sagte er ohne Einleitung: „Brauchen Fleisch, gehen jagen. Gefunden Rentiere und Spur von Bär. Bär folgt Tieren. Großer Bär, alter Bär, kann verjagen Ren." Ich nahm kommentarlos Büchse, Munition und Fernglas, griff mir den Bergstock und ging vors Zelt. Kurz darauf kam er, ebenfalls zur Jagd gerüstet, prüfte den Wind und zeigte auf einen nahen Bergkamm. Während ich ihm folgte, spürte ich seit Langem wieder erwartungsfrohes Prickeln und auch etwas Stolz, mit einem mir kaum bekannten Eingeborenen im Ostsibirischen Bergland, fern aller Zivilisation auf Ren und Bär zu jagen: „Toll!" Ja, schon. Doch sollte es wirklich das sein, was ich hier suchte? Wollte ich wirklich nur Abenteuer und Jagd? Bestimmt nicht! Doch jetzt nicht grübeln; jetzt jagen!

Als wir am Bergkamm standen, deutete Volgan mit kreisendem Zeigefinger auf einen gegenüberliegenden Hang: „Dort!" Ich sah nichts. Erst mit dem Fernglas fand ich zwischen dürrem Gras und großen Felsbrocken ein Rentierrudel, weibliche Stücke mit Kälbern und ein paar junge Hirsche. Ich nickte Volgan zu: „Ein Kalb würde passen." Er zeigte auf eine schmale Rinne: „Runter da." Wir kletterten möglichst leise in ein schmales Tal. Fast schon unten, sahen wir die Tiere langsam Richtung Wald ziehen. Volgan brummte: „Ren wollen weg; ich aufhalten; du höher, schießen von oben." Wir rutschten das letzte Stück zum Talboden. Er verschwand talabwärts zwischen Büschen. Ich suchte und fand schnell eine Aufstiegsmöglichkeit. Um ihm Zeit zum Umschlagen des Wildes zu lassen, wartete ich noch etwas, hörte plötzlich hinter mir Schnauben, fuhr herum, rutschte aus, fiel auf den Rücken. Keine fünf Meter entfernt stand ein mächtiger Braunbär. Als er sich mit geiferndem Fang aufrichtete, riss ich das Gewehr hoch, drückte ab: „Klick!" Ich hatte nicht geladen. Er kam auf mich zu. In Panik stieß ich mit dem Gewehr nach ihm. Das reizte ihn noch mehr. Er stürzte sich auf mich. Ich rollte mich instinktiv zur Seite, hörte dabei ein tiefes, scharfes, unheimliches Fauchen. Mir gefror das Blut in den Adern. Der Bär brüllte, sprang zur Seite und stürmte durch die Büsche davon, ein großer, gelb-oranger Fleck hinterher. Ich lud zitternd das Gewehr: „Was für ein Riesenbär! Und was war das andere, das mir das Leben rettete?" Als Angst und Anspannung langsam nachließen, begriff ich: „Eben hast du dem Tod in die Seher geblickt!" Geschockt, am ganzen Körper zitternd, blieb ich sitzen. Nach einer kleinen Weile fiel ein Schuss: Volgan! Er kam, sah mich, schüttelte den Kopf: „Wie du aussehen? Wo du warst?" Immer noch zittrig quälte ich mich hoch, zeigte schweigend auf die Branten-Abdrücke des Bären im Morast. Er legte eine Hand hinein, nickte anerkennend. Dann sah er den Abdruck meines Körpers im Matsch, sah meine Waffe und die Fluchtfährte des „Petz". Er verstand nicht. Ich müsste tot oder schwer verletzt im Schlamm liegen oder er hätte einen Schuss hören müssen oder es war ein Wunder geschehen. Ich setzte mich wieder und berichtete. Als ich vom Fauchen und dem gelb-orangen Schemen erzählte, atmete er tief durch, flüsterte: „Die Katze." Dabei hörte ich das „e" kaum, dachte einen Moment an meinen Spitznamen: „Komisch!" Volgan blickte sich scheu um und mich fast ehrfürchtig an: „Sie dich schützen; ich wusste." Neugierig wankte ich zur Stelle, wo ich den Schemen gesehen hatte. Im Sand stand der Pfoten-Abdruck einer Katze – einer riesigen. Hier, im Werchojansker Gebirge? Welche Katzenart ist hier größer als ein Luchs? Langsam kam in mir die Vorstellung eines Tigers auf. „Ein Tiger!", murmelte ich. Volgan hörte es, nickte: „Ja, Amba! Er wieder da!" „Hier?", fragte ich ungläubig: „Den gibt es doch höchstens noch in der Region Primorje oder am Amur; aber hier?" Er nickte wieder: „Er mal hier, mal nicht. Er Katze." Nervös blickte er um sich: „Wir holen Kalb. Katze weg. Bär vielleicht kommen wieder. Will Kalb." Wir kletterten zu Volgans Beute, brachen sie auf, schnitten Keulen und Rücken raus und eilten mit dem Fleisch auf den Schultern Richtung Zelt. Um den Bären nicht zum Lagerplatz zu locken, zogen wir die Keulen und den Rücken fern vom Zelt an einem Ast hoch. Die Rentiere pflockten wir dicht vor dem Zelt an. Dann brieten wir die Lenden des Kalbs. Gut gewürzt, mit Schweineschmalz beträufelt und kross gebraten schmeckten sie köstlich. Nach dem Essen erzählte Volgan bei Wodka und Tee schaurige Geschichten von Bär-Attacken. Nach dem heute Erlebten glaubte ich ihm alles, doch ängstigen konnte er mich nicht. Ich dachte an meinen Beschützer, die „Katze". Satt vom Braten und entspannt vom Wodka schlief ich noch während seiner Erzählungen ein. Vom Bär spüren wir nichts mehr.

Nach einem wohltuenden Schlaf kroch ich voll neuer Energie aus dem Zelt und stand schaudernd in einer vom Schnee verzauberten Landschaft. Mir blieb zum Staunen aber kaum Zeit. Schneidende Kälte erinnerte mich erbarmungslos an meine dürftige Bekleidung und beendete aufkommende Träumerei. Hurtig erledigte ich an einem halb zugefrorenen Bach meine allmorgendliche Wäsche und schlüpfte zitternd wieder ins Zelt. Mein Führer hatte nach einem Blick ins Freie auf seine morgendliche „Erfrischung" verzichtet. Er passte seine „Körperpflege" grundsätzlich den Witterungsverhältnissen an. Mir war es recht, hatte ich doch nach meinem „Ausflug" in den Schnee ein warmes Zelt und heißen Tee. Doch nicht lange, Volgan drängte zum Aufbruch: „Wir eilig; Winter kommen; Weg noch weit." Bedrückt blickte ich auf unser Zelt. „Reicht dieser Unterschlupf wirklich bei minus 50 Grad und mehr?" Volgan glaubte es. Als Mann der Berge und Volganlar musste er es wissen. Das war beruhigend. Und es gab ja auch noch die Katze, den Tiger oder Amba, den „Geist der Taiga". Aufbruchbereit bei den Lasttieren, „erklärte" der Volganlar unser Ziel: „Schnee bleiben bis Frühling, werden immer mehr! Wir nach Osten. Da Berge nicht ganz hoch und viel Wald. Dort nicht ganz kalt, nur viel kalt."

Also, auf nach Osten. Volgan hatte neben der allgemeinen Richtung offensichtlich auch ein konkretes Ziel, sprach aber nicht darüber und ich fragte auch nicht. Irgendwann wird er schon reden. Die Tage wurden schnell kürzer. Wir marschierten, so-

lange wir ausreichend Sicht hatten, und machten trotz Schnee-
gestöber, Stürmen und vereisten Hängen einigermaßen Strecke.
Die Landschaft wurde immer rauer und bald so menschen-
feindlich, als wollte Mutter Erde hier ganz bestimmt keinen
der Gattung Homo haben. Nach etwa einer Woche waren die
Packtiere vom Laufen in dem unwegsamen Gelände erschöpft,
brauchten längere Ruhepausen und auch viel Zeit, um unter
dem Schnee ausreichend Nahrung zu finden. Mir gab das Gelegenheit, mich in Ruhe umzusehen. Ich staunte, staunte über
die strahlend majestätische Erhabenheit dieser einzigartigen
Natur, über die unangetastete Wildnis, die mal unter drama-
tisch finster verhangenem Himmel, mal in wunderbare Pastell-
töne getaucht, zum Innehalten, zu Demut und Bescheidenheit
mahnte. In dieser grandiosen Weite ahnte ich die Gesetze der
Schöpfung, spürte die Harmonie des ewigen Wechsels von Entstehen und Vergehen, von Leben und Sterben und von der un-
überwindlichen Macht der Zeit. Doch ich wollte nicht emotional werden, riss mich aus den Gedanken und fühlte trotzdem:
„Hier finde ich meine Bestimmung." Diese Gewissheit gab mir
eine fast heitere Gelassenheit, die sich auf Volgan übertrug. Er
wurde zuversichtlicher, holte eines Abends sogar aus seinem
unergründlichen Gepäcksack eine kleine Rahmentrommel, einen mit Tierhaut bespannten Holzreif: „Das Musikmacher für
Singen und Zauber." Ich nickte: „Ja, du siehst mit der Trommel
schon aus wie ein Zauberer." Er lächelte, zeigte mir, wie „Musik-
machen" geht. Mit untergeschlagenen Beinen, sich in den Hüf-
ten wiegend begann er, einen eintönigen Rhythmus zu schlagen. Dazu sang er zunehmend entrückt, dumpf und eintönig
wie die Trommel. Der unverständliche Singsang, das Pochen
der Trommel, seine gleichmäßigen Bewegungen, das Züngeln
der Flammen und die flatternden Schatten an den Zeltwänden
schläferten mich ein und ließen mich nach und nach aus der
Wirklichkeit in einen eigenartigen Traum gleiten:

Ich beobachtete mich selbst, distanziert und neugierig, von einer hohen Warte, überlegte: „Dieser Fremde passt doch nicht
hier her. Was will der hier, was treibt ihn in diese Wildnis? Ver-

rückt scheint er nicht zu sein. Oder doch? Vielleicht ein bisschen! Aber was will der nur?" Ich schüttelte über mein „Alter Ego" den Kopf, sah mich aufstehen, den Parker anziehen und das Tipi verlassen. Draußen streichelte der andere die Rentiere und ging dann, ohne Schneeschuhe, durch glitzernden Tiefschnee in einen vom Vollmond durchstrahlten Wald, lief dort leichtfüßig über Schneewehen, überwand problemlos Totholzverhaue und steile Geröllhalden. Wölfe erschienen, trabten hechelnd mit offenem Fang rechts und links neben ihm. Er bemerkte sie nicht, achtete nicht auf seine Umgebung, bewegte sich traumwandlerisch sicher. Seine Schritte wurden immer raumgreifender, wurden zu kleinen Sätzen, bald zu langen Sprüngen, zehn, 20, 30 Meter weit. Dann sprang er über Felsformationen, Dickungen, Baumwipfel, ja sogar Berggipfel und wurde dabei zu einem bizarren Schatten vor der Mondscheibe. Die Wölfe immer neben ihm. Schließlich blieb er auf einem kleinen mit Sträuchern bewachsenen Plateau in einem Steilhang stehen. Die Wölfe krochen den Hang hoch, näherten sich ihm bedrohlich. Da erhellte plötzlich grelles Licht, so blendend wie Sonnenstrahlen im spiegelnden Meer, die Fläche. Die Wölfe heulten auf, wichen ins Dunkel zurück. Zarte Hände zogen den Mann in eine Höhle. Im nun anheimelnd warmen Licht erkannte mein anderes Ich die Schamanin, Volgans Schwester. Ihre unergründlichen Augen blickten liebevoll auf den Springer, verzauberten ihn. Willenlos folgte er ihr zu einem Lager in einer Nische. Sie schmiegte sich an ihn, öffnete ihr Kleid. Im Delta ihres entblößten Busens schimmerte das Skorpion-Amulett. Er umfasste sanft ihre Brüste, drückte dann ihren Körper mit brennendem Verlangen an sich. Sie umschlang seinen Nacken, wich zurück und zog ihn auf das Lager. Unbeholfen versuchte er, ihr das Kleid von den Schultern zu streifen und gleichzeitig seinen Parker loszuwerden. Es entstand ein hektisches Gewusel. Dabei hielt sie ihn an beiden Schultern fest. Der Griff war so kräftig, grob, ja schmerzhaft, dass ich ihn auf meiner hohen Warte ebenfalls spürte, heftig erschrak und mich mit meinem ebenfalls erschrockenen Ich auf dem Felllager vereinte. Das derbe Schütteln hielt an. Völlig verwirrt wachte ich auf. Volgan ließ meine Schultern los und betrachtete mich kopfschüttelnd: „Du weit weg. Trommel macht Zauber, macht Träume, auch großen Traum. Aufpassen, sonst du nicht kommen zurück! Du haben weiten Geist, wie wir. Jetzt wir schlafen, schon spät." Er schlüpfte in seinen Fellsack und war sofort eingeschlafen. Ich lag noch lange wach, hatte immer wieder die wunderlichen Bilder des Traums vor Augen, dachte an die letzten, so lustvollen Momente. War das Traum, Vision, oder nur profane Männerphantasie? Wie auch immer. Schade nur, dass mich Volgan gerade im spannendsten Augenblick zurückholte. Es hätte doch noch so schön werden können. Mit diesem angenehmen Gedanken schlief ich ein, hatte trotzdem Alpträume von Hexen und Wölfen.

Es wurde kaum noch hell, nachts war es bitterkalt und am Tag kaum wärmer. Dank meiner Hightech-Unterkleidung fror ich kaum, beneidete Volgan trotzdem um seine kuschelige Fellkleidung. Sie war in diesem Klima ideal, praktischer als meine und passte in die Landschaft. Doch er spürte die Kälte sowieso kaum, marschierte gleichmäßig, ausdauernd und immer auf sein Ziel konzentriert. Fragte ich danach, kam nur: „Nach Osten, immer nach Osten." Größtenteils hielten wir uns dran, mussten aber wegen unpassierbarer Bergkämme und Pässe auch Umwege in Kauf nehmen, nutzten dabei hauptsächlich Täler und Senken oder folgten vereisten Flüssen und Bächen. Doch auch da hinderten uns Geröll, Felsbrocken, umgestürzte Bäume oder dichtes Strauchwerk. Hinzu kam, dass bei jedem Schritt „Stolperfallen", wie wacklige Grasköpfe, verdeckte Rinnen, verschneite oder vereiste Felsplatten, zum Verhängnis werden konnten. Dann hörten wir nachts auch noch Wölfe. Als ihr Heulen näher kam, holte Volgan die Rentiere ans Zelt und entfachte ein großes Feuer. Wir warteten mit den Gewehren außerhalb der beleuchteten Fläche. Kurz darauf zerrten die Rentiere an den Fesseln. Ich erkannte auf dem reflektierenden Schnee Umrisse einiger Grauhunde und pirschte Richtung Waldrand. Etwa 30, 40 Schritte entfernt sah ich einen einzelnen Wolf, hob das Gewehr. Er bemerkte mich, verhoffte.

Ich schoss. Er fiel nach vorne, kam schnell wieder auf die Läufe und verschwand. Nach dem Schuss flüchteten rings um das Zelt Wölfe. Am Anschuss fand ich etwas Schweiß, Schnitthaare und ein Stückchen Balg, Pirschzeichen eines Streifschusses. Trotz des schlechten Schusses war ich zufrieden. Diese Verletzung wird er leicht überstehen und Menschen zukünftig meiden. In den nächsten Nächten spürten wir von den Räubern nichts. Doch einige Tage später fanden wir wieder ihre Spuren. Jetzt war ich mir sicher: „Die wollen uns." Bald darauf hörten wir sie wieder und ich sah sie sogar im letzten Licht beim Aufschlagen des Zeltes. Etwa 50 Schritte entfernt standen fünf oder sechs vor einem Buschgürtel. Ich griff zum Gewehr, lud, dachte dabei: „Die taxieren uns, als wären wir Schlachtvieh." Doch bevor ich zielen konnte, waren sie schon verschwunden. Am Abend hörten wir ihr schauriges Geheul ganz nah und sahen sie schemenhaft. Das ging die ganze Nacht so. Wir fanden keinen Schlaf und die Packtiere keine Ruhe. Beim Frühstück erhoffte ich mir von Volgan eine Ermutigung. Doch er knurrte nur: „Schlecht, schlecht. Wölfe hungrig, kein Wild, wir Wild; schlecht, schlecht. Wir eilen, Dorf von Radul noch weit; wir viel eilen müssen!" Dieses Dorf war also sein Ziel. Wir brachen sofort auf. Gegen Mittag entdeckte ich in einem Tal, an einem Seitenhang, gut 2oo Schritte entfernt das Rudel und griff nach dem Gewehr. Volgan schüttelte seinen Kopf, ich meinen auch und gab ihm die Leine meines Rens. Im Schutz von Felsbrocken schlich ich voraus und fand in einer Rinne, die schräg zum Hang verlief, hinter Felsen einen „Ansitz", lud und wartete. Nach etwa zehn Minuten sah ich unten Volgan. Jetzt müssten auch unsere „Begleiter" kommen. Und da waren sie auch schon. Die permanente Bedrohung durch diese Tiere nervte mich. Trotz des Zorns spürte ich aber auch den Reiz der Jagd. Im Rudel visierte ich das vorderste Tier an, eine dunkelgraue, fast schwarze Wölfin mit strahlend hellgrauer Maske. Sie verhoffte. Das Rudel schob sich ineinander, verharrte bewegungslos. Ich auch. Als die Wölfin sich drehte und frei wurde, schoss ich. Durchs Mündungsfeuer sah ich sie in großen Fluchten davonstürmen, das Rudel hinterher. Verblüfft schaute ich ihnen nach. Hatte ich sie verfehlt? Doch da sah ich schlegelnde Läufe und kletterte schnell zum Anschuss. Vor mir lag ein starker Rüde, wohl das männliche Alphatier. Er musste schräg hinter der Wölfin gestanden haben. „Auch recht!", murmelte ich. Als ich nochmal in Fluchtrichtung des Rudels blickte, sah ich auf einem Felsvorsprung die Wölfin. Sie äugte unverwandt zu mir, als wolle sie sich den Meuchler ihres Partners einprägen. Ich lud nach und sah durchs Zielfernrohr in wutfunkelnde Seher, erschrak. Sie verschwand, bevor ich abdrücken konnte. „Die will sich rächen!" Ich hatte es gespürt und ahnte, das wird ein Kampf, den nur einer überlebt, sie oder ich. „Ach was", dachte ich, schüttelte den Kopf, wollte den Gedanken loswerden: „Alles Humbug. Tiere haben nicht solche menschlichen Genugtuungsgefühle!" Volgan winkte. Ich schlitterte zu ihm, erzählte, berichtete jedoch nicht von meiner Vermutung. Als ich den Wolf abbalgen wollte, wurde er energisch. „Schnell weiter, weiter; großes Unheil, keine Zeit. Große Wölfin, jetzt sie will dich!" Woher wusste er das? Er blickte traurig unter sich. „Ich wissen. Mein Leben dein Leben. Vielleicht alles jetzt Ende." Ich war richtig betroffen, steckte schweigend das Gewehr ins Futteral. Der Volganlar hatte es nun noch eiliger.

Die Tage wurden immer kürzer, der Schnee immer höher, das Weiterkommen immer schwieriger. Mir wurde langsam bange: „Wenn das so weitergeht, kommen wir nie zu den Radul." Ob es noch kälter wird und noch mehr Schnee fällt, wusste ich nicht; auch nicht, in welcher Phase des sibirischen Winters wir waren. Unser Kalender war dabei uninteressant. Ich konnte Volgans Abneigung gegen kalendarische Zeiteinteilungen jetzt verstehen. Hier waren sie untauglich. Wichtig waren Licht und Witterung. Nicht, ob es Oktober oder November oder gar Sonntag oder Montag war. Wir marschierten trotz der gebotenen Eile nach dem Sprichwort: „Wer langsam geht, kommt weiter." Also nicht hastig, sondern vorsichtig, gleichmäßig und kräfteschonend. So schafften wir trotz aller Widrigkeiten beachtliche Tagesstrecken. Wenn sich eine Chance bot, jagten wir sogar. Volgan schoss einen jungen Elchbullen, ich einen Vielfraß und einen Luchs. Die Raubtier-Bälge nahmen wir mit, vom Elch nur Keulen und Rücken. Am nächsten Morgen waren von ihm nur noch die Decke und ein paar Knochen da: Die Wölfe! Wir wurden sie nicht los, kreuzten oft ihre Spuren, hörten sie heulen. Manchmal fanden wir auch Reste ihrer spärlichen Beute. Ich wurde immer nervöser. Volgan zeigte keine Regung. An einem Vormittag bemerkte ich eine Schweißfährte, band mein Packtier an eine Krüppelkiefer, nahm Büchse und Revolver und folgte neugierig den Bluttropfen. Voll auf die Fährte konzentriert, bog ich um einen Fels, fühlte mich beobachtet, sah hoch und blickte in die Seher eines Wolfs. Er stand kaum 15 Schritte entfernt mit gefletschten Zähnen unter einem Baum. Ich wusste gleich, wer da lauerte: „Die Alphawölfin." Sie griff sofort an. Ich riss den Revolver vom Gürtel und schoss quasi aus der Hüfte. Sie überschlug sich, schlegelte kurz, kam wieder hoch, schüttelte den Schädel und flüchtete. Ein Gehör hing herunter. Ich schoss ihr nach. Die Kugel prallte auf den Stein, hinter dem sie verschwand. Ich rannte zu meinem Ren, stellte erleichtert fest, es war unversehrt. Volgan kam zurück, schimpfte aufgebracht. Er hatte wiederholt verlangt, dicht zusammen zu bleiben. Jetzt wusste ich, warum. Immer noch zornig band er mein Ren an den Packsattel seines Tiers und zog im Eiltempo los. Von den Wölfen spürten wir in den folgenden Tagen und Nächten nichts mehr. Allmählich glaubte ich, wir sind sie los.

„Noch drei, vier Tage schnell laufen, dann wir in Dorf. Dort gut." Auch Volgan war wieder zuversichtlich, packte abends sogar seine Trommel aus. Ich bat ihn, nicht zu „singen". Er hatte Verständnis und holte Wodka. „Das besser für Schlaf." Alkohol und Wärme schufen eine entspannte Atmosphäre. Wir erzählten Anekdoten und sprachen über unsere Familien. Als ich von seinem Zweitnamen sprach, wollte er gleich wissen, was meiner bedeutete. Seine Mutter habe gesagt: „Sohn von Orion war Freund, war ganz großer Jäger." Vom Sohn wusste ich nicht viel, doch von Orion erzählte ich ihm meine Version der Legende:

„Orion lebte weit, weit vor unserer Zeit." Er nickte, zwirbelte an seinem Bart. Ich staunte über seine Wissbegier, fuhr fort: „Er war damals der beste Jäger, war ein sehr starker Mann, Sohn des mächtigen Meeresgottes und geliebter Freund der Jagdgöttin. Sie beschützte ihn und schenkte ihm ein Amulett mit großer Zauberkraft, das einer Katze ähnlich gewesen sein soll." Volgan bekam große Augen und nickte jetzt heftiger als zuvor. Mir stellten sich die Nackenhaare auf: „Das Geschenk der Schamanin? Nein! Zufall, reiner Zufall!" Betont gleichmütig erzählte ich weiter: „Orion wanderte, wie es damals so üblich war, über die Erde und erlebte viele tolle Abenteuer. Eines Tages kam er zu einer Insel, auf der ein böser König herrschte. Dessen Tochter war das Gegenteil ihres Vaters, gutherzig und sehr, sehr schön. Orion verliebte sich und wollte sie heiraten. Sie erwiderte seine Liebe. Doch der König verbot die Heirat. Er hatte sie bereits einem widerlichen Tyrannen einer Nachbarinsel versprochen. Als seine Tochter von Orion schwanger wurde, ließ der wütende König Orion blenden und am Strand aussetzen. Raubtiere sollten ihn töten. Es selbst zu tun, wagte er aus Angst vor Orions Vater nicht. Doch die Göttin der Jagd vertrieb alle gefährlichen Tiere und beschützte ihn. Inzwischen suchte die Königstochter nach ihrem Geliebten. Ihr Vater log, er sei weitergezogen; wohin, wisse er nicht. Sie glaubte ihm nicht. Und als einer seiner Schergen ihr noch höhnisch zurief: ‚Der kommt bestimmt nicht wieder', war sie überzeugt, ihr Vater habe ihn ermorden lassen. Trostlos und verzweifelt, wollte sie nicht mehr leben und stürzte sich in der Nähe des Meers von einer Palastmauer. Orions Schutzgöttin, die eifersüchtig auf die Königstochter war, hatte das ganze Geschehen beobachtet, wollte zwar nicht die Prinzessin, aber Orions ungeborenes Kind retten und lenkte den Sturz ins Meer. Die Schwangere kämpfte sich, schwer verletzt, noch ans Ufer, gebar einen Knaben und starb. Als Orion von ihrem Tod erfuhr, wollte er auch sterben. Doch die Göttin legte ihm seinen Sohn in die Arme, gab ihm eine Amme zur Seite und der Gott des Feuers sandte ihm einen seiner Schmiede-Gesellen, einen Halbgott, zum Schutz und als Begleiter. So zog die kleine Gemeinschaft der aufgehenden Sonne entgegen. Weit im Osten, fast am Ende der Erde, heilte der Sonnengott auf Bitten seiner Schwester Orions Augen. Er konnte wieder sehen, doch war er nicht mehr der, der er einst war. Durch das erlittene Leid verbitterter, war kein Jäger mehr, nur ein erbarmungsloser Schlächter des Wildes und ein jähzorniger Menschenfeind. Sein sinnloses Töten erzürnte die große Muttergöttin der Erde. Sie sandte einen mächtigen Skorpion zu ihm, der ihn mit dem Gift seines Stachels tötete. Sterbend bereute er sein frevelndes Tun und ließ seinen Sohn schwören, den Geschöpfen der großen Mutter immer ehrfurchtsvoll zu begegnen. Dann gab er ihm das Amulett der Göttin. Sie konnte sein Leben nicht retten, denn kein Gott kann rückgängig machen, was ein anderer Gott tat. Bitterlich weinend suchte sie Trost bei ihrem Vater, dem mächtigsten aller Götter. Der hatte Mitleid und holte Orion an den Himmel zu den Sternen." Ich zeigte nach oben: „Dort leuchtet er als Sternbild und jagt weiter – besonders den Wolf." Diese Ergänzung konnte ich mir nicht verkneifen. Zu seiner ursprünglichen Frage fabulierte ich selbstironisch: „Orions Sohn und alle seine Nachkommen wurden ganz tolle Jäger." Die Ironie verstand er zunächst nicht. Streifte mich mit einem scheuen Blick. Dann grinste er und flachste über meine Herkunft.

Als Volgan gerade Wodka nachschenken wollte, hörten wir vor dem Zelt infernalisches Knurren und wildes Getrampel. Wir stürzten hinaus und schossen mit Repetierer und Revolver auf flüchtende Wölfe. Ein Rentier war leicht verletzt. Das andere lag röchelnd mit verdrehten Augen auf der Seite. Blut strömte stoßweise aus einer tiefen Bisswunde am Hals. Volgan erlöste es mit einem Schuss. Bestürzt und ratlos standen wir bei den Tieren. Seine Prophezeiung war eingetreten. Die Wölfe jagten uns. Er brummte etwas, deutete auf das Feuer und kümmerte sich um das verletzte Tier. Ich spürte Panik aufkommen, wehrte mich, warf Holz ins Feuer, bis ringsum alles erleuchtet war. Dabei wandelte sich meine Angst in Zorn. Nie hätte ich gedacht, dass ich ein Tier hassen kann. Doch jetzt hasste ich das ganze Rudel. In der Nacht hielten wir abwechselnd Wache. Nichts passierte. Morgens sortierten wir unsere Ausrüstung. Mit einem, noch dazu verwundeten, Packtier konnten wir nur noch das Nötigste mitzunehmen. Für Volgan gehörten dazu natürlich seine Trommel und Wodka. Den restlichen Teil unserer Habe zogen wir als Bündel an einem Ast hoch. Auf das Ren packten wir Zelt, Proviant und Kleidung. Waffen und persönliche Sachen trugen wir selbst. Ich hatte wieder Hoffnung, unser Ziel zu erreichen. Doch schon am Ende des zweiten Tages war sie dahin. In der Dämmerung rutschte ich auf einer vereisten Felsplatte aus, stürzte einen Hang hinab, blieb mit einem Schneeschuh zwischen Steinen hängen und verdrehte mir den Knöchel. „Aus", stellte ich lakonisch fest: „Du kommst nicht weiter." Volgan kam, schnallte den Schneeschuh ab und half mir hoch: „Wir jetzt Nachtlager, will Fuß sehen." Auf das arme Packtier gestützt, schleppte ich mich bis zu einem kleinen Gehölz. Volgan begutachtete im Zelt beim Feuer meinen Knöchel. Er war rot und blau verfärbt, stark geschwollen, aber nicht gebrochen. Doch Bänder und Sehnen hatten schwer gelitten. Wir kühlten und bandagierten ihn. So konnte ich am Bergstock wenigstens etwas humpeln, an Weitermarschieren war aber nicht zu denken. Beim Essen sagte ich: „Du gehst zu den Radul. Ich bleibe hier. Vielleicht brauchst du nur einen Tag und bist schon am zweiten zurück." Volgan wollte protestieren. Ich winkte ab: „Ich kann nur etwas humpeln, kann keinen Schneeschuh tragen. Ich würde nicht weit kommen. Und das Ren kann mir auch nicht helfen, es ist verwundet und so schon überladen." Volgan gab nicht auf: „Ich dich auf eine Seite stützen, Ren auf andere Seite, so du laufen." Ich schüttelte nur den Kopf: „Du weißt, dass ich recht habe, oder ...?" Nach einigen Augenblicken stimmte er traurig und zornig zu: „Du recht haben!" Ich wusste nicht, was ihn erzürnte, erfuhr es aber sofort: „Wenn du tot, ich tot, mein Leben dein Leben, du weißt, so ist bestimmt. Aber ich gehen, Ren bleiben hier, zu langsam."

Im ersten Dämmerlicht packte Volgan in seinen Schlafsack Proviant, etwas Wodka und natürlich seine Trommel, nahm das Gewehr, sah mich lange an, neigte wortlos den Kopf und verschwand. War das ein letzter Gruß? Als seine knirschenden Schritte nicht mehr zu hören waren, herrschte Totenstille. Fatalistisch dachte ich: „Allein unter Wölfen, na dann! Jetzt kann niemand mehr was ändern!" Als es etwas heller geworden war, humpelte ich mühsam vors Tipi, prüfte Verankerungen und Holzvorrat, kochte mir Tee, kaute an einem Stück Braten herum und schlief ein. Wie lange, weiß ich nicht. Ein schabendes Geräusch schreckte mich auf. Verschlafen sah ich im flackernden Schein des ausgehenden Feuers eine geisterhafte Fratze: „Ein Troll?!" Mir lief es eiskalt über den Rücken. Nach einem Augenblick starren Staunens griff ich zum Revolver, erkannte aber gerade noch rechtzeitig mein Ren. Es hatte Kopf und Träger durch die Zeltöffnung geschoben. Der stumpfe Windfang, die großen Nüstern, blauspiegelnde Winteraugen, die kleinen Lauscher und die verwobenen Geweihstangen am gedrungenen Kopf waren mir im Schattenspiel der glimmenden Äste wie eine Fratze erschienen. Ich atmete erleichtert durch. Gleichzeitig wurde mir aber auch bewusst: „Schlaf macht mich wehrlos. Ich darf nicht schlafen!" Doch noch eine oder gar zwei weitere Nächte und Tage ohne Schlaf? Das halte ich nicht durch! Ich blickte auf das Ren: „Du bist jetzt mein einziger Verbündeter. Du musst Wache halten." Ich humpelte wieder vors Zelt, warf Holz ins Feuer und schaffte es sogar, Flechten für meinen Wächter zu sammeln. Derweil war es wieder dunkel geworden. Ich dachte an Volgan. Wie weit ist er gekommen? Wie kommt er durch die bitterkalte Nacht? Verfolgen ihn die Wölfe? Bei mir hatte ich sie nicht mehr gespürt. Doch das musste nichts bedeuten. Ich begutachtete meine Waffen. Können die mir helfen? Vielleicht gegen einen oder zwei Wölfe. Doch gegen ein ganzes Rudel? Nicht viel, letztlich nichts! Trotzdem, wehren wollte ich mich. Das blanke Jagdmesser legte ich auf eine Seite meines Lagers, den Revolver auf die andere und ans Kopfende das Gewehr. Nach einer Weile raffte ich mich nochmal auf, versorgte die Feuer drinnen und draußen und versuchte, wach zu bleiben – erfolglos. Diesmal rissen mich Knurren, Trampeln, Röcheln aus tiefem Schlaf. Bevor ich noch ganz wach war, stürzte das Ren gegen das Tipi. Das Zelt brach zusammen, fiel mir auf die Beine. Die Zeltwände fingen Feuer. Beißender Qualm verbreitete sich. Mit tränenden Augen und würgendem Husten befreite ich mich, schlitzte ein Loch in eine Zeltwand und kroch mit Revolver und Messer ins Freie. Als ich mich aufrichtete, sah ich etwa ein Dutzend Grauhunde an dem zusammengebrochenen Ren zerren, die Alphawölfin an der Kehle, andere an Flanken und Keulen. Ich suchte eine Rettungsmöglichkeit, sah eine Fichte, humpelte los. Nach ein paar Metern blickte ich zurück. Im selben Augenblick entdeckten mich die Wölfe. Die Leitwölfin und ein Teil des Rudels kamen geduckt mit gefletschten Zähnen auf mich zu. Ich wollte weiter zum Baum, stolperte, fiel in den Schnee. Das war das Signal zum Angriff. Dem Alphatier nach stürzte sich das gesamte Rudel auf mich. Ich spürte am ganzen Körper Bisse, feuerte den Revolver leer und stach mit dem Waidblatt um mich. Als ich auch noch das Messer verlor, versuchte ich nur noch, mit den Armen Kehle und Kopf zu schützen. Die Wölfin stand mit den Vorderläufen auf meiner Brust. In ihren gelblichen Sehern glaubte ich Hass und Triumph zu erkennen und erwartete den tödlichen Biss. Von den Anstrengungen, den Schmerzen und dem Gewicht des Wolfs schwanden mir die Sinne. Dieser Moment im Angesicht des Todes war überaus erstaunlich. Meine Angst war weg und mit ihr alle Emotionen. Ich war plötzlich ruhig, stand dem Geschehen so gleichgültig gegenüber, als ginge es mich nichts an. Wenn es „Gottergebenheit" gibt, so beherrschte sie mich. Doch bevor ich die Besinnung ganz verlor, sah ich noch einen gelben Körper heranfliegen. Die Wölfin wurde von mir gerissen. Ich hörte ersticktes Knurren, knöchernes Knacken, Winseln, sah Tierkörper durch die Luft wirbeln. Ein riesiger Tiger wütete unter den Wölfen. „Amba!", dachte ich, dann verschwamm alles. Später, in einem Bewusstseinsmoment, fühlte ich mich getragen, dachte an den Tiger und sank zurück in tiefe Nacht.

Das Erste, was ich für einen Augenblick wieder spürte, war die wohltuende, lebenserhaltende Wärme eines menschlichen Körpers. Dieser Augenblick wiederholte sich immer öfter und wurde immer länger. Bald fühlte ich den Körper deutlicher, fühlte lange Haare, Brüste, weiche Oberschenkel, fühlte eine Frau. Dann wurde mir während dieser Phasen wohlschmeckende Brühe und ein bitteres Getränk eingeflößt. Das musste ich auch trinken, wenn ich unruhig wurde. Es wirkte wie ein Betäubungsmittel und verhinderte auch, dass ich meine Pflegerin und ein Tier, das um mich war, erkannte. Durch die ständige Wiederholung des Geschehens und die eingeschränkte Wahrnehmungsfähigkeit wusste ich bald nicht mehr, ob ich wach war oder träumte. Manchmal meinte ich, in einer hellen, friedlichen, freundlichen Welt auf grünen Wiesen unter strahlender Sonne zu wandern. Dann wieder taumelte ich zwischen dunklen Meeren unter schwarzem Himmel durch Wüsten, in denen mir endlose Flüchtlingsströme begegneten. Wenn die Benommenheit langsam wich, sah ich meine Umgebung klarer, erkannte Reste meiner Kleidung, sah einen Holzvorrat, ein Lager in einer Nische, ein Regal mit hölzernen Näpfen und Vorräten. Das eine oder andere kam mir bekannt vor und nach ein paar Tagen war ich mir sicher: „Ich bin in der Höhle aus dem Trommeltraum, bin bei der Schamanin!" Doch ob sie meine Pflegerin und der Tiger das Tier ist, blieb mir – im wahrsten Sinne des Wortes – „schleierhaft." Sie blieben hinter einem feinen Schleier schemenhaft, unerkennbar. Meine Rückkehr ins Leben war begleitet von weiteren Erinnerungen, Erinnerungen an Amba, das Gefühl, getragen zu werden, an die Wölfe! Die Gedanken an sie erfüllten mich sofort mit panischer Angst. Ich wurde wieder bewusstlos. Ein neues Ritual begann. Erwachte ich, standen neben mir ein Napf mit Fleischbrühe und ein Getränk, ähnlich einem hochprozentigen Schnaps. Ich aß, trank und schlief. Im Halbschlaf merkte ich manchmal jemanden, der Holz nachlegte oder sich am Regal zu schaffen machte. Wachte ich dann ganz auf, standen Essen und Trinken wieder bereit und meine Wunden waren frisch versorgt. Gut „bekocht" und bestens gepflegt kam ich bald zu Kräften, wurde beweglicher, zog meine sauber geflickte Kleidung an und erkundete die Höhle genauer: Alles wie in dem Traum. Nur die Schamanin fehlte. Ich wollte endlich wissen, wer mich pflegte, hielt den Kräutertrunk für ein Schlafmittel, schüttete ihn ins Feuer, schlief trotzdem wieder ein. Langsam ängstigte mich die Situation. Ich fühlte mich in dieser völligen Abgeschiedenheit hilflos, entmündigt, verlassen; ich begann zu grübeln. Versuchte, meine Lage realistisch zu betrachten: „So wie jetzt kann ich hier vielleicht als ‚Höhlenbewohner' überleben. Als Gefangener eines Phantoms in Einzelhaft!" „Nein", sagte ich mir: „So nicht! Du musst zurück zu Menschen!" Doch wie? Ich wusste ja nicht einmal, wo ich war, wollte mir wenigstens einen kleinen Überblick verschaffen und ging auf das Plateau vor der Höhle, suchte nach Zeichen menschlichen Lebens, Rauch, Rodungen oder Ähnlichem. Doch alles, was ich sah, waren tief verschneite Berge und Täler, bewaldet oder kahl. Das Tal unter mir war keine Ausnahme und da runter zu kommen allein schon ein Abenteuer. „Alles ziemlich hoffnungslos." Ich sah einfach keine Möglichkeit zu entkommen. Trotzdem saß ich immer öfter vor der Höhle, suchte nach einem Ausweg, wehrte mich gegen sporadisch aufkommende Verzweiflung und unterwarf mich immer wieder dem Einerlei: Essen, Trinken, Schlafen.

Dann war plötzlich alles anders. Kein Essen, kein Feuer, kein Phantom. Was nun? Abwarten oder trotz aller Risiken losgehen? Ich taxierte meine Vorräte: Mehl, Schmalz, Trockenfleisch, Kräutertee. Das reichte noch für eine Woche. Wasser floss in einer Felsspalte und Holz lag in einer Ecke. Ich beschloss abzuwarten, saß vor der Höhle und setzte das Einerlei fort, aß, trank, schlief. Als die Vorräte knapp wurden und vom Phantom nichts zu spüren war, gab es keine Alternative, ich musste los, musste Menschen finden. Um wenigstens eine minimale Chance zu haben, begann ich eine Ausrüstung zu basteln, machte aus Fellstreifen und biegsamen Ästen eines Strauches Schneeschuhe, Stöcke aus dem Holzvorrat wurden Gehhilfen, aus dünnem Fell und Lederriemen entstand eine Umhängetasche für Proviant und aus warmen Fellen ein dicker Schlafsack, den ich auch als Cape nutzen konnte. So ausgerüstet, den kleinen Rest der Vorräte in der Tasche, den Schlafsack als Cape über Kopf und Schultern, nahm ich, nun doch etwas wehmütig, Abschied von der Höhle. War sie doch der Ort meiner Geborgenheit und Garant meines Überlebens gewesen. Im Licht des untergehenden Vollmonds fand ich eine, wenn auch recht schwierige, Abstiegsmöglichkeit, kam rutschend und stürzend den Hang hinunter und wurde unten von einem Strauch aufgefangen: „Immerhin ein Anfang. Volgan wollte nach Osten. Dort sollten die Radul leben. Also, ab nach Osten!" Mit Mond und Polarstern versuchte ich wenigstens grob, die Himmelsrichtung zu bestimmen: „Wenn dort Westen und dort Norden ist, müsste da Osten sein." Sicher war ich mir nicht. Doch es gab keine Alternative. Ich wanderte in Tälern und Flussbetten bis zur Erschöpfung, ruhte ein paar Stunden, knabberte an meinen Vorräten, wanderte weiter. Wenn es zu dunkel wurde, suchte ich zum Übernachten eine Höhle oder einen windgeschützten Platz im Wald. Nach ein paar Tagen kam ich nicht mehr weiter. Hände und Füße waren kältetaub, der Knöchel schmerzte wieder. Ich bibberte am ganzen Körper. Mir wurde brutal klar, was ich eigentlich schon beim Verlassen der Höhle wusste. Für eine „Winterwanderung" im Hochgebirge einer Region, wo Temperaturen von minus 60 Grad möglich sind, war meine primitive Ausrüstung schlicht unzureichend und meine geschwächten Kräfte viel zu schnell verbraucht. Ich musste länger pausieren, musste mich durchwärmen und Kräfte sammeln. Da ich in der Nähe keine Höhle fand, grub ich mir eine Mulde in einer Schneewehe unter den Ästen einer Fichte, brach dürre Zweige und machte Feuer. Seitlich durch die Schneewände und oben von den tiefhängenden Ästen abgeschirmt, verbreitete sich bald Wärme und Gefühl kehrte in Hände und Füße zurück. Gewärmte Brotfladen und Trockenfleisch stillten meinen Hunger und heißer Tee wärmte von innen. Satt und todmüde schlüpfte ich in meinen primitiven, aber warmen Schlafsack und schlief sofort – doch nicht lange. Grollendes Fauchen über mir und von Ästen rutschender Schnee rissen mich aus dem Schlaf. Erschrocken befreite ich mich vom Schlafsack und warf ein großes Bündel Reisig auf die glimmenden Reste des Feuers. Flammen loderten auf, erfassten die tiefhängenden Fichtenzweige und züngelten am Baum hoch. Ich raffte meine Habseligkeiten zusammen, flüchtete aus dem Schneeloch und starrte fasziniert auf den Baum, bis die Flammen langsam im schneebedeckten Wipfel erloschen. Die Suche nach einem Unterschlupf begann erneut. Dabei hörte ich etwas, das mich bannte. War es Einbildung, Wunschvorstellung oder Wirklichkeit? Ich hielt den Atem an, hörte die Laute wieder, hörte menschliche Stimmen, Sprachfetzen. Die immer noch glutschimmernde Fichte wurde mir zum Weihnachtsbaum. Ich betete: „Bitte, lass es kein Traum sein, bitte, bitte!!" Und tatsächlich, die Stimmen wurden deutlicher, kamen näher. Menschen! Ich rannte ihnen so schnell ich noch konnte entgegen, stolperte, fiel, lief weiter, fiel erneut und kniete vor Volgan. Mit Freudentränen in den Augen drückte ich die Hände vor das Gesicht und verharrte mit gesenktem Kopf vor den schweigenden Männern. Dann umarmte ich Volgan und schüttelte den anderen drei die Hände. Volgan sagte in seiner trockenen Art: „Gut, du leben, ich leben. Wir machen Lager, ruhen, dann zu Radul." Sie schlugen ein Zelt auf und kochten eine kräftige Suppe. Ich bekam noch einen großen Schluck Wodka und schlief glücklich und entspannt ein.

Ich durfte ausschlafen. Als ich beim Aufwachen Menschen wahrnahm, die Wärme im Zelt spürte und gebratenes Fleisch roch, wäre ich, rundum glücklich, beinahe wieder eingeschlafen. Doch mein Frühstück stand bereit und die Tiere waren schon bepackt. Volgan setzte sich zu mir: „Wir bald gehen, Weg weit, Wölfe nah – Katze auch, wenn da, gut, wenn weg, schlecht." Ja, der Tiger, er hatte mich geweckt, auf seine ziemlich raue Art. Wir marschierten los, ein Tal entlang, über einen Bergkamm, wieder durch ein Tal, den nächsten Kamm entlang und so fort. Mit dem schmerzenden Knöchel und ohne Fitness kam ich nur langsam voran. Der führende Radul passte sich dem an und Volgan passte auf mich auf. Die zwei anderen bildeten mit den Tieren das Ende der „Karawane". Als es dämmerte, hörten wir Wölfe und sahen sie wenig später über einen Hang flüchten. Volgan sagte nur: „Amba." Als wir endlich das von mir ersehnte Nachtlager aufschlugen, war ich völlig erschöpft. Doch nach dem Abendessen gleich schlafen, wollte ich nicht. Ich genoss es, unter Menschen zu sein, wollte mich mit ihnen unterhalten, erzählte meine Erlebnisse. Volgan übersetzte. Als ich vom Erscheinen des Tigers beim Wolfsangriff und von der Höhle berichtete, senkten die Radul die Köpfe. Das war ihnen unheimlich. Volgan sagte nur: „Großer Zauber." Am folgenden Abend verkroch ich mich todmüde sofort in meinem Schlafsack. Beim Abendessen am nächsten Tag fragte ich Volgan, was er nach unserer Trennung erlebte. Er schien darauf gewartet zu haben, setzte sich auf ein Fellpolster, stopfte umständlich seine Pfeife, blickte dann stolz auf seine Zuhörer und räusperte sich mehrmals. Bisher hatten wir nie Russisch miteinander gesprochen, obwohl er wusste, dass ich es verstand und mich auch leidlich darin ausdrücken konnte. Er mochte diese Sprache seit der Sowjetzeit nicht und mir war sein Deutsch auch lieber. Jetzt berichtete er aber auf Russisch, damit die Radul ihn auch verstanden. Es war ein „Sibirisch-Russisch", eine Reduktion der Sprache auf das Wesentliche und hatte wenig Ähnlichkeit mit den wortgewaltigen Schilderungen Tolstois oder Dostojewskis. Doch den alltäglichen Anforderungen genügte es:

„Erst kam ich gut voran. Wölfe spürte ich nicht. Das war nicht gut. Sind sie nicht bei mir, sind sie bei dir. Doch du hast mich fortgeschickt und ich bin gegangen. Dann kam ein Schneesturm. Ich kam kaum weiter, schlief nachts auf einem Baum, festgebunden, brauchte zwei Tage bis zum Dorf, bat um Hilfe." Volgan zog an seiner Pfeife, wurde ausführlich. „Radul sagten, du kannst nicht mehr, bist kaputt, brachten mich zum Schwitzen ins ‚Dampfzelt‘, gaben mir Suppe und Wodka. Ich schlief ein, schlief lange. Diese drei Männer kamen, sagten, sie wollen helfen, dich zu holen. Wir gingen schnell, gingen ohne Pause, bis keine Kraft mehr war. Zurückfinden war schwer. Aber ich fand. Fand das Zelt angebrannt, unsere Sachen verstreut, dein Gewehr noch geladen, der Revolver leer, dein großes Messer in einer Blutlache, Kleiderstücke, zerrissen, blutig. Dich fanden wir nicht, dachten, Wölfe haben dich weggeschleppt, suchten. Doch du warst weg. Nur überall tote Wölfe, auch Wölfin, Genick gebrochen, Kehle zerrissen. Unser Ren war nicht angefressen. Warum? Wir verstanden nicht! Was ist passiert? Amba? Hat er geholfen? Aber wo bist du, ohne Zelt, ohne Essen, ohne Waffen? So konntest du hier nicht überleben!" Volgan machte eine längere Pause, rauchte, trank Tee. Wir schwiegen. Ich dachte an Amba. Dann fuhr er fort: „Jetzt weiß ich: Großer Zauber! Wir sammelten, was noch brauchbar war, holten das Bündel vom Baum, gingen zurück. War schwer: Schneesturm, ganz große Kälte. Ein Ren starb. Wir hingen sein Fleisch in einen Baum. Trugen seine Lasten selbst. Große Mühe. Ich berichtete den Ältesten. Sie nickten bei den toten Wölfen. Bei deinem Verschwinden schüttelten sie den Kopf, summten. Weiß nicht, was das bedeutet. Sie erklären nichts und keiner fragt. Ich bekam ein Zelt, Brennholz und das Fleisch vom Baum. Der Schneesturm ging, die Kälte blieb. Ich schlief viel, auch am Tag. Später dachte ich an meine Schwester. Sie weiß viel, vielleicht auch, wo du bist. Nach einer Zauberin zu fragen, kann Unglück bringen. Aber ich fragte. Ja, sie war hier, bis die Blätter fielen. Sie kam und ging, wie Schamanen es machen, brachte Kräuter, Pilze oder Beeren, holte Fett oder Mehl. Als Schnee fiel, kam sie noch einmal, half einer Kranken. Dann nicht mehr. Ich blieb im Dorf, half bei ‚Fell-Jagd', fand beim Fallenprüfen komische Spur, ging ihr nach, kam an einen steilen Fels, kehrte um, stand vor Amba. Ein Sprung und er hätte mich gehabt. Doch er bewegte sich nicht. Ich auch nicht. Langsam kehrte er um, ging ein paar Schritte von mir weg, blieb stehen, machte einen kleinen Sprung zu mir und dann zwei, drei wieder weg. So machen Hunde, wenn man folgen soll. Ich folgte. Er sprang auf einen Felsblock, kratzte mit einer Vorderpfote auf dem Stein und verschwand. Auf dem Stein lag einer deiner komischen Lappen, mit denen du die Nase wischst, zerrissen, blutig. Amba wollte was von mir, aber was? Ich erzählte es diesen Männern. Sie erzählten es den Ältesten. Die nickten, sagten ‚Großer Zauber'. Nach ein paar Tage war Amba wieder da, zeigte, was er wollte. Lief in die Richtung, aus der ich zu den Radul kam. Ich verstand. Ich sollte ihm folgen. Rief ihm nach: ‚Ja, ja, ich komme.' In der Nacht erschreckte er mich, war ganz nah, fast im Zelt. Am Morgen sah ich seine Spur. Sie führte wieder in die gleiche Richtung. Ich ging zu den Ältesten: ‚Amba will, dass ich ihm folge.' Sie nickten, hoben die rechte Hand, heißt: ja. Ich fragte diese Männer." Er deutete auf seine Begleiter. „Sie hoben auch die Hand. Wir gingen, wussten nicht, wohin und was kommt. Ich wusste nur, wir finden dich." Mein Freund machte wieder eine Pause, trank einen großen Schluck Wodka, zündete seine Pfeife neu an. Mit blitzenden Augen und einer theatralischen Geste forderte er zum Zuhören auf, obschon wir sowieso aufmerksam schwiegen. Er hatte offensichtlich Gefallen am Erzählen gefunden: „Wölfe sahen wir, aber nur kurz. Amba war da. Wir folgten seiner Spur. Dann wurde es dunkel. Schnee fiel. Wir schliefen gut. Amba wachte. Im Neuschnee fanden wir seine Spur nicht mehr. Wir liefen in alte Richtung. Kamen nicht weit. Schneeverwehungen, steiles Gelände. Von der Katze spürten wir nichts. Wir lagerten zwei Tage. Wachten abwechselnd. Am dritten Morgen war seine Spur wieder da. Das war gut. Sie führte jetzt nach Norden. Am Abend kamen wir aus einer schmalen Senke zu einem steilen Hang. Auf halber Höhe sahen wir den Himmel brennen. Böser Zauber? Sollten wir umkehren? Doch die Spur führte zum Kamm. Amba wollte, dass wir ihm folgen, und wir folgten ihm weiter, fanden dich. Mitten im Gebirge, mitten im Winter. Das ist ‚Großer Zauber'. Ihr sagt Wunder."

Ich war tief beeindruckt, dachte: „Ja, ein Wunder! Aber für mein Überleben war mehr als nur dieses eine nötig gewesen. Da hatte jemand, der mächtiger war als das Schicksal, mich beschützt und Volgan, seine Freunde, die Frau in der Höhle und der Tiger, wer oder was der auch ist, haben geholfen. Hier einfach, wie sonst, zu behaupten, ‚es ist, wie es ist', wäre Blasphemie." Das spürten auch die Indigenen. Für sie war das „Großer Zauber". Für mich blieb, über das „Warum" zu grübeln, des Wunders Kern.

Am nächsten Tag sah ich das Dorf der Radul. Es lag im Schutz einer von drei bewaldeten Berghängen gebildeten Mulde. Die vierte Seite führte in ein weites Tal. Ein idealer Platz zum Leben, nicht nur für Nomaden und nicht nur zum Überwintern. Beim Gang durch das Dorf zu einem großen Zelt streiften Frauen mich mit kurzen Blicken, Kinder begleiteten mich staunend und Männer nickten mir zu. Im Zelt saßen an einem Feuer sieben Greise. „Die Ältesten!", flüsterte Volgan. Wir durften uns zu ihnen setzen, bekamen Brot, Fleisch und Tee. Während des Essens füllte sich das Zelt. Die Dörfler wollten hören, was geschehen war. Ich hätte mich am liebsten gleich zum Schlafen verkrochen. Als Volgan aufstand, wurde es mucksmäuschenstill. Während er berichtete, kam Unruhe nur auf, wenn die Ältesten Fragen stellten. Die Radul blickten dann staunend oder zweifelnd auf mich. Die Alten nickten zu den Antworten oder senkten nur die Köpfe. Als Volgan fertig war, stieß er mich unauffällig an. Ich verstand, rappelte mich auf, nickte allen zu, das hatte ich mir schon abgeschaut, und rief spontan aus tiefstem Herzen: „Danke!"; erst deutsch, dann russisch. Ein feines, freundliches Lächeln flackerte über die Gesichter der Ältesten. Dann legte ich jedem meiner Retter die Hände auf die Schultern und sagte nochmal: „Danke." Dabei wurde mir, müde und erschöpft wie ich war, schwindlig. Ich wankte. Volgan fing mich auf. Aus dem Kreis der Greise kam ein Befehl. Er zog mich hoch, schleppte mich zu seinem Tipi und setzte mich auf ein dickes Felllager. Ich schlief sofort ein, schlief lange und tief. Wachte ich auf, war er in der Nähe, kochte Essen oder trank mit mir Tee. Das ging so, bis ich mich erholt hatte. Als ich das erste Mal vors Zelt ging, wurde ich sofort von Kindern umringt, die mich neugierig betrachteten. Eingehüllt in Kapuzenmäntel, an den Füßen die typischen Stiefelchen, ähnelten sie Souvenir-Puppen, die man in Nordskandinavien kaufen kann. Als ich sie ansprach, stoben sie auseinander, versteckten sich hinter Zelten, beobachteten mich und schubsten einander kichernd aus der „Deckung". Die erwachsenen Dorfbewohner begegneten mir zurückhaltend freundlich. Mir war es recht. Ich brauchte Zeit, um zu begreifen, was geschehen war. Volgans Gefährten halfen mir dabei. Wir sprachen untereinander Russisch und zur Not half Volgan. Bei ihren Besuchen erzählten sie vom alltäglichen Leben der Dorfbewohner, machten mich mit Freunden und Verwandten bekannt. Dann kamen selbst einige der Ältesten, fragten nach meiner Herkunft, hauptsächlich aber nach meinen Vorfahren. Wir sprachen auch über Jagd und Wild. Als ich stolz von meinen Trophäen erzählte, verstanden sie das nicht, nickten trotzdem freundlich. Bald war ich fit genug, Fallen zu stellen und wollte auch wieder jagen – natürlich Wölfe. Volgan lehnte energisch ab: „Du viel zu schwach noch; viel zu schwach!" Während der ganzen Zeit hatte ich immer wieder an die Schamanin gedacht. Doch wenn ich nach ihr fragte, kam nur schweigendes Kopfschütteln. Es vergingen Wochen. Das Dorf hatte sich an mich gewöhnt und ich mich an die Radul. Und irgendwie gehörte ich schon zu ihnen, genoss in ihrer friedlichen Gemeinschaft sorglos mein Leben und fühlte mich – im fernen Osten Sibiriens – tatsächlich zuhause.

Eines Morgens schlenderte ich gemächlich durchs Dorf, suchte Volgan, plauderte mit Frauen, neckte mich mit Kindern, fragte nach ihm. Plötzlich fühlte ich mich gezwungen, zurück zu blicken, und sah in die dunklen, faszinierenden Augen der Schamanin. Ich erschrak. Sie lächelte, nahm meine Hand und führte mich schweigend aus dem Dorf. Gebannt von ihrem Fluidum, folgte ich wort- und widerstandslos. Am Ende des Dorfs blieben wir Hand in Hand stehen und blickten ins Tal. Plötzlich überkam mich der unwiderstehliche Wunsch, ihren Körper zu spüren. Ungeschickt umfasste ich ihre Taille, zog sie an mich. Sie ließ es geschehen. Als sich unsere Körper berührten, spürte ich wieder ihre rätselhafte, besitzergreifende Kraft, wollte zurückweichen. Doch sie hielt mich fest, küsste mich, zog mich zum Wald und flüsterte: „Du musst keine Angst haben. Du bist jetzt mächtiger als ich." Doch ich spürte neben dem Begehren noch etwas anderes, etwas Unheimliches, Unwiderstehliches, fühlte meine Selbstbestimmung schwinden. Die Schamanin schien ähnlich zu empfinden, wirkte plötzlich hilflos, resigniert. Wir setzten uns auf einen Baumstamm. Sie nahm meine Hände und teilte mir feierlich mit: „Was jetzt geschieht und noch geschehen wird, ist uns bestimmt und wird zu seiner Zeit geschehen – unabwendbar. Jetzt hat unsere Liebe ihre Zeit. Doch nicht lange." Ich fragte: „Warum nicht lange?" Sie schüttelte den Kopf: „Frage nicht! Es ist, wie es ist." „Das mag ja sein", dachte ich, doch verständlicher wurde ihre „Prophezeiung" dadurch nicht. Gedankenschwer ging ich mit ihr zurück. Am Ortsrand zeigte sie auf ein großes, schönes Zelt: „Mein Heim und jetzt auch deins: Hol deine Sachen!" Ich schüttelte verblüfft den Kopf. Sie nickte: „Geh nur! Alle erwarten es." Volgan hatte schon gepackt. Ich staunte: „Woher weißt du?" Er knurrte: „Sah Schwester, weiß, du und sie. Hab müssen wissen schon in Zhigansk. Sie dich doch kannte! Ich Dummkopf – hab müssen wissen!" Er war beleidigt, half trotzdem, dachte, wir hätten ihm etwas verheimlicht. Die Schamanin begegnete ihm jetzt anders als in Zhigansk, war „schwesterlich", sprach leise zu ihm, lächelte, nahm seine Hand. Volgan, der raue, wilde Jäger, war bald wie verwandelt, strahlte, verneigte sich mehrmals vor der Schamanin, klopfte mir kräftig auf den Rücken und verließ uns fröhlich. Kaum war er draußen, schubste mich die bisher so ernsthafte Frau scherzend auf einen Sitz und brachte ein schmackhaftes Essen. Wir plauderten über alles Mögliche, auch über die Radul. Als ich deren klimaangepasste, praktische Kleidung bewunderte, lästerte sie spaßend über meine lädierte Hightech-Ausrüstung und meinte: „Du siehst wirklich wie ein Vagabund aus."

„Mag sein. Neue Kleidung brauche ich auf jeden Fall."

Am Nachmittag führte sie mich zu einem reich verzierten Zelt. Im Hintergrund saß ein älterer, kräftiger Mann. Sein linkes Bein fehlte, das rechte war verkrüppelt. Er war der „Künstler" des Dorfes, der geschickteste Handwerker, war Schneider, Schuster und so weiter, alles in einem. Ich „bestellte" bei ihm Hose, Jacke, Mütze, Handschuhe und Stiefel. Auf dem Rückweg erzählte mir die Schamanin: „Der ‚Künstler' war vor seinen Behinderungen bereits ein guter Handwerker und war der stärkste Mann im Dorf, war ein tollkühner Jäger, glaubte, unbezwingbar zu sein. Als er einmal allein einem verwundeten Bären in eine Dickung folgte, griff ihn das Tier an, riss ihm das linke Bein ab und brach das rechte mehrmals. Er blieb am Leben. Ohne Hoffnung, jemals wieder gehen oder gar jagen zu können, zog er sich zurück, vereinsamte. Das Dorf gab ihn aber nicht auf. Die Leute brachten ihm immer wieder Felle und Leder, und verlangten, er solle ihnen, wie früher, Kleidung machen. Schließlich raffte er sich auf, begann wieder zu arbeiten, wurde immer besser, wurde zum Künstler." Inzwischen war es dunkel geworden. Zum Abendessen servierte die Schamanin einen wunderbar duftenden Tee. Danach legten wir uns satt und entspannt ans Feuer, plauderten, entdeckten Gemeinsamkeiten, wurden uns vertraut, erzählten von Gefühlen und Wünschen, sahen uns lange in die Augen und berührten uns liebevoll. Als sich unsere Lippen begegneten, entstand körperliches Begehren und bald wälzten wir uns nackt über knisternde Felle. Ich war verzaubert, berauscht von dem Duft ihrer Haut und der Wärme ihres Körpers. Ich dachte an die Frau in der Höhle, deren Körperwärme mich am Leben hielt – doch nur kurz. Denn voll brennendem Verlangen ergriffen mich bisher unbekannte Gefühle, rissen mich fort, zogen mich unwiderstehlich in schwindelnde Höhen und ließen mich, einer Ohnmacht nahe, in samtene Tiefen gleiten. Wir blieben aneinandergeschmiegt am Feuer liegen, entspannt, sorglos, glücklich. Irgendwann überkam mich Schlaf. Als ich aufwachte, saß sie in einem bunt bestickten Leinenkleid bei mir: „Du hast geschlafen wie ein Säugling. Ich dachte schon, du lutschst auch noch am Daumen." Ich gähnte und wäre beinahe wieder eingeschlafen, doch mein Magen knurrte ziemlich laut. Lachend stand sie auf, holte mir Braten und Brot. Ich wollte ihr danken, merkte dabei, dass ich nicht einmal ihren Namen kannte, dachte, sie meinen wohl auch nicht und stellte mich etwas förmlich vor: „Ich heiße Poserich." Sie nickte: „Ich weiß."

„Und du?"

„Man nennt mich Tatkret, Mond. Aber eigentlich heiße ich Gusa, wie eine Frau lang vor der Zeit."

Ich staunte, fragte aber nicht. Wir plauderten noch eine Weile und schliefen darüber ein. Ihr gemütliches Zelt wurde unser trautes Heim. Darin verträumten wir die Raunächte, in denen es nicht mehr hell wird und nach alten Sagen die „wilde Jagd" durch die Welt stürmt, die Mächte der Finsternis über die Erde toben, wo alles, was nicht sterben kann, ruhelos sein Unwesen treibt. Wir fanden Ruhe, Frieden und tief zueinander.

Es folgte die schönste Zeit meines Lebens. Obwohl kein Jüngling mehr, trotzte ich voller Energie den Mächten der Zeit und genoss, der Endlichkeit eingedenk, unbekümmert Leben und Liebe. Zunächst waren wir in unserem Zelt meist unter uns. Nur Volgan schaute hin und wieder vorbei. Später brachte er auch mal seine Gefährten mit. Die waren wegen der Schamanin erst etwas ängstlich, saßen aber schon bald abends mit am Feuer und erzählten von Abenteuern oder weihten mich in handwerkliche Künste ein. Dabei lernte ich auch, wie man eine Zauber-Trommel baut und stimmt. Oft hatten sie auch Geschenke dabei, mal Wild für Tatkrets Küche, mal für mich ein paar Zobelfelle oder neue Schneeschuhe. Ich machte „Gegenbesuche", lernte ihre Verwandten und Freunde kennen und wurde mit der Zeit fast ein Radul. Gejagt haben wir auch und sogar auf eine dramatische Art, die mir völlig unbekannt war.

Als Tatkret einmal bei einer Kranken war, kam Volgan mit seinen Freunden, druckste etwas herum und lud mich dann zu einer Jagd ein: „Du mit? Wir Bär jagen! Treffen morgen ganz früh am Tal. Schwester nichts sagen, sie vielleicht nicht wollen." Ich unterdrückte ein Lächeln: „Die haben immer noch Angst vor ihr." Ich nicht, war sofort dabei. Wir schüttelten uns die Hand und weg waren sie – nur der Schamanin nicht begegnen. Natürlich erzählte ich Tatkret von der Jagd. Sie reagierte wie erwartet, murmelte etwas gar nicht Freundliches und klärte mich über die winterliche Bärenjagd der Radul auf, besonders über die traditionelle, die alte: „Früher suchten die Radul nach Schlafhöhlen der Bären und reizten sie, bis sie raus kamen. Ein Jäger blieb vor dem Höhlenausgang. Wenn der

Bär angriff, rammte er den Schaft seiner Lanze in den Boden. Stürzte sich der Bär dann auf ihn, lenkte er die Lanzenspitze ins Herz des Tiers und warf sich zur Seite. Schaffte er es nicht schnell genug … Na, du kannst es dir vorstellen." Sie schimpfte wieder: „Die bringen es fertig und jagen so!" Dabei machte sie mir schon ein Päckchen Proviant. Ich überprüfte die Kipplaufbüchse, schärfte das große Messer und holte meine neue Fellkleidung. Sie war super. Im Licht von Mond und Sternen zogen wir im Gänsemarsch los. An der Spitze ging der Radul, der die Bärenhöhle gefunden hatte. Er nannte sich Liwanu und gab in dem nicht allzu hohen, lockeren Schnee das Tempo vor. Ich ging als Zweiter, den Namen des Nächsten kannte ich nicht. Dann kam Volgan und am Schluss Tungortok. Alle hatten Gewehre. Der Dritte trug auch eine Lanze. Wollte der tatsächlich auf die alte Art jagen? Ich mochte es nicht glauben. Aber egal, ich war euphorisch, spürte Spannung, Ungeduld, wie bei großen Drückjagden. Nach stundenlangem Marsch bogen wir in ein Seitental ab und standen schnell vor einem steilen Hang. Auf halber Höhe bildeten Felsbrocken ein Gemäuer. Dahinter klaffte ein großer Spalt. Volgan, deutete auf die Felsen: „Höhle!" Tungortok zeigte lächelnd sein unvollständiges Gebiss: „Bär, Bär." Die vier berieten leise ihr Vorgehen. Ich verstand nichts. Mir wurde aber gewiss die ungefährlichste Aufgabe zuteil. Und so war es auch. Seitwärts, etwas über der Höhle, sollte ich mich hinter Bäumen verbergen und, falls nötig, auf den Bären schießen. Ich kletterte einen Hang hinauf und suchte mir einen bequemen Platz mit freiem Schussfeld. Volgan positionierte sich über dem Höhleneingang. Mir gegenüber, aber unterhalb der Höhle, bezog Tungortok Stellung, ihm gegenüber Liwanu. Der ohne Namen kletterte, nur mit der Lanze bewaffnet, zur Höhle und stellte sich auf einen Sims im Gemäuer, kaum zehn Schritte von der Öffnung entfernt. Er winkte. Tungortok und Liwanu schossen in den Felsspalt. Ich hörte Querschläger pfeifen und sah Steinsplitter fliegen. Der Lanzenträger hatte sich hinter Felsen in Deckung gebracht. In der Höhle rührte sich erst nichts. Dann hörte ich Brummen, das immer lauter und wütender wurde. Der Radul sprang vor, blickte kurz zu seinen

Gefährten und rammte den Lanzenschaft in den Boden. „So, wie es Tatkret geschildert hat; verdammt, genauso!", entfuhr es mir. Da kam auch schon der Bär, windete, brummte, schüttelte sich. Der Radul schrie, fuchtelte mit dem Arm. Der Bär lief auf ihn zu, richtete sich auf. Der Mann wich nicht, duckte sich nur. Als der Bär sich auf ihn stürzte, hielt er bis zum allerletzten Moment durch, richte die Lanzenspitze auf die zotige Brust und rollte sich erst im Moment der Fellberührung blitzschnell seitwärts den Hang hinab. Der Lanzenschaft brach unter dem Gewicht des Bären, die Spitze aber saß tief im Körper. Trotzdem kam er wieder hoch, suchte kurz mit geiferndem Fang seinen Gegner, rutschte den Hang hinunter und blieb unten verendet liegen. Völlig fasziniert hatte ich bewegungslos das Geschehen beobachtet. Was ich eben erlebt hatte, hat wohl kaum ein Zeitgenosse erlebt: Eine Jagd, wie im Neolithikum, Mann und Bär im Nahkampf – unglaublich! Jagden auf Keiler oder im Hochgebirge auf Gams sind spannend und manchmal auch gefährlich; aber so? Bestimmt nicht! Wir sammelten uns um den Bären, begutachteten ihn, wie wir bei uns einen kapitalen Bassen abschätzen. Volgan und seine Freunde lächelten zufrieden, klopften dem Dritten anerkennend auf die Schulter. Ich tat es ihnen nach, schüttelte gleichzeitig seine Hand und sagte in seinem Dialekt: „Großer Jäger, großer Jäger!" Das und einiges mehr hatte ich bereits gelernt. Man sah, wie der kleine Radul die Bewunderung genoss, obwohl er versuchte, es nicht zu zeigen. Dann sagte er etwas, wirkte dabei traurig. Volgan übersetzte: „Nicht richtiger Bär!" Ich unterdrückte meine Neugier, fragte nicht, warum. Der Dritte zog die Lanzenspitze am zerborstenen Schaft aus der Brust seiner Beute. Es war ein männlicher Mittelbär, etwa im vierten Jahr, in der Winterruhe schon etwas abgemagert. Das konnte das dichte, dunkelbraune, fast schwarze Fell nicht verbergen. Ich war froh, dass es keine Bärin war. Sie hätte Junge haben können. Die Radul hätten darauf keine Rücksicht genommen. Ihnen ging es um Fleisch und Felle. So aber war diese Jagd auch für mich „gerecht". Und, obwohl ich nichts zum Erfolg beigetragen habe, hatte ich doch mitgejagt und war stolz darauf. Wir nahmen Fell, Branten, Keulen, Rücken und das wenige Weiße mit. Tungortok kratzte es zusammen und wickelte es in die Bauchlappen. Auf dem Rückweg trug jeder ein Stück Bär. Das schwere Fell schleppte Liwanu. Ich ächzte, wie Volgan, unter der Last einer Keule, das andere luden sich Tungortok und der Dritte auf. Unser Einmarsch ins Dorf war schon achtunggebietend. Wir gingen wieder hintereinander. Nur Liwanu hatte mit dem Dritten den Platz getauscht und ihm das Fell gegeben. Der kleine Radul ging mit dem Fell über den Schultern durch die Tipis, als sei das für ihn normal. Während das ganze Dorf im Großen Zelt zusammen kam und den Erzählungen der Jäger lauschte, ging ich zu Tatkret, um mich bewundern zu lassen. Wie erwartet, schimpfte sie etwas, nahm mich dabei aber schon liebevoll in die Arme. Während wir zu den anderen gingen, erzählte ich ihr kurz meine wenig spektakuläre Beteiligung an der Jagd. Im Zelt war hinter dem Sitz der „Ältesten" das Bärenfell aufgespannt. In einer Ecke über einem großen Feuer hing ein mächtiger Kessel, in dem unsere Beute garte. Es wurde ein langer, heiterer Abend mit viel Fleisch.

Auf Bären jagten wir nicht mehr, aber auf Wölfe, die die Rentiere der Radul angegriffen hatten. Wir konnten keinen erlegen, konnten sie aber vertreiben. Schalenwild schossen wir zur Fleischbeschaffung, Raubwild wegen der Felle zum Verkauf und Tausch. Der Winter in der Taiga war erstaunlich abwechslungsreich und im Zelt war Tatkret. An den langen Abenden erzählte ich ihr von unserem Land, unseren Lebensgewohnheiten und von mir. Sie erzählte auch. Wegen meiner vielen Fragen mehr als ich. Doch einige beantwortete sie auch nicht: „Tabus verbieten mir, darüber zu sprechen und alles weiß ich auch nicht. Der Schamane vom alten Volk, der weiß alles." Weiter fragen nutzte dann nichts und so blieb vieles geheimnisvoll und unverständlich. Aber einmal, bei einer kleinen Wanderung, erzählte sie dann doch: „Dort, wo Menschen nie hinkommen, verborgen hinter hohen Bergen, tiefen Schluchten, reißenden Flüssen und undurchdringlichen Wäldern, lebt das Alte Volk." Gedankenversunken flüsterte sie: „Mein Volk; ein kleiner Rest

von ihm." Zögernd verbesserte sie sich: „Mein und dein Volk."
Verblüfft fragte ich: „Wieso auch mein Volk? Was weißt du von
meinen Vorfahren?" Etwas verschämt gestand sie: „Ja, ich habe
ungewöhnliches Wissen und besondere Fähigkeiten." Als ich
sie fragend ansah, schüttelte sie erst den Kopf, erzählte dann
aber doch: „Die Zukunft unseres Volkes hängt von dem Skorpion-Amulett ab, das du mir brachtest, und von dem alten Buch,
das du noch hast. Beides war lange verschollen, viel zu lange!
Über Jahrhunderte suchten wir sie – erfolglos. Dann, nach dem
letzten großen Krieg, heilte meine Mutter Volgans Vater. Der
kannte die Mythen unseres Volkes, wusste auch von dem Amulett und erzählte ihr, im Krieg sei er einem Deutschen begegnet, der so etwas trug. Später, als ich die ‚Sicht der Seherin‘ be-
saß, verlangte meine Mutter, diesen Mann zu suchen. Ich fand
ihn, bei den Seinen am Himmel – ohne Amulett und Buch. Und
irgendwann habe ich dann auch dich gefunden – mit Amulett
und Buch und habe dich hierhergelockt, wohl auch ein wenig
gezwungen. An das Amulett habe ich gedacht, das Buch habe
ich vergessen. Den Rest kennst du ja." Als ich ein anderes Mal
nach dem Tiger und der Höhle fragte, schüttelte sie nur abweisend den Kopf. Damit musste ich mich abfinden.

Während des Winters lernte ich die Sprache der Radul ein wenig, über ihre Sitten und Bräuche jedoch viel. Als dann der Frühling kam, der Schnee schmolz, weite Flächen grünten und bald
voller Blumen standen, Zwergsträucher und Ebereschen Knos-
pen bekamen und die Birken erstes Laub, flossen von den Hängen überall Rinnsale, vereinten sich zu Bächen und füllten den
Fluss im Tal. In Mitteleuropa kann der Frühling bezaubernd
sein. Im Ostsibirischen Bergland ist er nach dem langen eisigen Winter für einen Mitteleuropäer ein berauschendes Wunder. Die Einheimischen genossen unbeschwert das Leben. Ich
auch! Mein Interesse am Alten Volk, an meiner Abstammung
und Bestimmung war erloschen. Als die Tage immer länger
wurden, staunte ich, was alles in der einstigen Schnee- und
Eiswüste summte und brummte, kroch und krabbelte, lief und
flog. Elche und Rentiere ästen mit ihren Kälbern in den Niede-

rungen, Enten, Gänse und Schwäne lagen überall auf den Gewässern, Strandläufer spazierten herum und – es ist, wie es ist – Milliarden von Mücken waren fast überall ständige quälende Begleiter von Mensch und Tier und nicht nur im Freien.

Am Ende meiner unbeschwerten Zeit saßen wir wieder einmal im Licht eines langen Polartages an einem kleinen Feuer vor unserem Zelt. Die Luft war mild, die geflügelten Plagegeister erträglich und Tatkrets Tee wie immer vorzüglich. Ich prostete ihr scherzend zu und erschrak. Da saß nicht meine sanfte, liebende Gefährtin und auch keine Ehrfurcht gebietende Herrin. Da saß eine in sich gekehrte, ängstliche, aber auch trotzige Frau. Ich war völlig irritiert. Sie spürte es, lächelte: „Ich bin schwanger." Ich stammelte dümmlich: „Was?" Nachsichtig wiederholte sie etwas lauter: „Ich bin schwanger!" Nur langsam wurden mir Bedeutung, Umfang und Auswirkungen dieser Mitteilung" bewusst. Ich hatte ja jegliche Hoffnung auf ein eigenes Kind und damit an den Fortbestand meiner Sippe schon längst verloren. Tatkret streichelte beruhigend meine Hand. Langsam empfand ich Glück, spürte gleichzeitig aber auch Angst: Wie geht unser Leben weiter, wie werden Schwangerschaft und Geburt verlaufen? Ich umarmte sie vorsichtig; sie mich fest: „Ich bin nicht zerbrechlich. Es ist noch früh." Während ich versuchte, meine Gedanken und Gefühle zu ordnen, blickte sie versonnen ins Feuer, murmelte: „Eine Zeit geht, die andere kommt. Lass uns einfach weiterleben wie bisher. Niemand muss von meiner Schwangerschaft wissen." Und so durchlebten wir einen herrlichen Sommer, streiften durch Berge, Tal und Taiga. Sie sammelte Kräuter, Wurzeln, Steine und heilende Erde. Ich sammelte Holz für den Winter, fing Fische, jagte, trocknete Wildbret, schabte und gerbte Felle, lernte, was man hier zum Überleben wissen und können muss. Der Sommer verging mir viel zu schnell. Schon fiel im Tal buntes Laub und in den Bergen Schnee. Zugvögel flogen nach Süden, das Haarwild bekam sein Winterfell und Tatkret ein Bäuchlein. Sie bewegte sich immer vorsichtiger, zog sich zurück – auch von mir. Doch einmal fasste sie schluchzend meine Hand, drückte sich an mich. Ich wollte sie trösten. Da wurde sie plötzlich unnahbar, wich zurück und verkündete hoheitsvoll: „Unsere glückliche Zeit ist vorbei!" Der plötzliche Wechsel ihres Verhaltens, ihrer Stimmung, ihres ganzen Wesens war mir unheimlich, erinnerte mich an unsere erste Begegnung. Ihre Ankündigung erschien mir wie ein Todesurteil. Erschrocken fragte ich mich, ist Tatkret wirklich ein Mensch oder ist sie etwas anderes, vielleicht eine Fee? Von Feen werden solch plötzliche Wandlungen berichtet. Mal erscheinen sie freundlich, hilfsbereit und liebevoll, wie die Frau in der Höhle oder Tatkret bisher; einen Augenblick später majestätisch und unzugänglich, wie Tatkret in Zhigansk oder jetzt. ‚Nett' oder ‚niedlich' sind sie nie. Mal schenken sie Glück und Gold, mal rauben sie Sinne und Verstand, können böse und grausam sein, wie Morgain. Manche sagen, sie seien verstoßene Engel auf dem Weg zur Hölle, voller Stolz, Hochmut und Leidenschaft. Andere sagen, sie leben in eigenen Welten, in finsteren, unzugänglichen Tälern, auf dem Grund der Meere oder unter der Erde, wie die Tuatha dè Danann, das göttliche Urvolk Irlands. Ist Tatkrets ‚Altes Volk' ein Feen-Volk?" Mir schwirrte der Kopf. Ich wich von ihr zurück, fürchtete ihre Macht, wagte nicht, sie anzusehen. Als sich unsere Blicke dann doch begegneten, sah ich keine Geisterfrau, nur einen tieftraurigen, resignierten Menschen. Sie zitterte vor Angst. In meinen Armen beruhigte sie sich langsam und flüsterte gequält: „Es muss sein! Morgen kommt Zermo, der Schamane vom Alten Volk, den sie hier Tonrar nennen, den Geist." Als ich nun doch wissen wollte, was das alles bedeutet, legte sie mir ihren Zeigefinger auf den Mund: „Wenn die Zeit gekommen ist, wirst du es erfahren." Das war wieder eine dieser sonderbaren Prophezeiungen, tröstlich und beunruhigend zugleich. Ich hatte mich damit abzufinden. Sie entspannte sich, erzählte Tratsch aus dem Dorf, die Wettervorhersagen der Alten, andere Belanglosigkeiten und brachte es fertig, mich von ihren düsteren Ankündigungen abzulenken.

Am späten Nachmittag des nächsten Tages wurde es in dem ohnehin nie lauten Dorf unheimlich still. Vom Tal her hörte man erst verweht und leise, dann immer deutlicher und lauter den dumpfen Klang einer Trommel. Tatkret zog eine Felljacke über, trat vors Zelt, stellte mich neben sich und wartete bewegungslos aufgerichtet wie ein Denkmal ihrer selbst. Ich hatte keine Ahnung, wer da kam und was jetzt geschah; fühlte mich deplatziert. Wer kam, war Tonrar vom Alten Volk, der, der „alles wusste". Ein großer Mann mit verwitterter Haut, kantigen Gesichtszügen, schwarzen Augen und einem undefinierbaren Lächeln. Er trug die Kleidung der Radul, hatte einen spitzendigen, dreieckigen Sack auf dem Rücken und eine große Trommel in der Hand. Vor uns blieb er stehen, nickte Tatkret freundlich zu und „begutachtete" mich. Tatkret ging mit ihm ins Zelt, ich hinterher. Während wir Tee tranken, zog er ein mit Zeichen und Bildern bemaltes feines Leder aus dem Sack und sagte auf Russisch: „Das ist die letzte Seite! Wo ist das Buch?" Tatkret schüttelte den Kopf. „Es ist nicht mitgekommen, muss noch gebracht werden." Sie sah mich an: „Dein Buch, dein altes Buch ist gemeint; es muss zurück zum Volk, zu deinem Sohn. Du wirst es bringen oder wenn du es nicht mehr kannst, muss es ein anderer bringen, einer, dem du vertraust." Sie übersetzte dem Schamanen das Gesagte. Der nickte: „So muss es sein!" Mich fragte keiner, ob ich einverstanden bin. Ich wurde wie ein willenloses Werkzeug behandelt, das es bald nicht mehr gibt. Empört dachte ich: „So nicht! So kann selbst die geliebte Tatkret nicht über mein Buch und mein Leben entscheiden." Kühl und abweisend blickte ich auf die zwei, stand auf. Dabei wurde mir bewusst, wie sonderbar meine Situation war: „Ich sitze im tiefsten Sibirien in einem Tipi, zusammen mit einer Zauberin, die ein Kind von mir erwartet, und einem Schamanen, der mein Buch haben will, und beide erklären, es wird so geschehen." Es war, als habe Tatkret mich ihrem Volk und dem Schamanen ausgeliefert. Enttäuschung, Angst und Zorn machten mich fassungslos. Mir wurde schwindelig, alles drehte sich, Taumelnd sank ich auf meinen Sitz zurück. Tonrar hatte mich beobachtet, schien besorgt, ahnte wohl, was in mir vorging, versuchte, mich zu beruhigen: „Du musst dich nicht ängstigen und zornig sollst du auch nicht sein. Was sich hier erfüllt, ist auch dein Schicksal und ist gut für dich und für sie und für das Kind und für mich und deine Sippe und ihren Stamm und für unser gemeinsames Volk. Du hast alles richtig gemacht und nichts ist gegen deinen Willen geschehen und wird auch künftig nicht geschehen. Was jetzt schmerzhaft und traurig ist, wird sich später in Freude verwandeln!" Beruhigend legte er seine Hand auf meinen Arm und fuhr fort: „Heute bin ich gekommen, um euren Bund und das Kind zu ‚heiligen‘. Er ist die Erfüllung der Prophezeiung. Heute ist ein guter Tag. Wenn ich wieder komme ..." Ohne den Satz zu beenden, erhob er sich. Tatkret stand auch auf, zog mich hoch. Vor dem Zelt hatten sich viele Dorfbewohner versammelt, alte und junge, Frauen und Männer. Sie standen schweigend in einem Halbkreis und neigten wie betend die Köpfe. Es war beeindruckend feierlich. Ich wäre am liebsten gleich wieder verschwunden. Doch Tatkret hielt mich fest. Der Schamane holte aus seinem Rucksack eine Art Brustschild aus dickem, fein geschliffenem Leder, bemalt mit filigranen Zeichen, zog ihn über und setzte sich eine voluminöse Fellkappe auf, geschmückt mit einem Fuchskopf, Zobelschwänzen und Bändern. Dann stellte er mich Tatkret gegenüber, legte unsere linken Unterarme aneinander und umwickelte sie mit einem bunten Lederriemen, an den Tierknochen, Zähne und Steine geknüpft waren. Wir standen regungslos, während er stark duftende Kräuter in einer kleinen Pfanne anzündete und uns den Rauch ins Gesicht blies. Die Pfanne stellte er so hin, dass der Rauch uns umhüllte. Während der ganzen Zeit gab er sonderbare Laute von sich, die keiner menschlichen Sprache ähnelten. Dann begann er uns immer schneller mit bizarren Tanzschritten im Rhythmus seiner Trommel zu umkreisen. Die hohlen Trommeltöne wurden mir zu einem dröhnenden Staccato. Der Rauch betäubte mich. Meine Augen vermochten dem Schamanen nicht mehr zu folgen. Alles drehte sich. Ich schwankte, klammerte mich an Tatkret. Sie stand regungslos, wie versteinert. Ich weiß nicht, wie lange die Zeremonie dauerte. Doch plötzlich war der Rauch weg, die Trommel schwieg. Tonrar nahm die Schnur von unseren Armen, legte die Hände auf unsere Schultern und wandte sich zu den Dorfbewohnern: „Diese und dieser sind jetzt verbunden vor den Geistern, vor den Ahnen und vor euch. Sie gehören zu meinem Volk." Er legte die Hand auf Tatkrets Bauch, versprach, bevor er im Zelt verschwand: „Wenn es da ist, werde ich wiederkommen." Nun traten die Radul schüchtern heran, berührten vorsichtig und ehrfurchtsvoll ebenfalls Tatkrets Bauch und dann ihre eigene Stirne. Anschließend nahmen sie uns in ihre Mitte und führten uns mit fröhlichem Singsang ins Große Zelt, wo sich eine heitere Feier entwickelte. Woher so schnell Essen, Getränke und Süßigkeiten kamen, blieb mir ein Rätsel. Ich war tief beeindruckt, wie liebevoll man uns behandelte, war glücklich und stolz, Teil dieser harmonischen Gemeinschaft zu sein. Als wir abends zurück zu unserem Zelt kamen, war Tonrar verschwunden. Tatkret sagte: „Er feiert still und allein, wie andere Schamanen auch." Mir war es recht. Dieser Tonrar war mir doch unheimlich.

Es wurde richtig kalt. Die Natur, die große Uhr indigener Stämme, zeigte den Winter an. Andere, genauere Zeitmessungen kannten und brauchten sie nicht und mir genügte ihre Einteilung inzwischen auch. Die Lebensweise dieser Menschen und die Kräfte der Natur hatten mich von der Sinnlosigkeit unserer Terminzwänge und Zeitvorgaben längst überzeugt. Tatkret wurde unbeweglicher. Ihr Bauch wuchs, ich versuchte, zu helfen, wollte mich nützlich machen. Oft ging das jedoch völlig daneben. Sie wurde dann ungeduldig und ich verdrückte mich, mit dem Gefühl, völlig überflüssig zu sein. So kam es mir gelegen, dass mich Liwanu und Tungortok zur Jagd einluden. Volgan hatte keine Zeit. Er habe eine Verpflichtung, hieß es. Sie bestand in einem hübschen Radul-Mädchen. Wir hatten Verständnis. Nach starkem Schneefall und tagelangem Sturm hatten die Radul Fährten eines Rentier-Rudels entdeckt. Tungortok wollte „alte Jagd". Liwanu relativierte: „Nicht ganz alt, nur halb". Ich war gespannt.

Am nächsten Morgen zogen wir mit Tatkrets „Segen" auf Schneeschuhen los. In den Rucksäcken hatte jeder Proviant für fünf

Tage. In meinen kamen noch die zerlegte Kipplaufbüchse und das Fernglas hinzu. Was die Radul noch alles dabei hatten, wusste ich nicht. Auf die Rucksäcke hatten wir unsere pelzgefütterten Schlafsäcke aus gefettetem Elchleder geschnallt. Ich hielt in der Hand meinen Bergstock, meine „Mit-Jäger" ihre Speere. Die Gewehre hatten sie geschultert. Dort, wo die Fährten eigentlich beginnen sollten, war nichts zu sehen, alles überschneit oder verweht. Es dauerte Stunden bis wir neue Hinweise fanden, denen wir folgten, solange das Licht dazu reichte. Als es richtig dunkel wurde übernachteten wir in einer windgeschützten Felsnische, machten Feuer, wärmten Braten und Brot und kochten Tee. Nach dem Essen kroch ich gleich in den Schlafsack. Liwanu erklärte mir noch, was geplant war: „Wir treiben das Rudel möglichst nahe ans Dorf. Wenn das Wild dort erschöpft ist, nicht mehr weiterkann, erlegen wir so viele Tiere wie möglich, machen große Beute, wenn uns die Geister gnädig sind." Ich fragte. Er erklärte: „Im Wild leben Geister. Wenn du sie achtest und ehrst, wirst du viele Stücke erlegen und sie kommen wieder mit anderem Wild." Über Nacht hielten die Radul abwechselnd Wache und versorgten das Feuer. Sie waren hart und zäh, kamen mit wenig Schlaf aus, waren ihrem Lebensraum angepasst. Beim ersten Licht folgten wir schon wieder dem Wild. Gegen Mittag entdeckte ich es äsend auf einem schneefrei gewehten Hang. Um es in Richtung Dorf zu treiben, bildeten wir eine Art „böhmische Streife". Damit es seitlich nicht ausbrechen konnte, pirschten Tungortok rechts und ich links neben das Rudel. Liwanu schlich hinter die Tiere. Auf sein Zeichen begann das Treiben. Wie erwartet, versuchte das Wild seitwärts zu flüchten, konnte aber wegen unserer Flankierung nur den „Rückwechsel" annehmen. Um uns abzuschütteln, wurde es immer schneller. Wir hielten mit und unsere Formation bei. Den Radul machte das Rennen auf Schneeschuhen nichts aus; mir auch nicht – zunächst. Am späten Nachmittag ließen meine Kräfte jedoch nach, meine Beine schmerzten. Ich hätte am liebsten aufgegeben, lief aber weiter, wollte den Jagderfolg nicht gefährden. Endlich, es wurde schon dunkel, verhofften die erschöpften Tiere in einem klei-

nen Fichtenhorst. Liwanu gab das Zeichen: „Treiben vorbei."
Völlig erschöpft stützte ich mich auf meinen Stock, sammelte
meine verbliebenen Kräfte und schlich zu Liwanu. Tungortok
kam von der anderen Seite. Die Nacht verbrachten wir in einer kleinen Höhle. Nach ein paar kalten Bissen schlief ich sofort ein. Als mich Tungortok weckte, protestierte ich, meinte,
gerade eingeschlafen zu sein. Es war aber schon höchste Zeit.
Noch in völliger Dunkelheit schlichen wir auf unsere alten
Positionen und sahen kurz darauf im ersten Dämmerlicht am
Waldrand einige Tiere; etwas später das ganze Rudel. Es ging
wieder los, Liwanu drückte, wir sicherten die Flanken. Nach
ein paar Stunden kam ich kaum noch voran. Dem Wild ging es
nicht besser. Es war langsam geworden, lief schnaubend mit
offenem Äser, verhoffte minutenlang nach dem Durchqueren
schneegefüllter Senken, quälte sich nur mühsam weiter. Mir
taten die Tiere inzwischen leid. Doch die Radul wollten möglichst viel Fleisch und dazu gehörte nicht nur das Erlegen, sondern auch das Bergen des Wildes. Ich dachte an die Wölfe. Um
aus dieser Wildnis mehrere Beutestücke in Sicherheit zu bringen, brauchten sie möglichst schnell Hilfe, und die konnte nur
aus dem Dorf kommen. Nach meinen Erlebnissen mit Wölfen
hatte ich schon Verständnis für ihre Jagdmethode. Trotzdem!
Es war nicht meine Art zu jagen und warum das ehrfurchtsvoll sein sollte, erschloss sich mir auch nicht. Zudem konnte
ich kaum noch laufen. Mir schmerzten hauptsächlich die Beine, aber auch Rücken und Arme. Als wir endlich unser Tal erreichten, wollte das Rudel vom Dorf weg, abwärts. Ich blieb
zurück, während Tungortok wieselflink dem Wild den Weg ab-
schnitt. „Toll", dachte ich: „Wie ein Border Collie bei einer aus-
brechenden Schafherde." Das Rudel musste talaufwärts. Liwanu verschärfte das Tempo, Tungortok zog vor, das Rudel wurde
auf meine Talseite gedrängt. Nach einer weiteren Stunde war
es dann so weit. Die Tiere waren dort, wo sie die Radul wohl
von Anfang an haben wollten – in einer großen Schneewehe.
Als sie sich ihnen langsam näherten, blieben die erschöpften
Tiere, bis zum Bauch im Schnee, apathisch stehen. Die Radul
schleuderten ihre Speere auf zwei der stärksten Tiere. Sie kipp-

ten, soweit der hohe Schnee es zuließ, zur Seite. Die Jäger liefen zu ihnen, zogen die Speere aus dem Wild und warfen sie nach zwei Stücken, die versuchten, sich aus dem Schnee zu befreien. Auch sie sanken zusammen. Wieder holten sie ihre Waffen. Die restlichen acht, neun Tiere nahmen mühsam den Rückwechsel an. Liwanus Speer fehlte. Tungortok traf noch ein schwächeres Stück. Jetzt schoss ich auf das erste der inzwischen fast 40 Meter entfernten Rentiere. Es brach zusammen. Schnell nachgeladen schoss ich auf das letzte des Rudels, das nach einigen Metern auch verendete. Dann waren die Tiere für einen sicheren Schuss zu weit weg: „Jagd vorbei. Halali!" Wir hatten gute Beute gemacht. Die Radul schritten andächtig mit leisem Singsang um das erlegte Wild, verneigten sich immer wieder:

Das meinten sie wohl mit dem ‚Ehren des Wildes'. Ein bisschen wie unsere traditionelle ‚Totenwacht' am erlegten Stück. Dann gratulierten wir uns gegenseitig, waren zufrieden, hatten zu dritt sieben Stück Wild erbeutet – phantastisch! Voller Stolz standen wir an unserer Beute; doch nur kurz. Liwanu blickte zum dunkel verhangenen Himmel und schickte Tungortok zum Dorf. Der zog im Wolfstrott los und war schnell im Dämmerlicht verschwunden. Ich staunte über die enorme Ausdauer dieses Mannes. Wir zogen nun die zuletzt erlegten Tiere neben die Schneewehe, die darin feststeckenden heraus und brachen das Wild auf. Die essbaren Innereien legten wir in die Brusthöhlen. Danach setzte ich mich völlig erschöpft auf einen der noch warmen Tierkörper, durchlebte die Jagd noch einmal in Gedanken und dachte, wenn ich das den Jagdfreunden in Deutschland erzähle, halten die mich zumindest für einen Angeber. Hier aber war es nichts Ungewöhnliches. Nach etwa einer Stunde heulten Wölfe schon bedenklich nah. Wir stellten uns mit entsicherten Gewehren vor unsere Beute und hatten Glück. Die Raubtiere griffen nicht an. Tief in der Nacht trafen die Schlitten ein, gezogen von schnaubenden Rentieren, geleitet von Tungortok. Die Beute war schnell aufgeladen. Wir durften uns dazu setzen, während die Helfer neben den Rentieren herliefen. Der Morgen dämmerte schon, als wir das schlafende Dorf erreichten. Hinter dem großen Zelt zerwirkten die Männer das inzwischen starrte gefrorene Wildbret und brachten Fleisch und Innereien hinein. Dann setzten wir uns ans Feuer der Alten und genehmigten uns aus Tungortoks unerschöpflichem Vorrat einen ordentlichen Schluck Wodka und dann noch einen und auch noch einen dritten. Nach all den Anstrengungen und mit leerem Magen merkte ich schnell den Alkohol. Nicht mehr ganz sicher auf den Beinen, ging ich zu unserem Zelt, wurde beglückwünscht, geküsst und bin sofort eingeschlafen. Beim „Frühstück" – am Nachmittag – konnte ich mich zwar nicht erinnern, wie ich aus meinen Kleidern gekommen war, rühmte mich aber ausführlich meiner Taten.

Die kurzen Tage im arktischen Winter vergingen schnell. Tatkret zog sich immer mehr zurück, auch von mir, wollte allein sein, saß stundenlang in sich gekehrt am Feuer. Was früher für sie wichtig war, war ihr jetzt gleichgültig. Es war, als nähme sie Abschied. Aber von wem oder was? Ich wusste es nicht, erreichte sie nicht mehr. Nur wenn mich Ratlosigkeit und Sorgen zu sehr ängstigten, nahm sie meine Hand, drückte sie tröstend und versuchte zu lächeln. Der Einzige, den sie neben mir noch im Zelt duldete, war Volgan. Er versorgte uns mit Lebensmitteln, allerhand Nützlichem und brachte einmal auch einen kleinen, reich verzierten, mit Fell gefütterten Sack. Tatkret begutachtete ihn eingehend, nickte, nahm Volgans Hand und sprach feierlich Worte, die ich nicht verstand. Tief bewegt und traurig verließ Volgan das Zelt. Als wir wieder allein waren, erklärte sie mir den Zweck des Sacks. Er war für den Säugling.

Am nächsten Morgen begannen die Wehen mit heftigen, sich ständig verschlimmernden Schmerzen. Sie litt erbärmlich, stöhnte, war kaum noch bei sich. Ich geriet in Panik, suchte Hilfe, lief zu Volgan. Der brachte mich zu einer hageren, alten Frau. Als sie uns sah, schüttelte sie nur wortlos den Kopf und vergrub ihr Gesicht in den Händen. Volgan sagte leise: „Sie schon weiß. Tatkret geht. Keiner kann ändern. Es ist, wie ist. Alles bestimmt; alle wissen." Jetzt verstand ich das Verhalten der Frau, dachte an Tatkrets düstere Prophezeiungen, rannte an Volgan vorbei zu unserem Tipi, erwartete, eine Tote zu finden. Doch Tatkret lebte. Sie lag in einer großen Blutlache, den Säugling an der Brust und versuchte zu lächeln. Völlig konfus, glücklich, dass sie lebte, erschrocken über das viele Blut, neugierig auf das Kind, fragte ich ängstlich: „Wie geht es dir?" und wusste im selben Moment, wie dumm diese Frage war. Sie antwortete nicht, bat nur mit schwacher Stimme: „Mach Wasser heiß und Lappen aus meinem Stoffkleid." Während das Wasser warm wurde, entfernte ich das blutgetränkte Lager und bereitete ein neues. Mit den Lappen wuschen wir den Säugling und sie säuberte sich etwas von ihrem Blut. Dann verlangte sie Tee und schlief mit dem Kind an der Brust ein. Ich saß stundenlang neben ihr, war eingeschlafen und schreckte auf, als die hagere Alte kurz ins Zelt schaute. Tatkret wurde ebenfalls wach, strich mit der Hand über ihr wieder blutdurchtränktes Lager, legte sich den Kleinen an die Brust und bat erneut um Tee. Nach ein paar Schluck fasste sie meine Hand: „Ich gehe nun aus dieser Welt. Versprich mir, dein Buch, das ‚alte Buch', zu Tonrar zu bringen. Du oder jemand, dem du vertraust, muss es tun. Meine ‚Ziehmutter' in Zhigansk wird Volgan holen. Er wird helfen." Sie nannte Namen und Anschrift der Frau und verlangte, es aufzuschreiben. Ich kramte Papier und Bleistift aus meinem Rucksack. Als ich den Zettel in meinem Pass verwahrt hatte, erklärte sie mit geschlossenen Augen: „Jetzt, am Ende meines Weges auf der Erde sollst du alles erfahren, was ich weiß: Du bist der letzte Nachkomme eines Götterenkels, eines Großen Jägers aus der Zeit vor der Zeit, der auch Urvater meiner Sippe, des Fürstinnengeschlechts der Yamai ist. Und das Kind, das du zeugtest und ich gebar, ist Teil der Erfüllung einer Prophezeiung." Sie zitterte. Mit Schweißperlen auf der Stirn flüsterte sie noch: „Gib das Kind Tonrar! Er kommt von dort, wohin ich jetzt gehe. Er weiß den Weg …" Mit stockendem Atem stammelte sie: „Jetzt …" Ich beugte mich zu ihr, hörte nur noch: „ mitgenommen". Irgendwie erleichtert, drückte sie das Kind an sich, schloss die Augen. Ihr Körper straffte sich, der Kopf fiel nach hinten, ihre Augen öffneten sich noch einmal. Fast zwanghaft folgte ich ihrem Blick, erkannte durch die

Rauchöffnung des Zeltes das Sternbild des Skorpions und sah ein solches Tier in den Himmel gleiten. Als ich wieder zu Tatkret blickte, waren ihre Augen erloschen. Sie war tot. Ich saß regungslos neben ihr, wollte es nicht wahrhaben, blickte verzweifelt in ihr erstarrtes Gesicht. Erinnerungen kamen auf und verdeutlichten schmerzhaft die Leere, die ihr Tod mir brachte. Mich erfasste ein fast zwanghaftes Verlangen zu fliehen. Ich wollte weg von den Menschen, wollte allein sein – wollte nicht mehr sein. Doch ich musste, musste erst mein Versprechen erfüllen. Tonrar musste das Buch erhalten. Als es dunkel wurde, hörte ich seine Trommel und kurz darauf stand er im Zelt. Er erschien mir jetzt überirdisch, unheimlich, unerklärlich zeit- und körperlos, eine Mischung aus Unsterblichkeit und Tod und doch auch beruhigend. Ich starrte ihn minutenlang an. Er rührte sich nicht. Dann sagte er leise: „Es ist wahr, was sie sagte, und du fühlst es auch. Ich bin nicht von dieser Welt. Du verstehst nicht, warum alles so ist, wie es ist. Trotzdem hast du alles gegeben, was dir lieb und wichtig war und wir haben es genommen." Er gab mir ein Bündel Papier: „Ich habe dir aufgeschrieben, was einst geschah und warum jetzt geschieht, was du erlebst. Du wirst sehen, du bist nicht der Erste, der erleiden muss, was du erleidest, und du wirst auch nicht der Letzte sein. Denn alles wiederholt sich, immer und immer wieder. Das mag dir jetzt wenig Trost sein. Aber es ist, wie es ist." Er setzte sich neben Tatkret, schloss ihre erloschenen Augen, nahm das Skorpion-Amulett von ihrem Hals und barg es sorgfältig in seiner Gürteltasche. Intuitiv legte ich dem Säugling mein Katzen-Amulett um. Er nickte: „Nimm jetzt Abschied. Eine Frau wird kommen und das Kind versorgen. Nach dem Ritual nehme ich es mit. Bleib bis zum Winterende hier, dann erfülle dein Versprechen." Der Säugling begann verhalten zu weinen. Tonrar blickte mir lange ins Gesicht: „Dein irdischer Weg ist bald zu Ende. Doch dein Ende ist es nicht." Er ließ beim Gehen eine junge Frau eintreten. Sie sah mich mitfühlend an, nahm vorsichtig den Knaben und legte ihn mir in den Schoß. Den Leichnam zog sie von dem blutigen Lager, bettete ihn abseits des Feuers und zog ein großes Fell darüber. Daneben verharrte sie ehrfurchtsvoll, legte dann meinen Sohn in den Fellsack und verschwand. Ich war allein, starrte auf das „Leichentuch". Erinnerungen an unsere kurze, aber so schöne, so emotionale Zeit beherrschten mich. Ich kroch zu ihr, holte ihre kalte Hand unter dem Fell hervor und sank zusammen. Ich konnte und wollte es immer noch nicht glauben, dachte an einen Alptraum, doch die kalte, weiße Hand war Realität. Tonrars geheimnisvolle Prophezeiung erschien mir jetzt schon tröstlich. Als er zurückkam, wartete er einfühlsam neben dem Eingang: „Hast du Abschied genommen?" Als ich nickte, sagte er: „Es ist Zeit, Tatkret den Sternen zu geben. Wir werden lange draußen sein. Mach dich bereit." Während ich warme Kleidung anzog, kamen Volgan und fünf Radul mit einer Trage aus zwei Stangen und Fellen. Volgan umarmte mich tröstend. Die anderen legten Tatkret auf die Trage, deckten sie zu und alle sechs trugen dann den Leichnam in den dämmernden Morgen. Vor dem Zelt hatte sich das ganze Dorf versammelt. Die junge Frau mit meinem Sohn auf dem Rücken stand hinter den Leichenträgern neben Tonrar. Ich stellte mich neben sie, vor die Ältesten, hinter denen die anderen warteten. Von dumpfen Trommeltönen begleitet zogen wir talabwärts, bogen auf einem Pfad ab und kamen durch mächtige Tannen zu einer Lichtung. Die Trommeln verstummten. Die Träger brachten Tatkret zu einem hohen Gestell, schoben die Enden der Trage in Lederschlaufen und traten zurück. Im Wirrwarr meiner Gedanken dachte ich kurz an ehemalige Bestattungsriten der Prärieindianer. Die Radul, angeführt durch die Ältesten, schritten langsam ein paarmal mit Gemurmel um das Gerüst und zogen sich zurück. Tonrar, die Frau mit dem Kind und ich blieben bei Tatkret. Der Schamane strich mir weihevoll Goldstaub auf die Stirn, legte den Fangzahn einer großen Raubkatze neben Tatkrets Kopf, nahm den „Tragesack", hob das Kind kurz zu seiner Mutter und verschwand mit ihm im Dunkel des Waldes. Die Frau ging zu den abziehenden Radul. Ich schleppte mich nach. Auf dem Rückweg begann es zu schneien. Im Zelt setzte ich mich, wie einst in den Bergen, neben Volgan ans Feuer, bin irgendwann eingeschlafen und erwachte warm zugedeckt. Ohne Appetit aß ich ein wenig und wollte dann zu Tatkret. Volgan versuchte, mich abzuhalten: „Das nicht gut. Sie nicht stören, gehört jetzt Sternen." Ich gab nicht nach, dachte: „Die Sterne bekommen sie früh genug." Als er mich nicht umstimmen konnte, begleitete er mich mit seinen Gefährten – alle bewaffnet. Ich verstand: „Wölfe." Im Neuschnee kamen wir zur Lichtung. Meine Begleiter blieben am Waldrand zurück, während ich zur Trage ging und beim Näherkommen verblüfft sah: „Sie ist leer." Tatkret war weg. „Die Sterne? Haben die sie wirklich geholt?" Ich blickte entgeistert zum Himmel: „Das kann doch nicht sein!" Ratlos sah ich zu den Männern. Die Gefährten legten nur eine Hand auf die Brust und schauten zum Himmel. Auch Volgan zeigte nach oben. Ich schloss die Augen: „Die Sterne. Du musst es nicht wiederholen." Fast wütend wollte ich jetzt – ohne Sterne – wissen, was geschehen war. Gefolgt von den Männern trat ich an die Bahre. Die Felle hingen zum Teil herunter und waren mit Schnee bedeckt. Der Schneefall hatte beim Verlassen der Lichtung begonnen und bei Erreichen des Dorfes schon wieder aufgehört. Es müssten also Spuren im Schnee zu sehen sein. Ich sah keine. Aber Liwanu wies auf eine Stelle, meterweit von der Bahre. Dort stand eine Spur im Schnee, die ich gut kannte: Amba! Sie führte in den Wald, genau an der Stelle, an der auch der Schamane verschwunden war. „Also war es der Tiger", dachte ich: „Er hat sie geholt. Aber wo kam er her?" Ich suchte nach einer Spur, die zum Gerüst führte, fand keine: „Der kann doch nicht vom Himmel gefallen sein. Oder doch? Oder war er sofort nach unserem Weggehen gekommen und der Schnee hat die Spur bedeckt? Aber warum dann nicht auch die wegführende?" Wieder blickte ich auf meine Begleiter. Sie ahnten, was in mir vorging, schauten aber nur der Tigerspur nach und dann zum Himmel. Keine Frage: „Die Sterne und so weiter." Ich suchte nach dem Fangzahn. Auch der war weg: „Was wollte der Tiger auch noch mit dem?" Ich ging zum Waldrand, lehnte mich mit zitternden Beinen, Sausen in den Ohren und Flimmern vor den Augen an einen Baum. Volgan hielt mich aufrecht, während ich mich etwas erholte. „Du wieder gut?", fragte er: „Wir helfen!" Gestützt auf ihn und Liwanu erreichte ich, von Schüttelfrost gebeutelt, mühsam das Dorf. Volgan legte mich im Zelt neben das Feuer, packte mich warm ein und gab mir heißen Tee. Was danach geschah, weiß ich nicht. Als ich die Augen wieder öffnete, blickte ich in Volgans besorgtes Gesicht:

„Posèr! Du wieder da?"

Ich versuchte zu lächeln, brachte heiser heraus: „Was ist geschehen?"

Du lang weit weg. Geist nicht bei dir. Du nah schon an Sternen!"

Bei „Sternen" kamen die Erinnerungen. Der Tiger. Tatkrets Leiche. Ich schloss schnell die Augen, zwang mich, nicht zu denken, bloß nicht denken, und dämmerte ein. Als ich aufwachte, war ich ruhiger und durch Volgans fürsorgliche Betreuung kam ich nach und nach zu Kräften. Die Dorfbewohner nahmen still und unaufdringlich Anteil an meinem Leid, luden mich ein, versuchten, mich abzulenken. Doch meine Gedanken waren immer bei Tatkret. Ohne sie fühlte ich mich fremd und verlassen. Und noch etwas beunruhigte mich: Ich hatte Zweifel, ob ich noch der bin, der ich vor Sibirien war. Wurde ich vielleicht durch all das rätselhafte, dunkle Geschehen zu einem anderen, zu einem vom Alten Volk, zu einem aus der Geisterwelt der Schamanen, oder gar selbst zu einem Schamanen? Wer bin ich, wer? Mir graute. Ich wollte die Zweifel loswerden, Abstand schaffen, wollte schnell weg, weg aus dem Dorf, aus dem Gebirge, aus Sibirien, weg von all den Geheimnissen. Nun sehnte ich mich nach meiner „alten" Normalität, nach meinem Haus, meinem Garten mit den Rosen, nach der grünen Wiese mit den Rehen, nach meinen Büchern. Ungeduldig wartete ich auf die Schneeschmelze. Als sie begann, drängte ich Volgan, mich zu einem Flugplatz zu bringen und verabschiedete mich von den Radul im Großen Zelt, dankte ihnen und wünschte ihnen Glück für ihre ungewisse Zukunft. Sie verneigten sich ehrfürchtig, behandelten mich wie den Schamanen und bestärkten mich dadurch wieder in meinen Zweifeln. Beim Abschied umarmte ich meine Freunde noch einmal. Der „Amme" schenkte ich Tatkrets Kleider. Das Zelt, die Kipplaufbüchse, das Fernglas, das Weidblatt und einen Teil meines Geldes bekam Volgan. Das Geld schob er unnachgiebig zurück. Über das andere freute er sich, war stolz, aber auch betrübt: „Wir nie mehr jagen zusammen. Ich jagen für dich. Du großer Jäger – jetzt vielleicht ich auch." Sonst war von meinem Gepäck nichts übrig, was ich verschenken konnte. Da ich Pass und Geld gerettet hatte, war der Weg in die Zivilisation gesichert. Wir folgten den Vogelschwärmen auf ihrem Weg in die nördlichen Tundren und marschierten nach Werchojansk. Die kleine Stadt an der Jana wirkte grau und unfreundlich. Die Menschen waren laut, gestresst. Ich litt unter dem krassen Gegensatz zur Ruhe des Dorfes, der Uaufdringlichkeit seiner Bewohner, zur Einsamkeit und Stille der Taiga. Die Buchung meines Fluges klappte erstaunlicherweise ohne größere Komplikationen. Vor der kleinen Maschine umarmte ich Volgan, dankte ihm für seine Freundschaft und bat ihn noch, bei der Überbringung des Buches zu helfen. Als ich die Alte aus Zhigansk erwähnte, nickte er: „Ja, sie mich holt. Ich helfen." Dann stieg ich in die kleine Propellermaschine.

Poserich war vom Erzählen erschöpft, emotional mitgenommen und stellte resigniert fest: „Ich begreife einiges immer noch nicht und manches ist ja auch unbegreiflich." Ich konnte nur nicken. Nach einigen Wochen, ein paar Tage vor seinem Tod, rief er mich an, bat müde mit brüchiger Stimme: „Komm! Bitte komm! Du musst mir helfen." Es klang so verzweifelt, dass ich sofort hinfuhr. Blass und gebrechlich holte er die übliche Flasche Rotwein, Käse und Brot. Nach einem Schluck Wein und ein paar Happen erfuhr ich, was er von mir wollte: „Mein altes Buch, du erinnerst dich? Ich versprach, es zu bringen." Ich nickte Ich schaffe es nicht mehr. Du musst es tun."

Erschrocken hob ich abwehrend die Hände: „Gibt es keine andere Möglichkeit? Ich mag weite Reisen schon lange nicht mehr und Russisch kann ich auch kaum." Er schüttelte den Kopf, bat eindringlich erneut: „Es geht doch nicht nur um das Versprechen, es geht um das Schicksal meines Kindes und meines Volkes. Du bist der Einzige, dem ich wirklich vertraue. Und nur so einer darf das Buch dem Schamanen bringen, wenn ich es selbst nicht mehr kann. Du bist mein bester Freund. Bitte!" Er hatte das erste Mal ohne Wenn und Aber von „seinem" Volk gesprochen: „Glaubst du wirklich, was sie dir erzählten?" Er versuchte zu lächeln: „Heureka! Ich habe die Bestätigung gefunden. Mit Hilfe von Prähistorikern, Altertumsforschern und Schriftgelehrten konnte ich das Buch teilweise verstehen und mich überzeugen; ja, es ist mein Volk. Und dabei verstand ich auch manch anderen Zusammenhang. Die Chronik berichtet nämlich auch von der Gründung meiner Sippe. Was wir übersetzen konnten und was ich sonst noch herausfand, habe ich aufgeschrieben. Doch jetzt muss das Buch zurück – zu meinem Volk. Bitte, bringe es dem Schamanen; tu es, alter Freund, bitte!" Er blickte mich flehend an, streckte mir die Hand entgegen: „Versprich es!" Ich konnte nicht anders, versprach es. Er reichte mir die Adresse der Alten in Zhigansk, holte das Buch, strich liebevoll über den ledernen Einband und gab es mir. Ich schaute etwas ratlos auf das voluminöse Gebinde. Er wollte mir Mut machen: „Du schaffst das schon, bist fit genug und neugierig bist du auch. Kannst du dabei doch den Schamanen und Volgan kennenlernen und wirst feststellen, dass stimmt, was ich erzählte." Er schleppte sich nochmal zum Safe, holte einen stabilen Karton: „Das sind die Blätter, die mir Tonrar gab. Sie müssen noch übersetzt werden. Für mich ist es dafür zu spät. Nimm du sie." Er ließ sich in seinen Sessel fallen, schloss die Augen. Ich glaubte schon, er sei eingeschlafen und wollte gerade gehen, als er die Augen wieder öffnete. Er wirkte nun erleichtert, stieß mit mir an und erklärte in feierlichem Ton: „Ich bin am Ende meines Weges. Was mir bestimmt war, ist erfüllt." Ich wusste, er hat recht. Poserich sah meine Resignation, meine Hilflosigkeit. Ich meinte doch nur den irdischen Weg. Auf dem anderen wirst du mir fehlen. Außer Tatkret und den Schamanen kenne ich in ihrer ‚Ander-Welt' niemanden und wenn sie einen guten Rotwein haben, habe ich niemanden, der davon etwas versteht und mit mir anstößt. Wärst du doch einer von uns." Ich ging darauf ein, wollte etwas „locker" sein: „Wenn ich dich so sehe, bin ich deswegen nicht traurig. Aber vielleicht hast du wirklich den besseren Part." Ja, vielleicht.

Mit Buch und Karton unter den Armen verließ ich Poserich, wusste, lebend sehe ich ihn nicht wieder. In der Universität fand ich am Tag darauf eine Sibirierin, die an „Turksprachen" und indigenen sibirischen Dialekten forschte. Sie erklärte sich bereit, für ein erschwingliches Honorar Tonrars Blätter zu übersetzen. Ich gab ihr Kopien. Und schon einen Tag später erhielt ich die befürchtete Nachricht: „Poserich ist gestorben." Sein Weg war zu Ende. Wir trafen uns abends. Der Arzt erzählte: „Ich habe ihn in seinem alten Sessel gefunden. Er wirkte entspannt, zufrieden und merkwürdig entrückt. Irgendetwas Fremdartiges, Unfassbares war um ihn." Er schüttelte sich: „Bleich und zitternd erzählte mir die Haushälterin, um Mitternacht habe es in seinem Zimmer rumort. Als sie die Tür öffnete, habe sich ein schwarzer Schatten von Poserich gelöst und sei durchs Fenster geflogen – in den Himmel. Das Ding habe ausgesehen wie eine Spinne oder ein Skorpion. Die arme Frau war völlig verwirrt. Ich gab ihr ein Sedativum. Sonderbar, sonderbar!" Er schüttelte sich wieder. Ich dachte an Poserichs Erzählungen und fand das alles nicht so absonderlich. Ein Blick in den dunklen Himmel bestätigte meine Vermutung. Über uns stand das Sternbild des Skorpions. War er „mitgenommen" worden? Wirklich? Mir lief es kalt über den Rücken. Ich war zwar neugierig. Da hatte Poserich schon recht. Doch jetzt wollte ich noch weniger nach Sibirien als zuvor. Nur, versprochen ist versprochen, oder wie die Radul sagen würden: „Es ist, wie es ist!" Und nach Sibirien zu reisen ist für Europäer ja nicht neu und „alles hat seine Zeit", auch wahr. Also habe ich auch Zeit, das Buch nach Zhigansk zu bringen.

Vor meiner Abreise wurde ich noch von einem Jagdfreund, einem Notar, in seine Kanzlei gebeten. Poserich hatte dort sein Testament hinterlegt. Mir hatte er sein Haus mit Bibliothek und Weinkeller vermacht. Ich war dankbar und traurig. Dankbar, weil ich sein Heim liebte wie mein eigenes, den hohen Wert der Bücher und deren einmalige bibliophile Zusammensetzung kannte und auch seinen Wein schätzte. Traurig, weil ohne ihn nichts mehr so sein würde, wie es war. Doch ich nahm mir vor: „Irgendwann ziehe ich in sein Haus – die Zeit wird kommen." Sein angelegtes Vermögen hatte er einer Stiftung zum Schutz des Sibirischen Tigers gespendet. Ich dachte: „Ja, Amba! Er wird es nicht brauchen, aber seine Artgenossen." Seine Schusswaffen, Messer und Ferngläser hatte er unter den Jagdfreunden verteilt. Drei Gewehre, moderne Repetierer mit bester Zieloptik, sollte ich Volgans Gefährten bringen. Das wird nicht einfach sein, aber das Konsulat in Jakutsk kann vielleicht helfen. Beim Fortgehen gab mir der Notar noch zwei Ordner und eine Schachtel voller Papiere mit: „Das sind persönliche Dokumente, die sollst du auch bekommen. Sie würden dazugehören. Du wüsstest schon, wozu." Ja, ich wusste es: zu seinen seltsamen Erlebnissen. Ich begann sogleich seinen letzten Willen zu verwirklichen, schickte das Buch und die Jagdwaffen mit diplomatischer Hilfe an das Konsulat in Jakutsk. Das war der sicherste Weg. Tatkrets Ziehmutter teilte ich meine Ankunft mit und verlangte, Volgan zu informieren. Danach vergingen bis zur Abreise noch ein paar Wochen.

Im Flugzeug spürte ich seit Langem wieder einmal Abenteuerlust und neugierig war ich sowieso, besonders auf Volgan und Tonrar. In Jakutsk wollte der Konsul natürlich wissen, was ich mit den Waffen vorhabe und was in dem schweren Karton ist. Ich erzählte es ihm – zum Teil. Die ganze Geschichte hätte er doch nicht geglaubt. Mit den Waffen riet er mir, vorsichtig zu sein: „Man hat es hier nicht gerne, wenn die einheimische Bevölkerung durch Ausländer ‚aufgerüstet' wird." Ich versicherte ihm mehrmals, die Gewehre würden in den Weiten des Werchojansker Gebirges verschwinden und gewiss nie gegen Menschen eingesetzt. Ganz konnte ich seine Zweifel nicht zerstreuen. Doch er ließ mich schließlich mit Waffen und Karton ziehen. Den Inhalt des Kartons hatte ich ihm gezeigt und wahrheitsgemäß erklärt, dass es nur eine alte, kaum lesbare Familienchronik sei. Auch um weiteren Befragungen zu entgehen, fuhr ich mit der nächsten Möglichkeit, Buch und Gewehre im Gepäck, auf Poserichs Spuren stromabwärts nach Zhigansk.

Mein „Hotel" und das Zimmer entsprachen den Beschreibungen meines Freundes. Ich verschloss die Kisten in einem Schrank, ließ mich auf das knarrende Bett fallen und schlief sofort ein. Die einwöchige Reise auf dem umgebauten Patrouillenboot hatte mir einiges abverlangt. Nach ein paar Stunden Schlaf bekam ich im Restaurant gerade noch eine warme Suppe und kehrte mit zwei Dosen Bier und einer Flasche Wodka in mein Zimmer zurück. Das Bier schmeckte gar nicht schlecht. Noch ein Wodka und ich schlief wieder ein. Am nächsten Vormittag sollte Volgan kommen. Ich blieb nach dem Frühstück bei einer Kanne Kaffee sitzen, wartete. Der Tag war trübe, regnerisch, kalt. Gelangweilt starrte ich durch die kleinen Fenster in den grauen Dunst über der Stadt. Volgan kam nicht, auch nicht am nächsten und übernächsten Tag. Wie damals bei Poserich. Als ich gerade selbst Tatkrets Haus suchen wollte, tauchte er doch noch auf. Ich erkannte ihn sofort. Poserichs Beschreibung war überaus treffend. Er taxierte kurz die Gäste und kam zu mir: „Du Freund von Poserich?" Ich stellte mich namentlich vor. Er nicht. Warum auch. Wer sonst sollte mich hier auch nach Poserich fragen.

„Du Buch?"

Ich deutete nach oben. Im Zimmer setzte er sich auf einen der zwei Stühle: „Wo?" Ich holte den Kasten. Seine Mimik wurde starr. Er versuchte, seine Empfindungen zu verbergen. Als ich langsam den Deckel hob, fixierte er das Buch, griff danach, zog aber die Hand gleich wieder zurück: „Du zeigen." Ich nahm das Buch aus dem Kasten. Jetzt berührte er das derbe Leder vorsichtig mit den Fingerspitzen. Ich ahnte, was in ihm vorging. Als er sich langsam zurücklehnte, war sein Gesichtsausdruck verändert, entspannt.

„Bring mich nun zu Tonrar!"

Er wiegte den Kopf. „Ja, ja, aber Tonrar nicht da. Alle nicht wissen, wo er sein. Du warten hier oder geben mir Buch. Er kommen zu mir, bringen Buch dann zu Volk." Ich überlegte: „Auf Tonrar warten? Wie lange? Volgan vertrauen? Poserich hat ihm vertraut und Tatkret hat ihm vertraut. Also kann ich ihm auch vertrauen." Ich gab ihm das Buch. Mein Versprechen war erfüllt. Nun musste ich die Gewehre noch loswerden: „Sie sind von Poserich für Liwanu, Tungortok und den Dritten. Wie heißt der eigentlich?"

„Hat nicht Namen. Hat Namen verloren. Bär hat Namen."

Verblüfft fragte ich nach. Der „Dritte" hatte vor Poserichs An-kunft mit einem Bären gekämpft, den Kampf verloren und war geflohen. Dadurch hatte er seinen Namen verloren. Den hatte nun der Bär – glauben die Radul. Zurück bekommt er ihn nur, wenn er genau diesen Bären „besiegt". Doch den muss er erst finden. Ich verstand: „Deshalb war das damals nicht der rich-tige Bär." Volgan prüfte die Waffen, repetierte, sah durch Läu-fe und Zieloptik, streichelte die Schäfte: „Meins besser; Büch-se von Poserich." Er nickte zufrieden, hatte ja auch recht. Ich kannte Poserichs Kipplaufbüchse. Sie stammte von seinem Va-ter, war wirklich spitze. Volgan legte die Waffen in die Kiste, das Buch in den Kasten und setzte sich wieder. „Wodka?", frag-te er. Ich holte die Flasche. Wir tranken aus Zahnputzbechern einen kleinen Schluck. Nun erzählte er von der Zeit nach Po-serichs Abreise. Durch sein sonderbares Deutsch war das lang-wierig, aber wir hatten ja Zeit.

Nach Poserichs Abreise ging er zu seinem „Vatervolk". Er woll-te nicht ständig an seinen Freund erinnert werden. Die Zeit mit ihm sei anstrengend und am Schluss auch sehr traurig ge-wesen. Dann wurde er an das Buch erinnert. Ich dachte: „Wo-her weiß man in dieser Wildnis, wo jemand gerade ist, und wie verständigt man sich in dieser Weite ohne Telekommunikati-onstechnik und wer erinnerte ihn?" Ich fragte nicht, hätte es wahrscheinlich doch nicht verstanden. Jedenfalls ging er gleich zur Ziehmutter seiner „früheren" Schwester. „Früheren? Komisch!", dachte ich: „Die ist doch tot!" Wollte er das nicht aussprechen oder glaubte er nicht daran? Die Alte kündigte ihm mein Kommen an. Nun erfuhr ich auch, wer der „Kommunikator" war: Tonrar! Volgan schwieg, räusperte sich. Ich verstand, holte schnell noch Bier. Das half. Er erzählte weiter. Ende des Sommers war er jagen. Als er sich über eine Fährte beugte, fiel ein Schatten auf ihn. Er fuhr erschreckt herum. Tonrar stand lächelnd vor ihm und befahl: „Geh nach Zhigansk. Poserichs Freund bringt das Buch." Der Schamane übernachtete bei ihm und habe gesagt, der Freund wird viel fragen. Ich erzähl dir jetzt, was er wissen will. Volgan sah mich grinsend an: „Du nun fragen!" Spontan sagte ich: „Was ist mit dem Kind?" Er wurde ernst. Dem geht es gut. Es ist gesund und kräftig, lebt bei einem Verwandten Poserichs, einem großen Jäger. Dessen Frau hat auch ein kleines Kind und genug Milch für beide. Diese „Verwandtschaft" mit einem großen Jäger im hintersten Sibirien erschien mir nach allem, was ich über seine Familie jetzt schon wusste, nicht ungewöhnlich. Volgan erzählte noch, der Knabe sei „heilig".

„Warum? Was bedeutet das?"

Er versuchte, es zu erklären. Doch ich verstand nur, dass es um das „Heil" des Volkes ging. Damit hatte Poserich mich auch schon beeindruckt. Ich nickte. Volgan nickte auch: „Tonrar sagt, Katze auch da, beschützt Kind, wie hat beschützt Poserich." Der Tiger liege nachts bei der Hütte des großen Jägers und verschwinde tagsüber. Er sei am Tag nach der Aufbahrung Tatkrets zum Alten Volk gekommen – zum großen Ritual.

„Was für ein Ritual? Und was sind das für Menschen und Tiere? Woher kommen sie? Und was wird mit dem Knaben geschehen und was mit dem Volk und dem Tiger?"

Volgan hob hilflos die Hände: „Weiß nicht; Poserich mehr wissen, von Schwester. Tonrar alles wissen, aber nichts sagen. Volk heißen Yamai. Alle wissen, aber nicht wissen, woher kommt." Dann fragte er nach den Papieren, die Poserich von dem Schamanen bekommen hatte. Das war ein guter Tipp! Vielleicht finde ich darin etwas zu meinen Fragen. Er fuhr fort: „Tonrar dich einladen zu den Yamai." Ich sprang erschrocken auf, wehrte vehement ab. Der Schamane hatte gesagt, ich würde schon kommen. Ich sei neugierig. „Das weiß der auch schon!", dachte ich und fiel auf den Stuhl zurück. Volgan amüsierte sich unverhohlen über meine Angst und setzte noch eins drauf: „Du müssen allein gehen. Ich nicht mitkommen kann."

„Du bekommen noch Geschenk, wird beschützen dich. Ich jetzt gehen; sehen dich wieder."

Er nahm Rucksack und Kisten, trank sein Glas aus, reichte mir die Hand und war weg. Ich stand ratlos am Fenster, schaute in den Nieselregen: „Wer macht mir in Zhigansk ein Geschenk?" Etwas benommen von Wodka und Bier wollte ich an die Luft", wollte, neugierig wie ich nun einmal war, Tatkrets Haus sehen. Mit Beschreibungen und Ratschlägen des Kellners kam ich zum Stadtrand, suchte nach einem Weg zur Lena, fand einen ausgetretenen Pfad und roch Wasser. Der Fluss musste nahe sein und tatsächlich blickte ich bald auf den träge fließenden Strom. Zwischen Hügel und Dünen standen vereinzelt kleine Häuser. Doch welches war Tatkrets? Gedankenverloren beobachtete ich ein kleines flussabwärts treibendes Boot. Beim Näherkommen startete einer der zwei Insassen den Außenbordmotor und steuerte das Boot zu mir. Volgan sprang an Land. Mit einem versteckten Lächeln nahm er mich am Arm: „Ich wissen, du kommen, ich zeigen."

„Mich wundert nichts mehr: Es ist, wie es ist."

Er führte mich um ein paar Hügel: „Dort Haus. Gut leben!" Sollte wohl heißen „leb wohl". An der Gartenpforte zögerte ich. Soll ich wirklich klopfen? Warum? Was will ich hier und was von der Ziehmutter – nichts! Doch ich konnte nicht widerstehen. Nach einigen Minuten öffnete sich das kleine Fenster neben der Haustür, das Gesicht einer alten Frau erschien – die Amme. Auf Russisch fragte sie, was ich will. „Nichts" – konnte ich schlecht sagen, versuchte trotzdem, mit ihr ins Gespräch zu kommen, erwähnte Poserich und Volgan. Bei Volgan merkte sie auf, brummte etwas Unfreundliches und zog das Fensterchen zu. Ich rief intuitiv schnell noch: „Tatkret." Das Fenster ging wieder auf. Nach kritischer Begutachtung durfte ich eintreten und stand dort, wo Poserich die Schamanin das erste Mal sah. Beim Blick auf den Stuhl am Fenster stellte ich mir Tatkret im Gegenlicht vor und wurde dabei auch schon von der Alten am Arm gepackt. Sie grummelte, ein Radul habe das für mich abgegeben, drückte mir ein Päckchen in die Hand und bugsierte mich vor der Tür. Dort verharrte ich, völlig verwirrt, ein paar Minuten, fühlte mich gesteuert, manipuliert. Mein Tun und Handeln schienen lückenlos vorbereitet und zeitlich bestens abgestimmt. Gewiss hatte der Schamane die Lieferung des „Geschenks" durch die Radul veranlasst und meinen Besuch bei der Alten durch Volgan gesteuert. Aber warum hat er mich nicht in die Geschehens-Planung einbezogen? Hatte er Angst, ich würde ihr nicht folgen, das „Geschenk" vielleicht nicht annehmen? Da hätte er sogar recht gehabt. Nun hatte ich wie geplant gehandelt und bin vereinnahmt worden, für etwas, was ich nicht kannte, was mir unheimlich, ja beängstigend erschien. Was ist dabei meine Rolle? Während ich grübelnd an der Lena entlang wanderte, wurde es dunkel. Ein Junge brachte mich für ein paar Rubel zum Hotel. Im Zimmer öffnete ich neugierig das Paket, fand unter weichem Leder ein mit Symbolen verziertes Kästchen und in ihm einen großen mit eigenartigen Zeichen bedeckten Fangzahn. Ich wusste sofort: „Der Zahn von Tatkrets Leiche." Bedeutete das, ich gehöre jetzt zu den Akteuren dieses „Spiels", bin Gehilfe, wie Volgan, die Amme oder die Radul oder vielleicht sogar ein Protagonist? Egal! Ich hatte das beängstigende Gefühl, Tonrar und seine Gefolgschaft „vereinnahmen" mich. Das wollte ich nun ganz und gar nicht – trotz aller Neugier. Ich packte meine Sachen und bat den Kellner, mich ganz früh zum Flughafen zu bringen. Nachts plagten mich düstere Träume. Aufgewacht, hatte ich Angst, hier nicht mehr weg zu kommen und wartete, ohne Frühstück, schon früh morgens vor der Türe auf meinen Fahrer. Auf dem Flughafen, inmitten von Technik und Lärm, wurde ich etwas ruhiger, aber erst über den Wolken atmete ich auf.

Zuhause half mir das tägliche Einerlei, Abstand zu gewinnen und mit dem vertrauten Leben kehrte ich langsam in die Normalität zurück. Dann wurde mir die Übersetzung von Tonrars Aufzeichnungen gebracht. Die Neugier war wieder da, die Ruhe dahin. Schon am selben Abend saß ich mit der Übersetzung in der Sofaecke und war erst einmal enttäuscht. Die Sibirierin hatte keinen Zugang zu Tonrars Bericht gefunden, verstand nicht, was er war, erkannte die Zusammenhänge nicht und den Inhalt begriff sie schon gar nicht. Ihre Wortwahl war entsprechend nebulös, das Elaborat für einen Uneingeweihten wirr, holprig, letztlich unverständlich. Ich aber konnte ihre fragmentarischen Darstellungen zusammenfügen, verstand so Tonrars Bericht recht gut und übertrug ihn in die Diktion Poserichs, des großen Erzählers:

Ich bin Zermo, von den Menschen Tonrar genannt, kam von den Scorpio, dem Geistervolk bei den Sternen, zu den Yamai, den Scorpio auf der Erde. Ich bin der letzte direkte Nachkomme des göttlichen Gründers der Scorpio, des Arescorpio, und bin Gusas Vater, die ihr Tatkret nennt. Sie gehört durch mich zu unserem Königsgeschlecht und durch ihre Mutter zu dem Fürstinnengeschlecht der Yamai, des Alten Volkes. Von dem kam sie zu dir und ich zu den Radul.

Der Yamai stetes Begehren und größter Wunsch ist ihre Wiedervereinigung mit den Scorpio am Himmel. Bei denen wuchs ich auf, wurde schuldig und auf die Erde verbannt. Zurück darf ich nur, wenn ich die Yamai zu den Unseren an den Himmel bringe. Auf der Erde lebe ich in Sibirien als Mensch und früher, wenn ich eure Art nicht mehr ertragen konnte, auch mal als Skorpion in den Bergen des Apennin.

Damit du dein seltsames Schicksal verstehst, will ich dir erzählen, wie alles in der Zeit vor der Zeit begann und warum geschah, was geschah. Damals, als die Scorpio noch vereint auf der Erde lebten, erhob sich zwischen ihnen ein schrecklicher Streit, der sie trennte. Der eine Teil blieb auf der Erde, der andere kam zu den Sternen. Ihr nennt dieses Sternenbild Skorpion, als ahntet ihr von uns. Ich lebte mit meinem Vater nahe dem Antares, dem schönsten unserer Sterne.

Der Gründer deiner Sippe, Poserich, ist uns bekannt und auch seine ersten Nachkommen. Doch dann seid ihr verschwunden und ward lange Zeit unauffindbar. Als Gusa dich mit dem Buch und dem Skorpion-Amulett endlich entdeckte, hoffte ich, meine Schuld tilgen zu können und wollte alles von dir wissen, forschte und kenne nun dein ganzes Leben. Bei deiner Geburt war ich gerade wieder im Apennin. Es war Krieg – wegen der Deutschen. Warum? Weiß ich nicht! Doch die Deutschen waren damals überall, auch im Apennin, und ich war ihnen an diesem Tag begegnet. Sie marschierten mit dröhnenden Stiefeln herum und hätten mich beinahe zerquetscht. Als sie weg waren, wärmte ich mich in den letzten Strahlen der Herbstsonne, träumte von meiner himmlischen Heimat und dachte an meine erste Liebe. Spät in der Nacht machte ich Beute und musste wieder fliehen. Wieder vor Stiefeln. Jetzt waren es die Stiefel eines Amerikaners. Stiefel waren mir damals ohnehin schon ein Gräuel. Ich hasste Stiefel, waren sie doch der Grund meiner Verbannung. Auf unseren Sternen gab es keine und wir brauchten auch keine. Wir hatten Sandalen. Die vom Orion trugen manchmal welche. Ihre Heimatsterne sind kälter und rauer als unsere. Doch plötzlich wollten auch bei uns alle Frauen und Mädchen Stiefel. Stiefel waren heiß begehrt. Und ich wurde wegen diesem Unsinn verstoßen, landete auf der Erde, in Attika, kam von Hellas nach Sparta, mit den Lakedaimonier nach Sizilien und später in den Apennin. Von dort aus suchte ich, erst als Begleiter der Römer, dann der Germanen, überall nach dem irdischen Teil meines Volks und fand es schließlich in Sibirien. Jetzt lebe ich meistens bei ihm.

Bei meiner Verbannung war ich ein Jüngling – war nicht besonders beliebt. Die Älteren ärgerten sich über mein anmaßendes

Benehmen, fanden es unpassend, ja unerträglich. Ich verstand nicht, warum. Sah ich mich doch als „großen Helden" und wollte dementsprechend bewundert werden – besonders von Mädchen. Ich wetzte auf dem Platz des Rates mein Schwert, was verboten war. Färbte meine Haare gelb und rot, was die Leute erschreckte. Stolzierte umher und erzählte jedem von meiner Abstammung. Und denen, die mir wichtig oder bedeutend erschienen, also ziemlich vielen, erzählte ich, wozu ich dank meiner Stärke, Tapferkeit und Herkunft fähig sei. Meine Gegner wurden dabei immer größer und gefährlicher, meine künftigen Taten immer kühner.

Jemand, der mir besonders bedeutend erschien, war ein lieblich anzusehendes, aber zickiges Mädchen, grazil, schwarzäugig, mit anmutigen Bewegungen. Ein Ausbund an Schönheit. Mir gegenüber war sie voller Gleichmut und gegenüber meinen künftigen Heldentaten voll ätzender Zweifel. Erstaunlicherweise begegnete sie mir recht oft, hatte immer viel Zeit für meine Geschichten und für ihren Spott, den sie mit Hohngelächter begleitete. Das ärgerte mich. Ich suchte sie zu meiden und hoffte doch auf ihre Begegnung. Schon ihr bloßes Erscheinen faszinierte mich. Ganz besonders aber ihr kleiner Busen, der bei ihrem Gelächter aufregend wippte. Dann wurde es unvermeidlich. Den Worten mussten Taten folgen. Mein Heldentum musste bewiesen werden oder ich musste das Mädchen meiden. Das aber wollte ich nun ganz und gar nicht, wollte ihre Nähe nicht missen, ihren lieblichen Anblick und besonders nicht das Wippen ihres Busens, das mich aufwühlte. Es weckte neue, mir bisher unbekannte Gefühle, besonders in einem bestimmten Körperbereich. Ihre Gegenwart fesselte mich. Ich wollte ihr nahe sein, ganz nahe – immer. Ich war verliebt! Doch nun, wo es darauf ankam, fühlte ich mich plötzlich für die ganz große Heldentat nicht stark genug. Der Gegner sollte schon erträglich sein, von einer gewissen Ernsthaftigkeit, aber irgendwie auch besiegbar. Einer von uns durfte es nicht sein. Mit einem Scorpio zu kämpfen, ihn zu verletzen oder gar zu töten, wurde hart bestraft. Wie hart, erfuhr ich bald. Durch die Liebe enthemmt, wurde es doch einer von uns, ein angeberischer spindeldürrer „Schwätzer". Er hatte „meinem" Mädchen ein Paar dieser verflixten Stiefel geschenkt und sie freute sich auch noch darüber! Nun schwänzelte er viel zu oft und viel zu aufdringlich um sie herum. Ich wurde zornig, verbot es ihm. Wir stritten heftig. Das Mädchen kicherte. Er wollte nicht weichen. Ich brachte ihn zu Fall. Das Mädchen bekam große Augen. Er rappelte sich auf und trat mir gegen das Bein. Da schlug ich ihm auf die Nase und er mir aufs Ohr. Das war zu viel. Ich warf mich auf ihn, würgte ihn. Er lief blau an. Das Mädchen schrie. Ich schrie auch – vor Zorn. Der Dürre röchelte. Wir wälzten uns am Boden. Doch bevor er das Leben aushauchte – denn Himmelswesen können Himmelswesen töten –, ergriffen mich Männer, sperrten mich ein. Gericht wurde gehalten. Mein Tod schien unvermeidbar. Doch der Dürre hatte überlebt und das Motiv meiner Tat war meine sinnverwirrende Liebe. Das milderte die Strafe. Denn dieses unbeherrschbare Gefühl war in der Vergangenheit auch das Motiv eines Gottes für eine Tat, die alles Leben auf Erden gefährdete und uns an den Himmel brachte. Durch sein frevelhaftes Handeln war damals sein göttliches Dasein verwirkt. Doch wegen dieser Liebe und der damit verbundenen geistigen Verwirrung wurde die Strafe gemildert. Götter und Menschen gewährten ihm Gnade und so gewährte man sie auch mir. Statt dem Tod wurde ich verbannt – auf die Erde. Zurück an den Himmel komme ich nur, wenn es mir gelingt, die Yamai zu uns zu holen. Dazu müssen nach einer alten Prophezeiung drei Dinge bei ihnen zusammenkommen. Ist das geschehen, werden sie mit uns vereint und ich bin begnadigt. Die Ursache für die Trennung unseres Volkes liegt weit, weit in der Vergangenheit – jenseits der euch bekannten Zeiten.

Damals war der „große Ball" noch eine Scheibe, umspült von einem riesigen Meer. Die Menschen lebten auf ihr unter einer milde strahlenden Sonne zusammen mit Göttern und ihren mit Menschen gezeugten Abkömmlingen. Die Sonne zog ihre Bahnen nahe der Erde von Horizont zu Horizont, kehrte am Rand der Scheibe zurück und verschwand abends in einem mächtigen Berg am Ufer des Urmeers. Den hatten Götter und Menschen nach der todbringenden Tat jenes verblendeten Gottes als sicheren Ort für ihre nächtliche Ruhe geschaffen. Der Gott hatte zuvor im Liebeswahn die Sonne gelöscht und auf dem Erdboden gebannt. Schnell verbreiteten sich Kälte und Finsternis. Verzweifelt suchten Menschen und Götter nach dem wärmenden Stern. Schließlich fand ihn ein Vogel mit seinen der Dunkelheit trotzenden Augen gefangen in einem Netz, neben ihm den verwirrten Gott. Helden und Götter eilten zum Urmeer, überwältigten den Frevler und befreiten die Sonne. An einen Fels gebunden verkündeten sie ihm das Urteil für seine Tat. Seiner Unsterblichkeit eingedenk, sollte er, nun selbst durch das Netz gefesselt, ewig auf dem Grunde des Meeres liegen. Bevor sie den Unglücklichen in die Tiefe stießen, fragte noch einer der Helden: „Sag, was trieb dich zu dieser schrecklichen Tat; was brachte dich dazu, allem Leben auf Erden ein schreckliches Ende zu bereiten?" Die ewige Verbannung vor Augen, erzählte der Gott:

„Ich war nicht immer ein Narr. Wurde es erst, als mich das stärkste aller Gefühle ergriff und fortan beherrschte. Unerklärlich und unbeeinflussbar bringt es Unsterblichen und Sterblichen berauschendes Glück oder tiefstes Leid. Mir nahm es Vernunft und Verstand, bestimmte fortan mein Handeln. Meine einst gepriesenen Fähigkeiten und Tugenden erloschen. Ruhelos, mal traurig, mal heiter, wandelte ich, verspottet als alberner Tor, über die Erde. Ich war verliebt." Ein trauriges Lächeln bewegte seine bleichen Lippen: „Den betörenden Gegenstand meines Begehrens vermag ich kaum zu beschreiben. Es war eine junge Frau mit reiner Seele, heiter, gefühlvoll; und, ja, auch leidenschaftlich. Goldumwoben in edler Reinheit leuchtete ihr Antlitz, die strahlenden Augen funkelten, tief und unergründlich wie die Seen in den eisummantelten Bergen. Ihre sanfte Haut leuchtete wie von Morgenröte durchstrahltes Perlmutt, war weich und schmiegsam wie die Blätter einer erblühenden Rose und duftete wie diese. Sie war eine Lichtgestalt. Ach, und ihr Körper", stammelte er, versank kurz in Schweigen und fuhr stockend fort: „Ihr Körper, ihr Körper war die Inkarnation der Lust. Sein Anblick ließ mich erstarren. Ich konnte meine Blicke nicht von ihm wenden. Gefesselt an Leib und Seele, wurde ich ihr Schatten, wurde ihr stetiger Begleiter. Unersättlich saugte ich ihren Anblick auf und strebte in ihre Nähe. Wenn ich sie länger nicht sehen konnte, sehnte ich in tiefer Traurigkeit mein Erlöschen herbei. Erblickte ich sie wieder, barsten in mir Vulkane, erfüllten mich unendliche Freude und Wonne. So begann ich die finsteren Nächte zu fürchten und sehnte die lichten Tage herbei, vergaß mein leibliches Wohl, verlor meine einst berühmten Kräfte und mein vormals weitschweifender Geist beschränkte sich einzig auf sie. Ich wurde zum Narren. Doch nach vielen Monaten verzauberter Entrückung verschwamm allmählich ihr berauschendes Bild. Und als ich einmal unbedacht in die strahlende Sonne blickte, war der Gegenstand meines Begehrens, das Objekt meiner Liebe, plötzlich völlig verschwunden. Mein Verstand entwich dem Kerker der Gefühle, die Vernunft kehrte zurück."

„Nun sah ich statt einer Lichtgestalt nur noch ein angenehmes Wesen normaler Weiblichkeit; gewiss nicht hässlich, doch weit entfernt von dem, was meine Seele verzauberte und mir Verstand und Kräfte raubte. Ich meinte, erblindet zu sein, wollte die strahlend vollendete Erscheinung wieder haben, suchte nach der Ursache der Wandlung, dachte an die Blendung, an die Sonne, gab ihr die Schuld und verfluchte sie. Ihr einst so ersehntes Licht erschien mir nun feindlich, zerstörte es doch meine Träume, meine Liebe, zeigte mir brutal die Wirklichkeit und mich als einen Narren, mich, der ich einst als der weisesten Götter einer verehrt wurde. Nichts war mir geblieben. Nach einer Zeit tiefer Verzweiflung bäumte ich mich auf, erst gegen die Erkenntnis der Wahrheit und nach der Aussichtslosigkeit dieses Kampfes gegen deren grausame Verkünderin. Ich hasste die Sonne, beschloss, ihr Licht zu löschen und hoffte, dann wieder den Rausch der Liebe zu empfinden. Am Urmeer, am Ort des Sonnenuntergangs, wartete ich auf ihr Nahen, beobachtete, wo sie sich nieder ließ und sann, wie ich sie an ihrem allmorgendlichen Aufsteigen hindern könnte. Doch allein vermochte ich es nicht. Verzweifelt weinend bat ich wieder und wieder die Kräfte des Urmeers um Hilfe. Und tatsächlich stieg am siebenten Tage eine korallenrote, riesige Spinne aus der Brandung. Mit pfeifender Stimme verlangte sie, ich solle aufhören, durch Rufen, Stöhnen und Seufzen die Bewohner der Tiefe in ihrer lebenserhaltenden Teilnahmslosigkeit zu stören. Als ich mit dem Jammern nicht innehalten konnte, verlangte sie, den Grund meiner Verzweiflung zu erfahren. Unter Tränen erzählte ich von dem Verlust meiner Liebe und von der Hoffnung, sie wieder zu erlangen, wenn das Licht der Sonne erlischt. Zornig wühlte die Spinne in Sand und Kies, lief ärgerlich pfeifend hin und her. Dann versprach sie, zu helfen und verschwand wieder im Meer. Als der Tag sich neigte und die Sonne langsam ihrem Ruheplatz entgegen glitt, tauchte sie wieder auf, gefolgt von riesigen Kraken, Krebsen und anderen kriechenden Ungetümen. Sie schleppten ein feines, weit gefächertes, schwarzsilbernes Netz, breiteten es auf dem Ruheplatz der Sonne weit über dem Strand aus und bedeckten es mit Sand und Kies. Nur einen Zipfel ließen sie herausstehen. Unter Pfeifen und Scharren erklärte die Spinne: „Dies Netz ist unzerreißbar und unwägbar schwer. Riesen haben es auf der anderen Seite der Scheibe geknüpft. Wenn die Sonne darauf liegt, ziehe an dem Zipfel und das Netz wird sich über sie stülpen. So gefesselt vermag sie Licht und Wärme nicht mehr zu spenden." Die Spinne hoffte, dass mir dadurch geholfen ist und sie wieder ihre Ruhe hätten. Giftig pfeifend drohte sie noch, sollte durch mein Gejammer die heilige Gelassenheit der Urmeerbewohner nochmals gestört werden oder das Netz in die Hände erdgebundener Mächte gelangen, würde ich für alle Zeiten in die kalten, trostlosen Tiefen des Meers verbannt. Nach dieser furchtbaren Verheißung verschwand die schreckliche Schar. Kurz darauf sank die Sonne auf den Strand, rollte zu ihrem Schlafplatz, fiel zur Seite und begann zu erlöschen. Ich schlich voll Zweifel und Angst zum Zipfel des Netzes und zog daran. Tatsächlich stülpte es sich sofort donnernd und krachend mit fliegendem Sand und Kies über die Sonne und schnürte sie zu einem mächtigen Ball.

Mich schleuderte ein Wirbelsturm über den Strand ins seichte Wasser. Die Sonne wehrte sich verzweifelt, schoss Lichtbündel und Strahlenspieße um sich und sank dann glimmend im unnachgiebigen Netz zusammen. Nun habt ihr sie befreit und sie wird, jetzt als Kugel, wieder Licht und Wärme spenden. Euer Urteil aber erfüllt die Prophezeiung der Spinne. Ewig werde ich gefesselt in den finsteren Tiefen des Meeres liegen. Doch nicht gänzlich ungern füge ich mich diesem Schicksal. Nichts bedeutet mir jetzt noch Licht! Es war ja nicht der Sonne strahlende Helligkeit, die mir meine Liebe nahm. Es war die Zeit, die sie mir raubte. Die unbeherrschbaren Empfindungen, die mein ungestüm begehrendes Herz entflammten, nahmen sie mir erst langsam, ja unmerklich, dann plötzlich schnell und ganz. Mit ihnen erlosch das strahlende innere Licht, die betörende Schönheit, die verzaubernde Lieblichkeit dieser Frau. Die Macht der Zeit ist unbezwingbar – auch für Götter!" Er schloss die Augen, schwieg.

Die Versammelten wirkten tief beeindruckt, betroffen oder auch nur gerührt, aber insgesamt ratlos. Unruhe breitete sich aus. Da erhob sich Raton, ein Gott großer Weisheit und milden Wesens, ein Anwalt des Rechts, am Himmel zuhause, ein enger Gefährte der Sonne und ihr an strahlender Erhabenheit gleich. Gestützt auf beinernen Stab blickte er über die ringsum Gelagerten: „Wahrlich, ihr Götter des weiten Erdkreises und ihr Söhne von Helden, selbst Helden, wahrlich, traurig ist das Schicksal dieses Narren. Gewiss, verwerflich ist seine Tat und Buße geboten, doch regt sein Leid mir das Herz und übergroße Schuld vermag ich nicht mehr zu erkennen. Wem, wem von uns und von den Unsterblichen und Sterblichen allen ist nicht auch schon einmal, zwar weniger Folgenschweres, doch Ähnliches widerfahren? Viele werden es sein und nicht die Schlechtesten; wohl am ehesten die mit empfindsamem Geist, großer Phantasie, regem Verstand und beharrlichem Streben nach Verstehen. Sind sie damit gesegnet oder verdammt? Sind sie es doch, die die Welt beschenken können, wenn sie ihre Fähigkeiten mit Weisheit und Maß nutzen. Es sind aber auch sie, die übergroßen Schaden anrichten, wenn sie im Überschwang ihres geistigen oder körperlichen Vermögens halt- und maßlos ihren Neigungen folgen. Dieser Narr ist wohl einer von ihnen. Doch nicht einer der Schlimmsten, vermochte er doch ehrliche Einsicht zu zeigen und war auch nicht ganz frei in seinem Handeln. War er doch ein Getriebener und wurde Opfer seiner selbst. Er kettete sein Leben an ein Geschöpf seiner Phantasie, an ein Gebilde, überwältigend, beherrschend, hoch ersehnt, doch unerreichbar und schuf sich so eine unstillbare, schmerzliche Begierde. Welch leidvolle Tragik! Haben wir, ihr Ehrfurcht gebietenden Richter, nicht alle schon einmal geglaubt, ein trügerisches, unfassbares Ziel erreichen zu können? War nicht die Enttäuschung bitter, wenn durch einkehrende Erkenntnis die Unerreichbarkeit unumstößlich wurde? Kam dann nicht neben Trauer auch Zorn auf? So erging es wohl diesem Narren. Doch er war schon zu tief versponnen in den Fesseln seines Begehrens. Er sah und war blind, und meinte, blind zu sein, als er sah. Als er sich dann doch der Wirklichkeit unterwerfen musste und den endgültigen Verlust seiner Schöpfung erkannte, ergriff ihn Zorn. Er suchte nach Schuldigen, sah die Sonne, wähnte ihr Licht als Ursache seiner Qual und die Tragödie nahm ihren Lauf. Sagt nun, Götter und Helden, soll man einen, der schon schreckliche Pein ertragen musste und immer noch muss, mit ewiger Strafe belegen? Kann nicht doch tröstende Milde in eurem Urteil Platz finden?"

Versonnen versanken die Lagernden in innere Einkehr, hingen still ihren eigenen Erlebnissen und Erinnerungen nach, spürten Mitleid mit dem Götternarren. Milde ward geboren und manch verständnisvoller Blick streifte den Bezwungenen. Dann ertönte aus dem Kreis der Helden die tiefe Stimme des Großen Jägers, Oro, Sohn des Orion, den Göttern verwandt: „So scheint es mir am besten, glaube ich doch, nach Ratons Rede eure Zustimmung zu finden. Hoffnung lassen wir dem Narren, nicht endgültig sei sein Schicksal! Die unvorhersehbaren Wendungen im steten Lauf der Zeiten mögen ihm vielleicht einmal die Freiheit wieder geben. Buße muss sein, doch Gnade ist Weis-

heit. So lasst uns den Narren in die finsteren Tiefen des Urmeers werfen und ihn die Pein der Sonne im Netz erleiden, wie
die Spinne es verlangt. Doch jeder, der es will und kann, mag
ihn ungestraft von Schuld und Fessel lösen." Raton fragte, ob
abgestimmt werden soll über den Vorschlag des Jägers und den
Bestand des älteren Beschlusses. Als alle zustimmten, wurde
in die Mitte der Lagernden ein aus Gold geflochtener Korb gestellt und der Gott gebot, das Urteil zu fällen. Wer für ewige
Sühne ist, werfe einen schwarzen und wer für das mildere Urteil ist, einen weißen Kiesel in den Korb. Als Raton die Steine nach weißen und schwarzen gesondert hatte, zählte er sie
mit flüsternder Stimme. Die Zahl der weißen Kiesel war weit
höher. Sogleich verkündete er dem Narren die günstige Wen-
dung seines Schicksals und gemeinsam vollstreckten sie das
Urteil. In dem unzerreißbaren Netz gefesselt, schleppten sie
ihn an eine steile Klippe und warfen ihn hinaus ins Meer, wo
er schäumend aufschlug und sprudelnd versank.

Diese Milderung des Urteils für den verliebten Gott, schrieb Zermo, war Anlass, meine Strafe zu mildern: Verbannung statt Tod.

Nun, da der wärmespendende Stern wieder seine Bahn zog,
hielten die Versammelten Rat und beschlossen: Keiner, weder
Mensch noch Gott, dürfe je wieder der Sonne Lauf behindern.
Der Schutz durch die Ferne zu den Menschen, durch die weiten Wüsten und kaum bezwingbaren Berge erschien ihnen un-
zulänglich. So errichteten sie am grauenerregenden Abgrund
einer Halbinsel einen gewaltigen Berg mit einer Höhle, die nur
durch einen Tunnel erreichbar war. Mit weichem Quarzsand
bedeckten sie den Höhlenboden und mit dunklem Amethyst
und schwarzem Onyx verkleideten sie die Wände. Den Eingang zur Höhle sollten Wächter schützen. Sterbliche, da ein
Gott sich an der Sonne verging. Die mächtigsten, tapfersten
und stärksten Helden sollten es sein, unüberwindlich und un-
tadlig im Wesen und Handeln. Zwei sollten es sein, nur zwei,
und Freunde, unzertrennlich. Raton wollte ihre Lebenszeit ver-
längern und ihnen die Last des Alterns nehmen. Viele prüfte

die Versammlung, Helden aus ruhmreichen Geschlechtern, Halbgötter, mächtige Herrscher, weise Priester. Alle wurden zu leicht befunden, keiner schien unbesiegbar. Ein Heldenvolk, dessen höchste Gottheit die Sonne war, wurde nicht genannt, wenn auch viele an es dachten. Keiner wollte die unbesiegbaren Kämpfer dieses unnahbaren, furchtlos und von allen gefürchteten Volkes nennen. Dort waren Unbezwingbare. Doch niemand wagte es, sich dem Volk auch nur zu nähern. Nach seinem Gründer, Arescorpio, dem Sohn eines mächtigen Gottes, wurde es ursprünglich genannt, nannte sich später Scorpio. Die Nachkommen des Arescorpio, Frauen wie Männer, waren stolze Streiter und Kämpfer, eigensinnig, zum jähen Zorn neigend. Die Männer waren von mächtigem Wuchs, voll berstender Kraft und doch geschmeidig. Aus den Augen der Frauen leuchtete Leidenschaft. Ihre schlanken Körper waren von behänder Stärke und zum Kampf gestählt. Trotziger Mut, Zähigkeit und Starrsinn machten sie zu furchteinflößenden Kriegerinnen. Das Volk war sich seiner Stärke bewusst, mied aber den Umgang mit anderen Völkern. Als sich bei den Sonnenbefreiern Ratlosigkeit ausbreitete, war es Oro, der es doch noch nannte. Die Versammlung kam sofort überein, von ihnen die zwei Besten als Wächter zu erbitten. Weithin klang Ratons Ruf: „Wer von den sterblichen Helden, denn Unsterblichen sind solche Bittgänge versagt, traut sich zu den Scorpio, bringt ihnen Kunde von unserem Beschluss und berichtet, so sein Schicksal es zulässt, von der Antwort des gefürchteten Volkes?" Stille! Die Helden schwiegen, erschien dieser Gang doch allzu verderblich. Zu Boden sahen einige, andere blickten verlegen gen Himmel, manche stocherten im Sand oder zerrten an den Bändern ihrer Sandalen. Als das Schweigen peinlich wurde, erhob sich Oro erneut: „Ich will gehen und, so es mir vergönnt ist, auch zurückkommen. Mir mag dort Milde begegnen, habe ich doch bei dem Volk einen Freund aus früheren Tagen, mit dem ich oftmals in den weiten Fluren jenseits der Wüsten jagte. So ich erfolgreich bin, will ich mit den Wächtern nach drei Umläufen der Jahreszeiten wieder hier sein." Erleichtert entließ ihn die Versammlung, hoffend auf seinen Erfolg und bangend um sein Leben.

Der Jäger durchquerte glühende Wüsten, eisige Steppen und tiefe Wälder, zog bis jenseits der himmelragenden Berge in die weiten Ebenen, wo das Volk der Scorpio lebte. Dort ergriffen sie ihn und brachten ihn in die hohe Halle vor ihren König, den Arescorpio. Die Könige waren stets direkte Nachfahren des göttlichen Gründers ihres Volkes, waren die Ersten unter ihnen, waren Fürsten und Führer, doch nur solange sie auch die Weisesten waren. Herrscher waren sie nicht. Das Volk war zu stolz, sich beherrschen zu lassen. Der gegenwärtige Arescorpio hieß Axzares, war Sohn des Zares, war jung, stark und schön, von heiterem Gemüt und duldsam. Doch auch in seinem Blut glomm die unheilbringende Eigenschaft des Volkes, der jähe Zorn. Axzares blickte von seinem Thron lange sinnend auf Oro, lehnte sich zurück und schloss die Augen. Als Oro schon meinte, er schlummere, erhob er sich, griff bedacht nach seinem Schwert und schritt langsam auf ihn zu. Oro stand bewegungslos, sein Blut pochte, sein Körper spannte sich zur Abwehr. Der König zog das Schwert jedoch nur halb aus der Scheide, stieß es mit den Worten zurück: „Dies sei niemals zwischen uns. Du bist Oro, der Jäger, warst meines Vaters Freund, so sei auch meiner. Viel erzählte Zares von deiner Treue und Tapferkeit. Setze dich nun an meine Seite und sei mein Gast."

Am Kopfende einer langen Tafel ließen sie sich auf fellgepolsterten Holz nieder. Der König winkte und Frauen in bunten Gewändern, mit Bändern im lockigen Haar, brachten Braten und Brot und füllten goldene Becher mit rotem Wein. Der Duft des Bratens vermischte sich mit dem anheimelnden Geruch des wärmenden Feuers. Oro empfand nach Langem wieder wohltuende Geborgenheit. Während des Essens ergriff er des Königs Arm: „Sohn des Zares, die Götter werden dich für deine Gastfreundschaft belohnen. Ich gebe mich in deine Hände. Doch höre, nicht des Zufalls Macht brachte mich her, sondern etwas, was nie hätte geschehen dürfen, etwas Ungeheuerliches, etwas,

das die Zukunft aller Sterblichen und Unsterblichen bedroh-
te und auch ihr gespürt haben müsst. Damit es sich nicht wiederholt, sandten mich Götter und Helden zu dir, um von deinem Volke Hilfe zu erbitten."

Er erklärte dem staunenden König und den an der Tafel versammelten Helden und Kriegerinnen mit erschütternden
Worten die Ursache der großen Sonnenfinsternis, die auch
ihr Land verdunkelt hatte; berichtete vom Schicksal des von
Liebe verwirrten Götternarren, vom Bau der Sonnengrotte und schließlich vom Ratschluss der versammelten Götter
und Helden. Jeder in der Halle hörte ihn, als er seinen unheil-
trächtigen Auftrag vortrug: „So wurde ich denn ausgesandt,
die zwei Tapfersten, im Kampf Schrecklichsten, unter den
Sterblichen Besten, als Beschützer der Sonne zu gewinnen.
Ihr seid Verehrer der Sonne und unter euch, und nur unter
euch, wähnen Unsterbliche und Sterbliche diese unbezwingbaren Heldinnen oder Helden. So bitte ich im Namen allen
Lebens auf Erden, gebt der Welt diese zwei zum Schutze der
Sonne. Hoch geehrt, den Unsterblichen gleich, ist ihnen ewiger Ruhm gewiss." Nach seiner Rede herrschte angespannte
Stille. Alle blickten auf den Arescorpio. Doch auch er schwieg
mit gesenktem Haupt. Als er aufblickte, sah er traurig in die
Runde und dann auf den Jäger: „Du, Oro, kennst mein Volk,
kennst unsere Gesetze und die Grenzen meiner Macht. Auch
weißt du von unserem unbändigen Stolz und aufbrausenden
Zorn. Trotzdem erbittest du die Besten und bringst uns damit Zwietracht und Zerstörung. Du verlangst eine Entscheidung, die weder ich noch sonst einer von uns und auch keine Mehrheit treffen kann. Glaubt doch jeder unserer Krieger
und jede der Heldinnen, der oder die Beste zu sein. Ich weiß,
wohin dein Verlangen führt; wie das Verhängnis zu vermeiden ist, weiß ich nicht. Ach, wärst du nie gekommen. Aber
du bist da und bist meines Vaters Freud und mein Gast. Auch
hast du Unredliches nicht erbeten, sondern Ehrenhaftes und
Ruhmreiches. Doch es ist, wie es ist. So geschehe denn das
von der Vorsehung Bestimmte."

Der König ließ Krieger und Heldinnen zur Versammlung am nächsten Tag auf das weite Feld vor der Stadt rufen. In der Nacht beriet er sich mit den Ältesten, wie das erwartete blutige Unheil verhindert werden könne. Einzig hilfreich erschien ihnen ein heiliger Eid. Als die Morgenröte rosenwolkig den Tag ankündete, war das Heer der Scorpio versammelt. Dumpf tönten die Stimmen der Kriegerinnen und Krieger vermischt mit dem hellen Klirren ihrer Rüstungen. Traurig blickte der König vom Sims des Tores auf sein Heer. Als die Hörner seiner Ausrufer erschallten, trat Stille ein. „Hört, Helden und Heldinnen der Scorpio!", rief er und Herolde verbreiteten seine Worte durch die Menge bis zu den Entferntesten. „Etwas bisher nie Gehörtes habe ich erfahren und um etwas einzigartig Ehrenvolles wurde ich gebeten. Doch bevor ich es bekannt gebe, bitte ich euch, einen heiligen Eid zu schwören, schwört ihn bei der Sonne. Schwört, euch nicht gegenseitig zu bekämpfen, was auch immer ihr jetzt erfahrt. Gedenkt unserer hehren Abstammung, gedenkt der heiligen Bande des Blutes und der Freundschaft, die uns unbezwingbar machen. Sprecht mir nach!" Alle wandten ihr Antlitz zur aufgehenden Sonne und streckten ihr die Hände entgegen. „Ich schwöre bei der Sonne", rief der König und alle wiederholten seine Worte, „meine Hände nicht zu blutigem Streit gegen andere meines Volkes zu erheben. Tue ich es dennoch, sollen meine Nachkommen und ich zu immerwährender heimatloser Wanderung auf Erden verdammt sein." Der Schwur hallte über das weite Feld bis zu den fernen Bergen und kehrte vielfach als Echo zurück. Nun verkündete der Arescorpio den Bericht des Jägers und den Wunsch der Götter und Helden, die zwei Stärksten und Besten der Scorpio als Beschützer der Sonne zu gewinnen. Nur kurz herrschte staunendes Schweigen. Dann schlug Arbax, der Mächtigsten einer, sein Schwert an den Schild und rief: „Ich werde gehen." „Und ich", erscholl die helle Stimme Alianas, der tapfersten unter den Kriegerinnen und Schwester des Axzares. „Du und er und wer noch? Allein schafft ihr es doch nicht!", klang es höhnisch aus der Menge. „Wir werden gehen!", brüllten die saurischen Zwillinge, an Stärke und Kampfesbegier wilden Stieren gleich. Und bald

hörte man überall: „Ich, ich und ich!" Wildes Geschrei erhob
sich, Schmähungen erschollen, Erzürnte stritten, Handgreif-
lichkeiten begannen. In wirrem Getümmel donnerten Schilde
aneinander, schlugen Fäuste dumpf auf Helme und Brustwehr,
ertönte Geschrei von Kämpfenden und Verletzten, vermischt
mit dem Klirren der Schwerter. Der jähe Zorn, des Volkes größ-
tes Übel, überwand jegliche Vernunft. Der Schwur war vergessen, die düstere Ahnung des Königs wurde Wirklichkeit. Jeder
kämpfte gegen jeden. Getroffen von Spieß oder Schwert sanken
schon in den Morgenstunden viele Kriegerinnen und Helden.
Als gegen Mittag kaum noch die Hälfte des einst so mächtigen
Heeres übrig war, schrie der verzweifelte König auf und flehte zur strahlenden Sonne, dem Töten ein Ende zu machen. Sie
erhörte ihn, bedeckte ihr Antlitz. Düsternis fiel auf das blutgetränkte Feld. Jäh hielten die Kämpfenden inne. Die Waffen
entglitten ihren Händen, angstvoll blickten sie zum finsteren
Himmel und wurden sich ihres schrecklichen Treibens bewusst.
Axzares schritt wehklagend über das Schlachtfeld, verharrte
bei den Verletzten und rief den Übriggebliebenen zu: „Was ta-
tet ihr?" Gleichzeitig bedeckte er, von Schuldgefühlen innerlich zerrissen, aufstöhnend sein Haupt und murmelte: „Und
ich? Was tat ich? Trage ich nicht auch Schuld? Ja!! Musste ich
doch schuldig werden, wie auch immer ich mich entschied!
Hätte ich die Bitte der Götter und Helden abgelehnt, wäre ich
schuldig geworden gegenüber der Sonne und der Erde Bewohner. Nun, da ich ihrer Bitte folgte, wurde ich schuldig gegenüber meinem Volk." Axzares bedeckte seine mit Tränen gefüll-
ten Augen, seufzte: „Ach, wäre ich doch nicht der, der ich bin,
nur ein stiller Diener der Sonne. Doch nicht allein des Menschen Wille bestimmt sein Leben. Oft bestimmen andere Kräfte mit. Mein Schicksal haben sie allzu grausam gewoben, haben mir das Leben unerträglich gemacht." Verzweifelt griff er
nach seinem Schwert. Doch Oros Hand hielt ihn zurück: „Tue
es nicht! Ändern würdest du nichts. Die Toten blieben tot, die
Sonne blieb unbeschützt und führerlos blieb der Rest deines
Volkes. Sei ein fürsorglicher König, gedenke der unmündigen
Kinder, der Alten und Verwundeten. Lass die Toten bestatten

und sei den Verbliebenen ein weiser Führer. Hoffnungslos ist nur der Tote!" Axzares blickte lange über das Schlachtfeld, erhob sich dann taumelnd, drückte Oros Hand, nickte und versammelte am Tor den Rest der Scorpio. Um Selbstbeherrschung bemüht, rief er mit stockender Stimme: „Wir sind nicht mehr das Volk, das wir waren und ich will und kann nicht mehr euer König sein. Während ihr wegen eures Eidbruchs nun heimatlos über die Erde wandert, gehe ich mit Oro zum Urmeer. Nicht völlig sinnlos soll unser Leid sein. Dort werde ich den versammelten Helden und Göttern von unserem Untergang berichten. Mögen sie entscheiden, wer die Sonne beschützen darf. Wer mich begleiten will, soll es tun und sei mein Gefährte. Bestattet jetzt die Toten und bändigt künftig euren Stolz und den verderblichen Zorn, auf dass euch nicht Schlimmeres noch widerfährt." Voller Zweifel forderte er: „Schwört nochmal, bei der Sonne und bei eurem Leben, nie mehr gegeneinander zu kämpfen." Reuevoll murmelten alle: „Ich schwöre!" Nach dem Schwur trat Aliana blutbefleckt vor den Arescorpio und neigte ihr Haupt, was sie noch nie getan hatte: „Bruder, ich bin schuldiger als andere. War ich doch der Ersten eine, die sich lautstark dünkte, stärker zu sein als alle, wurde so zu einer Stifterin des schrecklichen Streits." Sie beobachtete, wie sich langsam der größere Teil der übrig gebliebenen Heldinnen und Helden um den König scharte, und fuhr traurig fort: „Ich verzichte wegen meines verderblichen Stolzes voll Wehmut darauf, mit dir zu gehen, werde mich stattdessen mit Gleichgesinnten der Verwundeten annehmen, der Alten und Kinder und des weniger kampffähigen Volks. Nicht ganz schutz- und führerlos sollen sie über die Erde irren." Der König dankte ihr, beruhigt, den Rest seines Volkes in ihrer Obhut zu wissen, und Oro bewunderte ihren selbstlosen, für sie gewiss schweren Entschluss.

Jetzt erhob sich der oberste Priester, der Hüter der Heiligtümer und weiseste der Seher: „Hört, was mir gegeben ist, zu wissen: Erzürnt über den Eidbruch hat die Sonne, dem Schwur gemäß, die mit Aliana Ziehenden zur Heimatlosigkeit verdammt. Doch mildert sie die Strafe in Gedenken an unsere alte Bindung an sie. Die Trennung des Volkes und die Heimatlosigkeit werden beendet sein, wenn unsere Chronik und das Skorpion-Amulett, Zeichen unserer Herkunft, Geschenke unseres göttlichen Ahnen, mit einem gemeinsamen Nachkommen der künftigen Sonnenschützer bei Alianas Volk vereint sind. Chronik und Amulett sind in meiner Obhut, über den künftigen Nachkommen vermag ich nichts zu sagen. Doch weiß ich, dass das Schicksal derer, die dem König folgen, anders sein wird als das Schicksal Alianas und ihres Volkes. Ich werde das Buch weiter hüten und mit Aliana gehen. Das Amulett, König, steht dir zu und soll dich begleiten."

Um Aliana versammelten sich Männer und Frauen, Alte, Kinder und Verwundete. Sie beluden Pferde und Kamele mit dem zum Überleben Nötigen und wanderten nach Osten in die große Steppe. Der König aber zog, von Oro geführt, mit dem Rest des Heeres nach Westen zum Rand der Erde. Während der Wanderung mussten sie eisige Kälte, glühende Hitze, Stürme, Unwetter und Hunger ertragen, sich gegen hinterhältige Angriffe wehren und blutige Schlachten gegen Völker schlagen, die sich ruhmreiche Siege über die einst Unbezwingbaren erhofften. Als sie endlich das Urmeer erreichten, waren es nicht mehr viele, doch es waren die Tapfersten und Stärksten.

Die schon am Ufer des Urmeers versammelten Sonnenbefreier blickten erschaudernd auf die furchterregende Schar. „Ich bin der König der Scorpio", rief Axzares. „Ihr wolltet die zwei Besten meines Volkes und habt mit diesem Begehren verderbliches Unheil über die Scorpio gebracht. Doch wir kamen. In blutiger Auslese sind mir nur diese geblieben, gewiss die Besten. Wählt nun selbst." Axzares schwieg. Als keiner das Wort ergriff, verlangte er noch einmal, diesmal zornig: „Wählt! Bringt zu Ende, was ihr angefangen habt! Wir sind eures bitteren Verlangens überdrüssig." Er lehnte sich müde an sein Pferd, die Scorpio schlugen an ihre Schilde. Oro, um Verständnis für den König bemüht, berichtete den Ratlosen von seiner freundlichen Aufnahme bei dem gefürchteten Volk, der finsteren Ahnung des

Königs, erzählte vom Schwur, dem mörderischen Kampf und dem verlustreichen Marsch. Mitleidvoll, doch hilflos blickten die Versammelten umher und richteten schließlich ihre Augen auf Raton. Der saß sinnend abseits am Ufer. Als auch Oro ungeduldig eine Entscheidung forderte, trat Raton zu ihnen, verneigte sich vor Axzares und seinen Begleitern und wandte sich an die Versammelten: „Zu Recht fordert der König von uns die Wahl. Doch weder ich noch einer von euch vermag sie zu treffen. Wenig bedacht war unser Beschluss. Nicht um die Besten hätten wir bitten sollen; nein, nur um zwei aus ihrer Mitte. Dann vielleicht wäre das Unheil zu vermeiden gewesen. Doch keiner der Sterblichen und auch der Götter ist immer weise. Oft sind auch wir nur Werkzeug der Vorsehung und können unserem Schicksal nicht entrinnen. Was geschah, ist nicht mehr zu ändern. Hier stehen jetzt die Besten, Stärksten und Tapfersten eines großen Heldenvolkes. Töricht ist, wer seine Fehler wiederholt. So werden auch wir nicht wählen. Ruhm und Ehre soll allen zuteilwerden." Raton blickte auf Axzares und die Scorpio. „Euch allen, die ihr für das Wohl der Erde gelitten und geopfert habt, gebührt größter menschlicher Dank und göttlicher Lohn." Unruhe kam auf: Wie sollen jetzt Wächter gefunden werden? Wer soll nun die Entscheidung treffen? Was wird den Scorpio als Lohn gewährt? Raton gebot Ruhe: „Ich weiß, jedem der Scorpio ist es höchste Ehre, der Sonne zu dienen und größter Wunsch, ihr nahe zu sein, näher als alle anderen. Das war wohl auch der tiefere Grund des verderblichen Streits, verstärkt noch durch Stolz und jähen Zorn. Doch wollten alle nur Ehrenvolles, wollten das irdische Leben schützen. Würde Zweien nur Anerkennung und Dank gewährt, geschähe Unrecht den anderen. Deshalb will ich kraft meiner göttlichen Macht alle anwesenden Scorpio der Sonne nahe bringen. Wenn sie es denn wollen, nehme ich sie mit mir an den Himmel. Dort sind sie der Sonne am Tage nahe. Nachts aber werde ich den Stern bewachen. Als einzigem der Götter ist mir das erlaubt, bin ich doch der Sonne brüderlicher Genosse. Aber einer von euch", er blickte dabei auf die um Oro versammelten Helden, „einer der Sterblichen muss mir Gefährte sein."

Staunend vernahm die Versammlung den Ratschluss des Gottes, rätselnd, wer sein Gefährte werde. Der Arescorpio dankte Raton: „Weise Worte hast du gefunden und wahrlich göttliche Belohnung geboten. Die hier, meines Heeres kläglicher Rest, werden dir zum Himmel folgen. Ich aber will als Beschützer der Sonne auf Erden bleiben und dir ein treuer Gefährte sein. Ungerecht ist es nicht. Meine Krieger und Heldinnen werden dem Lichtstern am Tage und ich ihm bei Nacht nahe sein." Jetzt ergriff der Jäger das Wort. „Ich bin kein Gott wie Raton, doch göttlicher Abstammung, bin keiner vom Volke der Scorpio, doch bin ich weder schwächlich noch feige und große Taten, sagt man, habe ich vollbracht. Unmäßig ist es, einen der erhabensten Götter, im Rat der Klügste, durch diese Aufgabe zu binden, auch wenn es zum Wohl aller Erden- und Himmelbewohner ist. Nicht du, Raton, sondern ich will Gefährte meines Gastfreundes sein. Deinem edlen Gemüt gehorchend wirst du meinem Vorschlag kaum folgen wollen. Deshalb sollen alle entscheiden: Raton und Axzares oder Axzares und Oro." Der goldene Korb wurde gebracht. „Wer für Raton als Wächter ist, lege einen weißen Stein, wer für Oro ist, einen schwarzen in den Korb." An alle, außer Raton, Axzares und Oro, wurden die Steine verteilt. Nach der Abstimmung waren nur schwarze Kiesel im Korb. Jäger und König waren Wächter der Sonne. Raton verlieh ihnen, wie versprochen, die Gaben, nicht zu altern und am Leben zu bleiben, bis ein gewaltsamer Tod sie bezwingt. Oro dachte dabei an Alianas selbstlose Entscheidung und bat den Gott: „Du, der Gerechtesten einer, siehe, die Heldin Aliana könnte jetzt mit dir zum Himmel gleiten, verzichtete aber auf die Begleitung ihres königlichen Bruders, um auf Erden den verletzlichen Rest des Volks zu schützen. Diesen Bedauernswerten und ihren Nachkommen sollte die Heldin auch über eine Lebenszeit hinaus erhalten bleiben. Gewähre auch ihr, so bitte ich, die Gaben, die du uns schenkst." Unter dem Beifall aller nickte Raton: „Es sei gewährt." Nun verstreuten sich die Versammelten wieder über die Erde. Zurück blieben nur Oro, Raton und die Scorpio.

Während sich das kleine Heer von seinem König verabschiedete, stand eine Heldin von außergewöhnlicher Grazie, Klugheit und Kraft, traurig abseits. Gusa hatte sich an der Abstimmung nicht beteiligt, trat jetzt als Letzte zu Axzares. Liebevoll zog er sie an sich, blickte mit feuchten Augen in ihr betrübtes Gesicht. Sie schmiegte sich an ihn und legte mit einem zerfließenden Lächeln seine Hand auf die kleine Wölbung ihres Bauches. Staunen und Freude erfassten ihn. Doch nur kurz. Band ihn doch sein Versprechen an die Einsamkeit des Urmeers und Gusa musste mit den Scorpio gehen. Nur so konnte sein Kind, das Königskind, sein Nachfolger werden. Sie mussten sich trennen. Es gab keinen Ausweg. „Es ist, wie es ist", murmelte er, strich liebevoll über ihr lockiges Haar und küsste zärtlich ihre Lippen. Dann wandte er sich an die schweigend wartenden Scorpio und wies auf den Leib seiner Geliebten. „Das ist mein Kind", rief er, „ehrt und beschützt es und achtet seine Mutter, wäre sie doch meine und eure Königin geworden." Er drückte Gusa noch einmal an sich, brachte die Widerstrebende zu den wartenden Scorpio und rief: „Es sei." Raton warf Sand in die Höhe. Dem Wenigen folgte immer mehr, einem wirbelnden Sandsturm gleich. Er umschloss die Scorpio, hüllte sie in einen undurchdringlichen Vorhang, schob sich unter ihre Füße und hob sie mit Brausen zum Himmel, dem Gott nach, zu den fernen Sternen.

In lebloser Stille blieben die Sonnenschützer am Rande der Erde zurück, sahen den Scorpio nach und wurden sich ihrer Einsamkeit bewusst. Sie waren nun auf Gedeih und Verderben aufeinander angewiesen. Der Jäger ergriff des Königs Hand: „So sei es denn!" „Ja, so sei es!", antwortete Axzares. Das war der Schwur ihrer Freundschaft. Sie besiegelten ihn mit dem Tausch ihres wertvollsten Besitzes. Axzares reichte dem Jäger das Skorpion-Amulett und Oro dem König eine kleine katzenähnliche Figur, die einst eine Göttin seinem Vater schenkte. Als sich am Abend der Lichtstern senkte und in der Höhle verschwand, erfüllten sie ihre Pflicht, stellten sich in den Eingang der Grotte, Fuß an Fuß, die Schilde vor sich, die Lanzen

gekreuzt. Ihre mächtigen Körper bildeten eine unüberwindba-
re Barriere. Kein irdisches Wesen und auch kein Gott käme an
ihnen vorbei. So standen sie nun Nacht für Nacht über viele
Jahre, mit dem Notwendigen im Zyklus des Mondes durch ein
Boot versorgt. Dessen Besatzung berichtete ihnen regelmäßig
vom Geschehen bei den Menschen. Anfangs nahmen sie Anteil. Mit der Zeit erschien ihnen aber aus ihrer fernen Warte
das Handeln der Menschen immer erstaunlicher, manchmal
verwerflich, bisweilen dümmlich, erheiternd, zunehmend aber
nur noch wirr und unsinnig. Die Erdenbewohner übten sich,
unfähig jeglicher Einsicht, immer wieder im gleichen törich-
ten Handeln und wiederholten in immer kürzeren Abständen
ihre verhängnisvollen Fehler, um schließlich wieder von Neu-
em damit zu beginnen. Die Wächter begannen am Sinn ihrer
Aufgabe zu zweifeln: Sollen sie ihr Leben wirklich in glücklo-
ser Einsamkeit verbringen, damit die Menschen mordend und
verwüstend ihr eigenes Verderben in Licht und Wärme weiter
betreiben können? Doch sie hatten geschworen. Dem fernen
Geschehen gegenüber gleichgültig, erfüllten sie teilnahmslos
weiter ihr Versprechen.

Dann erschien an ihrem Strand ein Riese. Riesig war er eigentlich nicht, nur groß. Riesig machte ihn seine Ausstrahlung. Sie
umgab ihn mit knisternder Energie und beängstigender Kraft,
umströmte sein Antlitz und strahlte aus seinen türkis schim-
mernden Augen. Augen fesselnd wie die der Schlange. Die Beschützer griffen nach ihren Waffen, forschten nach weiteren
Fremden, sahen aber nur ein kleines Boot in der Brandung düm-
peln. Vorsichtig näherte sich der Fremde, blieb einige Speer-
längen vor ihnen stehen, ließ Schild und Schwert fallen und
betrachtete sie prüfend: „Böses erwarte ich von euch nicht,
scheint ihr doch edler Herkunft und gewiss auch edlen Ge-
müts zu sein." Die Wächter schwiegen; er nun auch. Axzares
trat misstrauisch auf den Fremden zu. Die Situation wurde
heikel. Doch da setzte sich der Riese, verschränkte seufzend
die Arme: „Ich bin doch nur ein harmloser Suchender, komme
in Frieden, bin allein. Suche nun schon viele, viele Jahre, doch

ohne Erfolg. Meinen Begleiter und treuen Freund, mächtiger und stärker als ich, nahmen mir die Götter, fürchteten seine Kraft." Tränen traten ihm in die Augen: „Soll jetzt, am Ende der Erde auch mein Hoffen enden? Aber sagt, was verbergt oder beschützt ihr in der Höhle?"

„Das Licht des Lebens."

„Welchen Lebens?"

„Das der Menschen und Götter."

„So behütet ihr, was ich schon so lange suche? Das ewige Leben?!"

„Nein!" Axzares schüttelte den Kopf: „Nein, das Licht der Sonne mag ewig leuchten, doch ewiges Leben gewährt es nicht. Aber ohne ihr Licht wäre die Welt ohne Leben. So beschützen wir mit der Sonne das Leben. Doch nun sprich, was willst du?"

„Nur Wasser und Brot. Verweigert ihr es mir, ziehe ich weiter."

Axzares brach Brot, reichte es dem Fremden mit einer Schale Wein. Der Jäger nickte, beobachtete dabei aber den Fremden immer noch misstrauisch, mit dem Rücken zur Höhle auf seinen Speer gestützt. Der Riese bemerkte es, schüttelte den Kopf: „Sei ohne Sorge, mein Ziel liegt nicht hinter dir, vielleicht nicht einmal in dieser Welt. Aber erzähl mir, wie ein Jäger, gewaltig wie du, in diese leblose Öde kommt und dort auch noch verweilt. Und du, König, was hält dich hier? Was ist euch widerfahren?" Der Jäger kauerte sich neben die Sitzenden und berichtete vom Frevel an der Sonne, ihrer Befreiung und von dem Ratschluss der Götter und Helden, Axzares vom traurigen Schicksal seines Volkes. Als der Abend kam, verbreitete sich gleißendes Licht über den Strand. Erschrocken verhüllte der Fremde sein Haupt, die Wächter bedeckten die Augen, bis die Sonne verschwunden war und nur noch Dämmerlicht aus der Höhle schimmerte. Der Sucher blickte fragend zu Axzares.

„Das war die Sonne, das Licht des Lebens."

Sogleich flehte er: „Sie weiß vielleicht, wo ich finde, was ich
bisher vergeblich suchte. Lasst mich sie fragen." „Nein", ent-
gegneten die Sonnenhüter, sprangen auf und stellten sich bewaffnet vor den Eingang. Der Fremde, erzürnt von der krassen Verweigerung, ergriff Schwert und Schild und ging auf sie
zu. Die Wächter hoben ihre Waffen. Er hielt inne: „Nein", sagte nun auch er: „Nein. Ich werde hier nicht zu eures Schicksals
Ende und auch meins wird sich jetzt nicht erfüllen. Ich gebe
mich in eure Hände und will euch von meinem traurigen Leben erzählen." Er ließ Waffen und Rüstung fallen, ging zum
Rastplatz zurück und entzündete ein kleines Feuer. Die Wächter folgten zögernd und setzten sich, die Waffen griffbereit,
zu ihm. „Nun sprich", forderte Oro: „Viel Abwechslung ist uns
nicht geboten. Ehrlich scheinst du zu sein, so sei dir geglaubt."

Der Fremde erzählte: „Mein Königreich war dort, wo die Sonne am höchsten steht. Ein Gott ist mein Vater, Mensch meine
Mutter und ich bin wie sie – sterblich. Vom Vater erhielt ich
die Fähigkeit, kurze Zeit im Wasser zu leben und das Fatum,
unsterblich zu werden, wie er, wenn ich den Saft eines Krautes trinke, das Zeitlosigkeit gewährt. Doch das hat bisher noch
kein Sterblicher gefunden. Ich aber glaubte, es finden zu können, suchte viele Jahre auf der Erde. Um sonst. Als ich in mein
Reich zurückkehrte, herrschte dort mein Halbbruder. Er hatte meinen Tod verkündet und sich zum König erhoben, schalt
mich einen Betrüger und wollte meinen Tod. Ich vergalt ihm
nicht. Macht und Reichtum waren nicht mein Streben, einzig
die Unsterblichkeit." Axzares fragte: „Was ist denn an der Unsterblichkeit so überaus begehrenswert?" Der Mann antwortete: „Das Leben." „Ja", sagte der König, „ja, das Leben" und
dachte dabei an Gusa und sein Kind. Der Wanderer schwieg.
Dann bat er wieder: „Helft mir, bitte! Lasst meinen Weg hier
nicht enden!" Tröstend erzählte der Jäger von dem Götternarren: „Siehe, Fremder, jener ist unsterblich und wurde zum Un-
glücklichsten auf der Erde und seine grausamen Qualen in der

dunklen Verbannung wurden durch seine Unsterblichkeit auch noch endlos." Als der Jäger von den Wesen der Tiefe erzählte, erwachte wieder Hoffnung in dem Mann: „Vielleicht wächst das Kraut bei diesen Kreaturen. Ich will zu ihnen, will dort weitersuchen." Am nächsten Morgen zog er, über dem Wasser gehend, sein Boot ins offene Meer. Hoffnungsvoll strahlten seine Augen, als er winkend Abschied von den staunenden Freunden nahm und im wallenden Dunst verschwand. Der Alltag kehrte bei ihnen zurück, bis nach einigen Monden ein führerloses Schiff herantrieb. Axzares zog es durch die Brandung an Land und fand den Riesen neben dem gebrochenen Mast unter dem Segel an der Bordwand kauernd. Der einst kraftstrahlende Held war ausgezehrt, sein ehemals schwarzes Haar weiß, die Haut und die geschlossen Augen vom Salz des Meeres überkrustet. Gemeinsam trugen sie ihn an den Strand, betteten ihn neben dem wärmenden Feuer und träufelten Wasser zwischen die rissigen Lippen. Allmählich kehrte Leben in den geschundenen Körper zurück. Er erkannte seine Gastgeber, flüsterte: „Ich lebe! Bin zurück auf der Erde!" Vorsichtig öffnete er seine rechte Hand und zeigte einen kleinen Lederbeutel mit einem winzigen, dornigen Gewächs, blutrot war der pulsierende Stiel, sonnengelb die Blüten, die sich wie atmend öffneten und schlossen:

„Das Kraut …"

Seine Hand schloss sich wieder, sein Bewusstsein erlosch. Axzares griff nach der Faust. Der Jäger erschrak: „Nein! Nicht! Gefährde durch verwerfliches Tun nicht unseren heiligen Auftrag. Gedenke des Eides. Sterblich sollen die Wächter sein, sterblich sind wir und haben versprochen, auszuharren bis zu unserem Tod." Erschrocken wich Axzares zurück: „Ja! Wahr hast du gesprochen, schändlich war mein Trachten!" Er schüttelte sich, bat verstört: „Lass uns zur Höhle gehen." Dort standen sie eine Weile – regungslos. Doch plötzlich stürmte der König zum Schlafenden, versuchte, dessen Faust mit seiner gewaltigen Kraft zu öffnen und stieß ihm, als es nicht gelang, sein Schwert in die

Brust. Der erschlaffenden Hand entwand er den Beutel. Starr vor Schreck hatte der Jäger auf das Geschehen geblickt. Axzares brachte Schande über sich und sein edles Geschlecht, verriet ihre Aufgabe, brach den Schwur. Als seine Lähmung wich, rief er: „Halt ein, bereue! Gnade kann dir noch werden." Doch der König lief zum Boot, schob es ins Wasser, schwang sich hinein und drückte es mit dem gebrochenen Mast ins Meer. Oro sprang ihm nach, versuchte, das Boot zurückziehen. Da erfasste Axzares der jähe Zorn, die unheilvolle Eigenschaft seines Geschlechtes. Mit wutfunkelnden Augen stieß er nach dem Ziehenden, versuchte, ihn mit dem Mast unter Wasser zu drücken. Das Gezerre brachte das Boot zum Kentern. Der König stürzte ins Meer. Als das Zauberkraut das Wasser berührte, tauchte aus den schäumenden Fluten die rote Spinne auf, umschlang Axzares mit ihren widerhakenbewehrten Beinen und suchte ihn in die Tiefe zu ziehen. Der Jäger hielt ihn jedoch über Wasser, strebte mit ihm zum Ufer. Dabei umklammerte der König in panischer Angst seinen Nacken und drückte ihm dabei einen Stachel des Krautes in den Hals. Oro durchfuhr ein brennender Schmerz, doch gab er nicht nach, kämpfte weiter um Leib und Leben des schon aus vielen tiefen Wunden blutenten Königs. Die Kräfte des Frevlers erloschen, das Kraut entglitt seiner Faust, versank im blutigen Wasser. Auch des Jägers Widerstand schwand. Axzares wurde ihm entrissen. In seiner Hand blieb nur das Katzen-Amulett, sein Geschenk, das der König um den Hals trug. Wankend kam er ans Ufer, starrte voller Gram zurück auf das im fahlen Mondlicht schimmernde Wasser und schrie seine Verzweiflung über das Meer. Sogleich tauchte pfeifend und zischend die Spinne wieder auf: „Oh, ihr absonderlichen Bewohner der Erde", schimpfte sie. „Nur Bosheit und Streit sind euer törichtes Trachten. Nichts gilt euch Treue und Ehre. Erst störte ein jammernder Gott unsere heilige Ruhe und nun ein verzweifelter Mensch. Unser Meer sollte euch verschlingen, euch alle. Ausgetilgt und vergessen solltet ihr sein, für immer. Dann, vielleicht dann, finden wir wieder Ruhe und die Welt Frieden." Die Spinne lief wutschnaubend hin und her, dann zeigte sie mit einem ihrer grässlichen Beine auf den Jäger: „Du, Sohn des Orion, du bist ein Liebling der Götter und Gerechter. Dich schützt die allmächtige Vorsehung vor unserem Zorn und um deinesgleichen schützt sie auch die Erde vor ihrem Untergang. Aber wisse, wegen des Axzares' Tod, eines großen Gottes Nachfahr, entlassen wir den Gott wieder ans Licht, den ihr in die Tiefe verbannt habt. Geläutert in der finsteren Einsamkeit ist er jetzt erhaben über Wahn, Wirren und Irrungen der Menschen und Götter, über all ihr unsinniges, mörderisches Streben nach Macht und Reichtum. Er wird mit allumfassender Weisheit die Welt neu gestalten und ordnen. Gehe nun, damit du nicht Schaden nimmst, wenn er sich erhebt in unnahbarer Macht. Geh in Frieden, aber geh, und erfülle dein Schicksal." Zischend verschwand die Spinne im Meer. Oro blickte ihr nach und lange ratlos auf die Sonnengrotte. Dann begrub er den „Riesen" und verließ den Strand.

Körperlich geschwächt vom Kampf mit der Spinne und tieftraurig durch den Verlust seines Freundes mühte er sich qualvoll durch Wüsten, Berge, Wälder und Steppen zu menschlichen Gefilden. Dem Verhungern nahe und von Durst gepeinigt, erreichte er endlich eine buschdurchwachsene Ebene, suchte mit letzter Kraft nach Wasser und fand in einem schattigen Hain eine sprudelnde Quelle. Gierig versuchte er, das lebenspendende Nass mit den Händen zu schöpfen. Doch das Wasser zerrann ihm zwischen den Fingern, bevor es den Mund erreichte. Er versuchte es wieder und wieder – vergeblich. Verzweifelt beugte er sich über die Quellmulde. Doch das Wasser verschwand, wenn sein Mund sich ihm näherte. Seine aufgesprungenen Lippen spürten nur den sandigen Boden. Richtete er sich wieder auf, sprudelte es aufs Neue. Ermattet sank er zu Boden, blickte flehend zum Himmel und sah im lichten Blau eine Frau von Ehrfurcht gebietender, hehrer Gestalt, leuchtender Schönheit und weiblicher Anmut. Ihr luftiges Gewand war durch einen zierlichen Gürtel hoch geschürzt. Bogen und Köcher hingen an ihren Schultern. Sie näherte sich und mahnte ernst, doch nicht unfreundlich: „Du vergehst dich an meinem Quell, Sterblicher. Doch sag, was trieb dich, Mensch, ans

Ende deiner Welt?" Heiser flüsterte er: „Am Urmeer war ich Beschützer der Sonne, Hüter des Lichts. Doch meines Freundes Frevel brachte Unheil und die Wesen der Tiefe verwiesen mich ihrer Gestade. Doch, wer du auch bist, hilf mir; hilf mir um derentwillen, denen ich half." Mit schwindenden Sinnen griff er nach dem Katzen-Amulett und fiel in tiefe Dunkelheit. Als er die Augen wieder öffnete, fand er sich in grünem Gras, umgeben von einer lieblichen Landschaft, unter einem schattenspendenden Baum. Neben ihm, auf linnenen Tüchern, standen Braten und Brot, Früchte und Honig. Krüge mit Milch und Wein kühlte ein plätschernder Bach. Während er gierig aß und trank, suchte er nach der göttlichen Erscheinung, die ihn rettete, sah ihre Silhouette vor dem sanften Licht der untergehenden Sonne, erkannte die Freundin seines Vaters, die Göttin der Jagd. Dankbar gelobte er ihr Opfer und schlief satt und geborgen ein. Am nächsten Morgen folgte er seiner Bestimmung. Als nunmehr Heimatloser brach er zu einer ziellosen Wanderschaft auf. Die Menschen begegneten ihm meist freundlich, luden ihn zu Speis und Trank und manchmal auch zum Verweilen ein oder gaben ihm Wegzehrung mit. Ein Hirtenvolk schenkte ihm einmal sogar ein Pferd. Dann aber traf er auf eine Gruppe Kriegerinnen, die voll stürmenden Muts und grausamer Kampfeswut seinen Friedensgruß mit Pfeilen erwiderten und mit Spießen und Schwertern auf ihn eindrangen. Selbst dem Fliehenden verstellten sie den Weg. Nichts vermochte er gegen die vielen. Erschöpft und blutend sah er sein Ende nahen. Doch ein plötzlicher Nebel verbarg ihn und eine starke Hand entriss ihn der Bedrängnis.

Bei einem Ritt in den Bergen fand die Königin der erdverbliebenen Scorpio einen verwundeten Krieger nahe einer Höhle. Erschrocken erkannte sie in ihm den Großen Jäger, ihres Bruders Freund, den Boten der Götter, Oro: „Er? Verwundet? Hier? Schreckliches muss geschehen sein!" Sie bedeckte den Zitternden mit ihrem Mantel, suchte heilende Kräuter. Als sie seine Wunden versorgte, kam Oro zu sich. Sie sahen sich lange in die Augen. Aliana fühlte sich zunehmend verzaubert und von unbekannten Gefühlen beherrscht. Erschrocken zog sie Oro schnell in den Schutz der Höhle, bereitete ihm ein Lager und stürzte davon – floh. Ihrem Volke gegenüber verbarg sie ihr aufgewühltes Gemüt und versuchte, die berauschenden Gefühle zu unterdrücken. Doch eine unwiderstehliche Macht zog sie zu Oro. Schon am nächsten Morgen ritt sie wieder in die Berge, brachte ihm Nahrung, setzte sich zu ihm und erfuhr, was am Urmeer geschah. Am Tag darauf erzählte sie ihm von ihrem Volk:

„Die Scorpio, die du kanntest, gibt es nicht mehr, wir haben uns verändert. Die Frauen haben den verderblichen Zorn gebannt, leben einträchtig in Frieden – ohne Männer. Deren Überheblichkeit und Streitlust wurden uns unerträglich. Erst vertrieben wir einzelne, dann trennten wir uns von allen. Der hohe Priester blieb als einziger Mann in unserer Gemeinschaft. Nach seinem Tod gründeten wir einen neuen Staat, schufen uns ein Heer und wurden durch ein ehernes Gesetz zum ‚Frauenvolk‘. Kein Mann darf bei uns leben! Da die Frauen den Freuden der Sinne aber nicht ganz entsagen wollen und sich auch weiblichen Nachwuchs wünschen, treffen sie sich mit Männern benachbarter Völker für ein oder zwei Nächte zum zärtlichen Vergnügen. Danach müssen die Männer wieder gehen. Weichen sie nicht, werden sie vertrieben. Dabei starb schon so mancher Vater eines gerade gezeugten Kindes. Werden Knaben geboren, bringen wir sie zu den Männern. Die Mädchen formen wir nach unserem Vorbild zu zähen, tapferen Kriegerinnen, gefürchtet von den Völkern. Sie sorgen dafür, dass wir vorübergehend sesshaft werden können. Wie jetzt; dort, in der Ebene, ist unsere Siedlung."

Sie kam nun jede Nacht zu ihm, pflegte und versorgte ihn. Oros Wunden heilten nur langsam. Ihr war es recht. Genossen sie doch verliebt die gemeinsamen Stunden. Doch sie plauderten auch über Leben und Tod, über Zufälligkeiten und geheimnisvolle Mächte. Dabei meinte Aliana einmal: „Es müssen meine Kriegerinnen gewesen sein, die dich verwundeten. Sie dulden keinen fremden Mann nahe unserer Siedlung. Bei dir waren sie vielleicht aber nur Werkzeug einer geheimnisvollen Macht. Der Macht, die dich aus ihren Händen rettete und mich zu dir führte. Vielleich geschah das alles, weil es so vorgesehen war?" Als sie in Gedanken versunken schwieg, folgte Oro ihren Vermutungen, dachte an ihre Zukunft und meinte: „Was auch immer vorgesehen ist, zusammenbleiben können wir wohl nicht! Ich darf bei deinem Volk nicht leben und du darfst es wegen deines Versprechens nicht verlassen." Aliana lächelte gequält: „Ja! Mag sein! Lieben aber kann ich dich!"

Nach zwei Umläufen des Mondes waren Oros Wunden geheilt. Traurig beugte er sich seinem Schicksal, nahm Abschied: „Du wirst deinem Volk weiter dienen und ich werde weiter über die Erde wandern. So ist es wohl bestimmt und so soll es dann auch sein. Vielleicht darf ich irgendwann sesshaft werden und sogar eine Familie gründen. Und du wirst im Rahmen eures Gesetzes eine Nachfolgerin bekommen." Aliana lächelte: „Die werde ich bald haben. Du wirst Vater." Völlig überrascht blickte er sie ungläubig an. Sie spürte aufkommende Verzweiflung, zwang sich aber, ruhig zu bleiben, erklärte sachlich: „Wird es ein Mädchen, bleibt es bei mir, wird meine Nachfolgerin, Priesterin und Hüterin unserer Heiligtümer. Wird es ein Knabe, kommt er zu dir und wird Begründer deiner Sippe. Ich werde dich finden, wo immer du auch bist." Der Jäger, immer noch verwirrt, spürte hinter der vorgetäuschten Tapferkeit ihr Leid und unterdrückte seine eigene Trauer. „So soll es sein", sagte er leise, nahm ihr Gesicht in die Hände und küsste sie: „Wir sehen uns wieder, im Herbst nach fünf Sommern. Dann wirst du mir unsere Tochter zeigen oder ich dir unseren Sohn." Er küsste sie noch einmal. Sie schlang ihre Arme um seinen Nacken, zusammen glitten sie auf ihr Lager und schliefen bald eng umschlungen ein. Als Aliana erwachte, war sie allein, dachte: „So ist es zwischen Kriegerin und Krieger. Das Schöne soll bleiben – von Klagen ungetrübt." Trotzdem empfand sie Leere und Schmerz. Zärtlich glitten ihre Finger über die Felle, auf denen Oro gelegen hatte. Fröstelnd schloss sie ihr Hemd und spürte dabei ein kleines Gebilde. Das Tiger-Amulett, Oros wertvollster Besitz, nun Pfand seiner Liebe. Oros Versprechen gab Aliana während der Schwangerschaft Zuversicht und die Frauen gaben ihr Halt, unterstützten und umsorgten sie. So konnte sie weiter ihre königlichen Pflichten erfüllen. Niemand wusste, wem sie sich hingegeben hatte. Sie sagte nichts und zu fragen wagte keiner. Im Frühling gebar sie ein Mädchen, nannte es nach ihrer Mutter: Alkione. Im Herbst darauf verwüstete ein Unwetter das Land, zwang das Frauenvolk weiter zu ziehen. Doch schon bald kehrte es zurück. Im Herbst des fünften Jahres wartete die Königin Tag für Tag auf Oro an der Höhle, immer wieder vergebens. Doch eines Morgens wusste sie, er ist da. Voll Freude galoppierte sie über die Ebene, durchquerte den großen Fluss und stürmte zur Höhle. Oro sah sie, lief ihr entgegen, umarmte sie voll Glück und Freude. Lange hielten sie sich so umschlungen. In der Höhle bereitete Oro ein kleines Frühstück und erzählte von seinen Erlebnissen. Aliana neckte ihn dabei: „Du bist schon ein arger Vater, suchst Abenteuer und kümmerst dich nicht um dein Kind." Er wurde ernst: „Du weißt, wie schwer es mir fiel zu gehen. Ich hätte so gerne meine Tochter heranwachsen sehen. Doch euer Gesetz! Es ist allzu grausam! Nun will ich aber mein Kind endlich in die Arme nehmen." Im Morgengrauen des nächsten Tages ritt Aliana zurück, weckte Alkione und legte dem schlaftrunkenen Kind Oros Katzen-Amulett um den Nacken: „Das wird dich beschützen. Gib es weiter an deine Tochter und die soll es weitergeben an ihre und so fort bis zur Erfüllung einer Prophezeiung." Das Mädchen schaute sie mit großen Augen verständnislos an. Aliana lächelte: „Du musst keine Angst haben. Die Zeit wird kommen, dann wirst du alles verstehen und alles wird gut sein." Sie nahm Alkione vor sich aufs Pferd und preschte davon. Als der Jäger das Mädchen sah, bekam er feuchte Augen, beugte sich nieder und strich ihr vorsichtig übers Haar. Bevor er noch etwas sagen konnte, nahm Alkione seine mächtige Hand, fragte nach seinem Namen und warum er in einer Höhle wohne und ob er auch ein Pferd hätte und ob er Spiele kenne und verkündete dann, sie habe Hunger und müsse jetzt unbedingt essen. Oro lachte hell auf, küsste die stolze Mutter, setzte das Mädchen sanft auf das Felllager und schlich, als wolle er nicht gesehen werden, zu seinem Gepäcksack, wühlte darin herum und kam, mit einer Hand hinter dem Rücken geheimnisvoll zurück. Die Kleine hatte ihn nicht aus den Augen gelassen, sprang auf und versuchte, die versteckte Hand zu sehen. Beide tobten durch die Höhle, bis der Jäger, wie erschöpft, aufs Lager sank und die Hand unter sich verbarg. Das Mädchen warf sich auf ihn, zerrte die Hand hervor und öffnete die kraftlos scheinenden Finger. Mit einem Freudenschrei bestaunte sie eine durchsichtige, mit Girlanden und winzigen Gestalten verzierte Kugel, aus der sich ein sanfter, goldener Schimmer, dem Sternenlicht gleich verbreitete. Als sie die Kugel neugierig hin und her drehte, schienen die Gestalten zu tanzen und die Girlanden zu schwingen. Der Jäger freute sich schmunzelnd über ihr glückliches Staunen: „Für dich und nur für dich allein, Töchterchen, haben Alben sie aus Sternenstaub geschaffen. Die Kugel gibt dir Kraft und schützt dich vor Krankheit, Gift und bösem Zauber. Bewahre sie gut. Wenn du einmal nicht mehr bist, wird sie zerfallen und wieder zu Staub, den der Wind zurück zu den Sternen trägt." Nach einem glücklichen Tag in familiärer Dreisamkeit stieg Aliana auf einen nahen Gipfel und blickte lange gedankenversunken auf die ferne Siedlung ihres Volkes. Als sie wieder zur Höhle kam, war es bereits dunkel. Das Kind schlief. Oro saß sinnend am Feuer. Sie setzte sich zu ihm, nahm seine Hand, sagte leise: „Ich gehe mit dir." Er erschrak. Sie erklärte, nun entschiedener: „Ich komme mit." Ungläubig sah er sie an und blickte dann auf das schlafende Kind. Aliana seufzte: „Trotzdem!", und schmiegte sich zitternd in seine Arme. Er drückte sie beruhigend an sich: „Du weißt, nichts könnte mich glücklicher machen, doch Alkione wäre dann ohne Mutter. Muss sie doch bei deinem Volk aufwachsen, um seine Königin zu werden." Aliana schloss die Augen. Nach einer kleinen Weile sagte sie entschlossen: „Ja, sie wird bleiben, wird bei den Frauen aufwachsen, wird Königin und wird mich verstehen, wenn auch sie liebt. Vor Morgengrauen bringe ich sie zur Ältesten unseres Rats. Sie ist jetzt schon wie eine Großmutter zu ihr. Sie und der ganze Rat werden mich auch verstehen, habe ich doch viele, viele Jahre dem Volk gedient und es beschützt. Mein Versprechen ist erfüllt. Jetzt muss es sich ein paar Jahre selbst schützen. Dann wird Alkione es führen und später ihre Nachkommen. Ich verspreche, auch zu ihnen zurückzukehren und zu helfen, wenn es das Schicksal verlangt." Den Jäger plagten in dieser Nacht Sorgen und Zweifel, ob das, was jetzt geschieht, wirklich gut ist für Mutter und Kind. Doch letztlich siegte die Freude über ein Leben mit Aliana. Als er nach kurzem, unruhigem Schlummer erwachte, waren Mutter und Kind schon auf dem Weg zur Siedlung. Zweifel und Sorgen kehrten zurück. Als er aber Stunden später in der Ebene eine Staubfahne sah, wusste er: „Nun gibt es kein Zurück, es ist geschehen!" Er ritt Aliana entgegen. Immer noch erregt und mitgenommen, flüsterte sie mit Tränen in den Augen: „Ich habe es getan, bin nicht mehr Königin, bin nicht mehr Mutter, bin einzig deine Gefährtin und Frau." Er umarmte sie: „Und ich werde, solange die Erde mich trägt, dein Gefährte und Mann sein und dich lieben." Sie saßen auf und ritten nebeneinander, Hand in Hand, der aufgehenden Sonne entgegen.

Nach vielen Monden Wanderschaft sahen sie in einer weiten Ebene einen einzelnen, hoch aufragenden Berg. An seinem Fuße waren grüne Wiesen und Felder voller Stauden mit großen, roten Blüten. Auf der Suche nach Wasser umritten sie den Berg, sahen neben einem steilen Fels einen kleinen Bach, wollten absteigen. Da öffnete sich der Fels. Ein alter Mann trat hervor, gähnte anhaltend und zeigte lächelnd auf die Öffnung hinter ihm, aus der ein berauschender Duft strömte. Oros Pferd scheute, bäumte sich auf, schlug mit den Vorderhufen nach dem Mann. Der hob nur die Hand, das Pferd sank zurück, erstarrte. Auch Alianas Pferd regte sich nicht mehr. Der Alte zeigte erneut, während er wieder ausgiebig gähnte, zur Felsöffnung. Sie spürten einen seltsamen Zwang ihm zu folgen, bekamen Angst, wollten fliehen. Da polterten Steine vor ihre Füße. Erschrocken blickten sie nach oben, sahen die Göttin mit dem Bogen, die ebenfalls auf den Höhleneingang zeigte. Nun nahm

Oro, der Göttin vertrauend, die Hand seiner Gefährtin und ging mit ihr dem Alten nach. In der Höhle empfing sie eine anheimelnde, beruhigende Atmosphäre, stoffverkleidete Wände und dicke Teppiche dämpften jeden Laut. Die ohnehin Erschöpften wurden noch müder, sehnten sich nach Ruhe und waren dankbar, als der Alte auf ein bequemes Lager deutete. Er setzte sich ihnen gegenüber, kämmte seinen langen weißen Bart mit den Fingern und erzählte mit schläfriger Stimme: „Ich bin Hypnos, der Herr des Schlafes, bin der milde Bruder des Todes, und jetzt Teil eures Schicksals. Ihr wisst von der bevorstehenden Erneuerung der Erde?! Sie wird jetzt erfolgen! Die Scheibe wird sich verformen, wird sich häuten wie eine Schlange. Die Sonne wird zu einem mächtigen Feuerball, weit entfernt von den Menschen. Während der Wandlungen werden Tod, Leid und Grauen allgegenwärtig sein." Nach einer kleinen Pause fuhr er anerkennend fort: „Dir, Oro, sind die Götter zugetan; dir und deiner Gefährtin. Sie schenken euch während der Wandlung einen zeitlosen Schlaf, sodass ihr von all dem Schrecklichen dieser Zeit verschont bleibt. Wacht ihr dann auf, wird nichts sein, wie es war. Doch ihr werdet Wissen haben von den Veränderungen und die Menschen werden in ihrem Wesen sein wie sie waren euch kennen oder von euch gehört haben. So ist es bestimmt und so wird es sein." Er gähnte wieder, fuhr sich durchs lichte Haar und forderte sie auf, es sich bequem zu machen. Sie blickten sich beklommen um. Ihr braucht keine Angst haben. Ihr müsst meinen Bruder hier nicht fürchten. Er wird viel zu tun haben und wo ich bin, davon hält er sich ohnehin fern. Vertraut mir, ihr erwacht, wie ihr einschlaft." Er holte drei Kelche mit einer betäubend duftenden Flüssigkeit, nahm einen selbst und reichte die anderen der Königin und dem Jäger. Sie sahen sich noch einmal in die Augen, tranken und schliefen ein. Der Alte verschloss gähnend den Fels.

Zermos Bericht endete mit der Erklärung: „Auch Alianas Volk überlebte die Wandlung. Alkione wurde Alianas Nachfolgerin und deren Tochter ihre und so fort. Auch das Tiger-Amulett ging von einer Alkione zur nächsten. Mutterliebe veränderte mit der Zeit wieder das Volk. Aus dem Frauenvolk wurde das ‚Alte Volk', die Yamai. Seine Fürstinnen heißen immer noch Alkione. Meine Tochter, eigentlich Nachfolgerin der jetzigen Fürstin, erhielt von ihr das Tiger-Amulett, doch diesmal nicht den Namen Alkione. Ich gab ihr den Namen Gusa, nach meiner Vorfahrin, der Geliebten des Axzares. Denn nun schließt sich der Kreis."

Es war schon lange nach Mitternacht, als ich Zermos Aufzeichnungen, die Übersetzung der Sibirierin und meine Überarbeitung zur Seite legte. Ich hatte mich so tief in jene Zeit versetzt, dass ich tatsächlich schon das Erscheinen eines Scorpiokriegers, eines Ungeheuers oder gar eines Gottes fürchtete: „Aber können vorzeitliche Ereignisse wirklich bis in unsere Gegenwart wirken?" Ich musste gestehen: „Ja – vielleicht?" Denn dieser Zermo oder Tonrar oder wie er sonst noch heißt, scheint wirklich nicht von unserer Welt zu sein, und Gusa, Poserichs liebliche Tatkret, wohl auch nicht. Hinzu kam noch, dass diese geheimnisvolle Gesellschaft perfekt zu Poserichs Berichten passte. Aber sind seine Erzählungen bis ins Einzelne glaubhaft? Nach unserem heutigen Wissen jedenfalls dort nicht, wo es mysteriös wird. Doch wie dem auch sei, was habe ich mit alledem zu tun? Bin ich auch einer Bestimmung unterworfen und wird sie auch bei mir vollstreckt, unerbittlich? Völlig verwirrt ließ ich mich in einen Sessel sinken, schlief ein, wurde in Träumen von grässlichen Gestalten geplagt und wachte schnell wieder auf. Es war noch dunkel. Ich überlegte: „Gehe ich zur Sauenkirrung oder für ein paar Stunden noch ins Bett." Ich fuhr in den Wald. Der Ansitz in der Dämmerung forderte all meine Sinne, zwang mich in die Wirklichkeit, befreite mich von den wirren Gedanken. Und ich hatte Waidmannsheil, schoss einen starken Überläuferkeiler. Mit viel Mühe zog ich ihn zur nächsten Schneise und genoss dann einen herrlichen, spätherbstlichen Sonnenaufgang mit wabernden Nebelschwaden und fallendem Laub. Die Tage vergingen und mit ihnen schwanden nach und nach die rätselhaften Erzählungen, Sibirien, die Yamai und alles, was dazugehörte, aus meinen Gedanken.

Doch Ende Februar war alles wieder da. Tatkrets Amme schrieb: „Komm, bitte schön, im Mai nach Werchojansk. Volgan holt dich ab." Das klang eher nach Befehl als nach Bitte. Verärgert dachte ich: „Aha, die Einladung zu den Yamai. Aber was, zum Teufel, soll ich jetzt noch dort? Sie haben doch schon alles. Sollte es wirklich nur noch um mich gehen? Bitte nicht!" Doch die Neugier überwand wieder einmal die Vernunft. Ich war ja so gespannt, wie es mit den Yamai weitergeht oder ob es zu einem Ende kommt und wenn ja, zu welchem. „Der Zahn!" Mir fiel der Zahn ein: „Alles Hokuspokus!" Doch ich holte ihn raus. Beim Betrachten strich ich über kaum fühlbare Zeichen. Im gleichen Moment baute sich in mir eine Verbindung auf. Ich spürte jemanden, den ich kannte, dem ich vertraute, aber auch etwas Bedrohliches, Fremdes und sah, umgeben von Nebel, schemenhaft Poserich und einen Tiger: „Hexerei!" Mit zitternden Händen legte ich schnell den Zahn wieder weg, wollte nun, trotz aller Neugier, nicht mehr nach Sibirien. Doch nicht lange. Denn schon bald dominierte sie wieder, die Neugier. Hin- und hergerissen zwischen ihr und Angst wollte ich noch einmal, diesmal möglichst „cool", abwägen. Dabei stellte ich schnell fest, selbst wenn die Reise gefährlich wird, ist es immer noch besser die Neugier zu stillen, als einer verpassten Chance nachzuhängen und ständig ängstlich über Unfassbarem, Unheimlichem zu rätseln. Sibirien war also das „kleinere" Übel. Poserich hätte geschmunzelt, weil er von Anfang an gewusst hätte, ich reise: „Es ist eben, wie es ist!" Also buchte ich einen Flug über Moskau und Jakutsk nach Batagai-Alyta, einem größeren Dorf hinter dem Werchojansker Gebirge. Das schien mir näher bei den Radul zu sein als Werchojansk. Der Amme antwortete ich lapidar: „Ich bin am 25. Mai in Batagai-Alyta." Dann ordnete ich meine Angelegenheiten, machte mein Testament, alles wie einst Poserich, alles, als würde ich nicht mehr zurückkehren. In dem Gefühl, nun ein Akteur zu sein, wollte ich möglichst viel über den Protagonisten Poserich wissen, hoffte auf neue Erkenntnisse durch das geerbte Blätterbündel, ordnete, soweit möglich, die Skripten und steckte sie in meine Reisetasche.

Im Flugzeug begann ich mit meinen Forschungen. Zunächst sichtete ich vergilbte Blätter, beschrieben in Sütterlin. Der Schrift meiner Eltern. Sie mussten von Poserichs Mutter stammen. In ihnen standen die mir schon bekannten Ereignisse bei seiner Geburt und beim Tod seines Vaters. Am Schluss fand ich auch Poserichs Versprechen, Buch und Amulett an einen Sohn weiterzugeben. Aber auch etwas Neues erfuhr ich: „Nur der unter den Söhnen soll Hüter der ‚Familien-Heiligtümer' werden, der von seinem Vorgänger dazu bestimmt wurde." Deshalb also hatte Poserichs Vater ihn nach der Geburt gleich zum „Großen Jäger" erklärt. Buch und Amulett waren nun bei Poserichs Sohn, dem letzten „Großen Jäger" der Sippe. Und sie waren beim Volk. Damit wurden alle Versprechen erfüllt: das von Poserichs Mutter gegenüber ihrem Mann, das von Poserich gegenüber seiner Mutter und meins gegenüber ihm. Ich war gespannt, was ich noch finden würde und wurde überrascht: Schulhefte, angenehm beruhigend nach all dem Mystischen. Poserich berichtete darin von seiner Kindheit – in bairischem Dialekt. Ich konnte seine Krakelschrift kaum entziffern und die mundartlichen Ausdrücke in kindlicher Diktion nur begrenzt verstehen. Trotzdem las ich eine kleine Weile, wurde in eine ganz andere Welt mitgenommen. In ein oberbayrisches Dorf, unmittelbar nach dem Krieg. Für Poserich war es eine schöne Zeit in einer ländlichen Idylle, ohne Mythen und fast ohne Tote. Bestimmt waren diese Hefte auch spannend. Sie zu lesen, strengte mich aber im Augenblick zu sehr an. Ich steckte sie wieder in die Reisetasche. Dann entdeckte ich ein Exzerpt aus dem alten Buch, von Wissenschaftlern erstellt und von Poserich in Prosa niedergeschrieben:

„Dies Buch ist die Chronik des Scorpiovolkes und teilweise auch meiner Sippe. Die ersten Seiten waren auch den Altertumsforschern und Schriftgelehrten unverständlich. Sie meinten, die Zeichen seien Symbole einer unbekannten, prähistorischen Kultur und seien über Tausende von Jahren immer wieder auf neues Material übertragen worden. Dann kamen Seiten mit Zeichen und Schriften, die wir teilweise entziffern konnten.

Berichte über die Scorpio im Reich Hatti, über ihre Wanderung aus dem Halysbogen nach Urartu, weiter am Kaukasus vorbei zum Kaspischen Meer und dann in die Steppen Ostasiens. Es folgen Seiten mit alten chinesischen Schriftzeichen, mit Runen und antiken Schriften. In dieser Zeit kam das Buch wohl zu meinen Vorfahren, einer Jägersippe, und blieb bei ihr, bis zu mir – dem Letzten der „Großen Jäger". Doch es gehörte nie uns und gehörte auch nicht mir. Wir waren immer nur ihr Hüter. Es war und blieb Eigentum der Scorpio, die nun Yamai heißen, und muss ihnen jetzt zurückgegeben werden."

Nach einer kurzen Schilderung ganz früher Jahre kamen ausführliche Berichte über die Entstehung seiner Sippe. Sie waren gleichsam eine Fortsetzung der Erzählungen Zermos und lasen sich wie eine Novelle:

Nach einem zeitlosen Schlaf erwachten Jäger und Königin auf einer Wiese. Oro wollte aufstehen, taumelte, sank zurück und blickte staunend um sich. Vor ihm lag eine weite Ebene, in der Nähe ragte ein steiler Berg in den Himmel und Aliana saß bei den grasenden Pferden. Unsicher kam er beim zweiten Versuch auf die Beine, ging langsam zu den Tieren, strich ihnen über Hals und Nüstern, spürte ihre Wärme, flüsterte: „Ich bin wach – es ist vorbei!" Seine Gefährtin sah zu ihm hoch, fasste seine Hand und zog ihn zu sich. Er drückte sie an sich: „Hypnos hat sein Versprechen gehalten, hat uns frei gegeben – für eine andere Welt. Während des langen Schlafes träumte ich, wir seien gestorben, seien Geister, streiften durch chaotische Zeiten, waren selbst aber nie in Gefahr, waren stets munter und immer zusammen." Sie nickte: „Das träumte ich auch – nur friedlicher. Wir ritten hintereinander in einem endlosen Tunnel immer einer kleinen Flamme nach, ohne Eile, immer weiter und weiter. Manchmal kam ich an deine Seite, wir hielten uns an den Händen, waren glücklich und zufrieden. Dann, bevor ich erwachte, wurde die kleine Flamme allmählich groß und immer größer, sprühte Funken, war plötzlich grelles Licht. Ich suchte meine Augen zu schützen. Doch es blieb gleißend hell. Als die Blendung langsam wich, wich mit ihr die Zeitlosigkeit. Ich sah die Sonne, die blühende Wiese und dich." Oro nickte: „Ja, wir sind zurück. Die Zeit hat uns wieder." Versonnen blickte er auf die rotblühenden Stauden und auf den Berg. Als er dessen Gipfel betrachtete, erinnerte er sich: „Die Göttin! Die schummrige Höhle." Er sah hoch zur über ihm stehenden Sonne, dachte an den Sonnenberg, den sie schufen, den Gott, den sie bestraften, und das Versprechen von Hypnos: „Vieles wird anders, aber nichts wird euch fremd sein, weder die neue Erde noch die neue Zeit." Zu Aliana gewandt sagte er: „Der Alte wird recht behalten, die Menschen werden sich nicht geändert haben, nicht in ihrem Wesen und Streben. Sie werden weiter sein, wie sie schon immer waren und weiter treiben, was sie schon immer getrieben haben, vielleicht mit anderen Mitteln und in anderen Formen. Doch im Grunde wird es nichts Neues sein. Folgen wir also unserer Bestimmung – bis ans Ende unserer Tage."

Sie durchquerten die Steppe, umritten ein Gebirge und trafen auf die Jei, Hirtennomaden und Jäger, ständig auf der Suche nach frischem Gras für ihre Pferde, ihre kleinen, zottigen Rinder und Ziegen. Sie lebten in fellumspannten Zelten, ernährten sich von der Jagd und ihren Herden. Als die Wanderer zu ihnen kamen, waren sie gerade im Aufbruch. Frauen bündelten Sachen, Kinder trugen die Bündel zusammen, Männer packten sie auf Tragtiere. Nach dem Willen der Götter genoss Oro bei ihnen als Jäger hohes Ansehen und war ein Freund ihres Anführers. Als sie ihn nach längerem Suchen inmitten des größten Getümmels fanden, kam er ihnen sogleich entgegen, verneigte sich vor Oro: „Sei gegrüßt, alter Freund, Glück mit dir." Auch Oro verneigte sich: „Dich zu sehen, weiser Rong, macht mich glücklich." Er deutete auf seine Begleiterin: „Das ist Aliana, Königin des Frauenvolkes und Gefährtin meines Lebens." Rong verneigte sich tiefer als zuvor: „Du bist uns wohl bekannt, große Königin. Viel wird berichtet, Edles und Ruhmreiches; von dir, deinen Kriegerinnen und deinem sagenumwobenen Volk. Sei unser Gast." Zum Jäger gewandt meinte er lächelnd:

„Du gehörst ja bereits zu uns." Er führte sie aus dem Trubel zu einem ruhigeren Platz, holte ihnen Sitzkissen und ließ säuerliche Milch, Brotfladen und gekochtes Fleisch bringen. Während der Mahlzeit plauderten sie über Jagd und Wild und den Zustand der Herden. Oro zeigte dabei auf das satte Grün der Umgebung: „Warum zieht ihr fort? Hier gibt es doch noch genug gutes Gras und klares Wasser und auch die Zeit des Schnees ist noch fern." Rong nickte: „Ja, schon, doch jetzt geht es nicht um Futter für die Herden. Wir wurden zum Heer gerufen, dem Heer unseres ganzen Volkes, dem Heer der Sung-ni. Wir führen seit vielen, vielen Jahren Kriege mit einem großen Reich im Land des Sonnenaufgangs, jenseits der Steppen. Mal siegen wir, mal sie. Immer geht es um Land und Macht, um Ruhm und Ehre. Ja, auch um Tiere, Gold und Silber. Ein endloser Kampf. Aber es ist, wie es ist."

„So ist es und so wird es weiter sein. Hader und Streit statt Freundschaft und Friede. Der Menschheit ewiger Fluch."

„Du sagst es. Jetzt ist es wieder so weit. Diesmal greifen wir an. Der Krieg geht weiter! Er wird den Männern wieder Ruhm oder Tod und den Frauen Beute oder Trauer bringen. Den Streit wird er nicht beenden."

Rong versank in Gedanken. Dann lächelte er: „Trotzdem, ich freue mich auf das große Treffen und auch auf die Kämpfe." Oro schmunzelte über seine Ehrlichkeit: „Rong, der freudige Krieger!"

Sie ritten mit den Jei zur Stadt Mol God, in die Nähe eines weitgestreckten Gebirges dem Sammelplatz der Sung-ni. Dort lagerten vor der Stadt, vom Tross getrennt, auf einem großen Platz bereits Krieger der Nomaden und Kämpfer verbündeter oder zum Kriegsdienst verpflichteter Völker. Die Jei und mit ihnen Oro und Aliana schlugen ihre Zelte und Hütten jedoch abseits bei den Herden auf. Wochen verstrichen, Oro jagte, Aliana blieb im Lager. Manchmal ritten sie aber auch zum

Heerlager, besuchten bunte Märkte mit exotischen Waren, sahen Schau- und Wettkämpfen zu oder lernten Bräuche fremder Völker kennen. Die Stimmung des Heers war entspannt und zuversichtlich. Die Krieger waren meist heiter, sorglos, dachten nicht an Leid und Tod. Aliana erinnerte sich an Hypnos: „Er hat es gewusst! Die Menschen haben sich nicht geändert." Sie wusste, was Krieger vor Schlachten fühlen, hatte selbst oft genug gefochten und getötet. Doch das war für sie und Oro vorbei. Nun wollten sie in Frieden leben. Zum Schwert greifen würden sie nur noch, wenn es sein musste, und in diesem Krieg musste es nicht sein. Rong, der freudige Krieger, hatte es ihnen freigestellt, zu bleiben. Er wusste von ihren Kämpfen und Schlachten, wusste, was sie ertragen und anderen zugefügt hatten, verstand, dass sie nicht mehr Täter oder Opfer sein wollten. Und es beruhigte ihn, sie während seiner Abwesenheit bei den Frauen, Kindern und Alten zu wissen. Sie aber freuten sich, Ruhe und Sicherheit bei den Jei zu haben. Ruhe für sich und Sicherheit für ihr ungeborenes Kind. Aliana war wieder schwanger.

Im Spätsommer beobachteten sie von einem kleinen Hügel, wie sich das Heer formierte. Die Sung-ni-Kämpfer bildeten die Spitze, stellten die meisten Krieger. In langen Reihen standen sie neben ihren Pferden bei den Bannern ihrer Führer, bekleidet mit ledernen Schuppenpanzern, helmartigen Mützen und hohen Stiefeln, bewaffnet mit ihren weithin tötenden Pfeilen und kurzen, gebogenen Schwertern. Aliana staunte über die große Zahl und Oro bewunderte Ordnung und Disziplin. Hinter den Sung-ni reihten sich andere Nomadenstämme, dann kamen Hilfstruppen, geordnet nach Völkern und Sippen. Reiter mit kurzen und langen Schwertern, langstieligen Äxten und Lanzen, geschützt durch lederne Helme und Schilde. Am Ende des Heeres sammelte sich der Tross mit Dienern, Schlachtvieh und Reservepferden, Ochsen, die Schleppen zogen, und hoch bepackten Lasttieren. Über allem schwebte eine dünne Staubwolke und ein auf- und abschwellendes dumpfes Gemurmel. Dann ertönten Hörner. Das Gemurmel verstummte. Die Kämpfer standen bewegungslos, selbst die Pferde und Lasttiere schienen innezuhalten. Hinter dem Tross sprengten Reiter mit Standarten und Banner hervor. In ihrer Mitte Taunan, der Fürst der Sung-ni, auf edlem Ross in glänzender Rüstung. Als die Gruppe sich an die Spitze formiert hatte, erklangen die Hörner erneut und das Heer setzte sich in Bewegung.

Die zurückgebliebenen Jei und mit ihnen die Wanderer zogen ins Vorgebirge. Die Nomaden fanden dort gutes Weideland, sauberes Wasser, ausreichend Brennmaterial und das Paar aus der Urzeit den erhofften Frieden. Alianas Sorgen um ihr Volk wichen den Gefühlen und Gedanken um ihre Schwangerschaft. Sorgen machte sie sich jetzt nur noch um Oro, wenn er im Gebirge jagte, in den steilen Hängen und tiefen Klüften, gefährdet durch Steinschlag, Lawinen, Muren und Raubwild. Oro aber mied gefährliches Gelände und besonders die großen Raubtiere. Wusste er doch von den wütenden Angreifen und gewaltigen Kräften der Bären und kannte Tücke und Schnelligkeit der großen Katzen, denen selbst der mächtige Bär wich. Er jagte zur Beschaffung von Fleisch nur auf Hirsche, Elche, wilde Ziegen und urige Rinder. Seine Beute teilte er mit den Jei und tauschte sie in Mol God gegen Lebensmittel, Kleidung und Ausstattung für das Kind. Die Zeit verging, Alianas Bauch wuchs. Das Ungeborene machte sich häufig durch Bewegungen bemerkbar, die Aliana aufweckten. Als es einmal besonders heftig strampelte, nahm sie Oros Hand, legte sie auf ihren Bauch: „Spürst du den großen Fuß? Spürst du, wie es stampft? Das wird bestimmt ein Knabe." Der Jäger küsste den Ort des Geschehens: „Ja, es ist ein Knabe, der raus will, ein mächtig großer Bursche, ein Jäger." Aliana frotzelte: „Wart es ab, ‚groß' ist er jetzt schon, doch Jäger muss er nicht werden. Für den Sohn einer Königin gibt es auch bessere Beschäftigungen." Der Jäger schmunzelte: „Er kommt sowieso nach mir! Das Jagen steckt in ihm, denk nur an seinen Großvater!" Sie schlug ihm scherzend auf die Brust, schmiegte sich, so gut es noch ging, an ihn und schlief wieder ein. Die Tage wurden kälter. Auf den Bergen fiel schon Schnee und im Lager fegte eisiger Wind feinen Sand durch welkes Kraut. Dann war es so weit. Die Königin bekam Wehen. Oro wurde von der herbeigerufenen Schamanin vors Zelt geschickt: „Männer bringen Unglück", schimpfte sie. Ihm war es recht. Helfen konnte er eh nicht. Doch als ein kräftiger, heller Schrei ertönte, stürmte er ins Zelt. Voll Freude nahm er den Knaben hoch, stützte das Köpfchen und drückte ihn sanft an seine Brust. Das Kind tastete nach seinem Umhang und dann nach seinem Finger. „Das wird ein großer Jäger", verkündete er stolz. Aliana lächelte matt: „Ja, Jäger wird er wohl auch. Doch er ist viel mehr. Er ist Gründer deiner Sippe und damit die prophezeite Hoffnung meines Volkes."

Wenig später kehrte das Heer zurück. Doch es war nicht die stolze Armee, die im Sommer aufbrach, es war nur ihr kläglicher Rest. Verstreut, in kleinen Gruppen, kamen erschöpfte Krieger und sammelten sich bedrückt auf dem großen Platz. Tau-nan hatte den Krieg verloren, musste, nach alter Tradition, trotzdem die spärliche Beute zur Schau stellen und gedrängt von seinen Vertrauten an Anführer und besonders tapfere Krieger Gold, Waffen, Vieh und versklavte Feinde verteilen. Die Geehrten zeigten stolz die Auszeichnungen und berichteten wortreich Verwandten und Freunden von ihren Heldentaten. Bei ihnen herrschten Freude und Erleichterung, bei anderen Wehklagen und Trauer. Sie hatten vom Tod eines Verwandten oder Freundes erfahren. Königin und Jäger kannten das Leid durch Kriege, fühlten mit den Trauernden und sorgten sich um Rong, den sie nirgends fanden. Bekümmert ritten sie zurück. Im Lager der Jei fragten sie einen heimgekehrten Krieger nach ihm. Er deutete wortlos auf Rongs Zelt. Im schummrigen Licht sahen sie ihren Freund, bleich und ausgezehrt. Er winkte sie heran, zeigte auf einen umwickelten Beinstumpf. Rong, der einst freudige Krieger, würde nie wieder in eine Schlacht ziehen. Er hatte überlebt; aber wie! Trotz Schmerz und Schwäche ließ er Tee und Brot bringen, aß lustlos etwas mit ihnen und erzählte, was geschah:

„Wir kamen ohne großen Widerstand weit ins Feindesland, machten reiche Beute, Silber, Gold, Pferde, Rinder, Menschen.

Um schneller voranzukommen, ließ Tau-nan in einer kleinen Stadt die Beute zurück, bewacht von vielen Sung-ni-Kriegern. Das schwächte unser Heer. Er glaubte jedoch, sein Ziel auch so zu erreichen, wollte die größte Stadt des Herrschers Xii erobern und damit auch einen Teil seines Reiches. Kurz vor der Stadt mussten wir durch eine lange, schmale Schlucht. Unsere Abteilungen wurden auseinandergezogen. Schließlich konnten nur noch wenige Krieger nebeneinander vorrücken. Am Ende der Schlucht trafen wir völlig überrascht und unformiert auf die große, tief gestaffelte Armee des Kaisers Xii. Seine Krieger empfingen uns mit einem Pfeilhagel, trieben uns ins Tal zurück und stürmten hinterher. Wir kämpften Mann gegen Mann. Um unserem Heer das Nachrücken zu ermöglichen, versuchten wir verbissen, vor die Schlucht zu kommen. Vergeblich. Wir waren zu wenig und wurden immer weniger. Unsere Verluste wurden, anders als bei den Feinden, nicht ersetzt. Wir wurden Stück für Stück zurückgedrängt. Endlich erkannte auch Tau-nan die Aussichtslosigkeit unseres Kampfes, befahl den Rückzug, verlangte aber, den Feind aufzuhalten, bis sich unser Heer wieder aufgestellt hat. Wir wurden geopfert, mussten weiterkämpfen. Mich traf, als wir nur noch zehn, zwölf Mann waren, ein Spieß, durchdrang den Knochen des rechten Beins über dem Knie und zerschnitt die Muskeln. Die Kameraden deckten mich mit ihren Schilden und bevor wir alle niedergemacht wurden, kam uns im letzten Moment eine Reiterabteilung zu Hilfe. Einer von ihnen zog mich auf sein Pferd und brachte mich aus der Schlucht. Dort verlor ich das Bewusstsein. Als ich erwachte, war ich ein Krüppel. Mein rechtes Bein war nur noch ein Stumpf." Rong schwieg. Dann stöhnte er verzweifelt: „Ich werde nie wieder sein, der ich war! Warum soll ich dann überhaupt noch sein?" Oro verstand ihn. Die Königin schüttelte den Kopf: „Krieger zu sein ist doch nicht alles. Du warst stets ein weiser Führer und wirst es auch mit einem Bein bleiben. Krieger gibt es viele, kluge Führer wenige. Die Jei brauchen dich. Du musst weiterleben – für sie, nicht nur für dich!" Rong lächelte schwach: „Du findest für einen Verzweifelten gute Gründe, nicht aufzugeben, Königin. Mögen die Götter mit dir sein. Aber es ist, wie es ist." Rong schloss erschöpft die Augen. Sie verließen leise das Zelt. Abends saßen sie in ihrem kleinen Heim traurig am Feuer und überlegten, wie sie Rong helfen könnten. Doch schon am nächsten Morgen war ihr Freund tot. Er hatte von der Wurzel des „ewigen Schlafs" gegessen.

Am Fuße der Berge, in einer aus Balken gebauten Gruft, bestatteten die Jei ihren Führer in voller Rüstung, umgeben von seinen Waffen und Ehrenzeichen. Die Frauen umschritten mit leisem Gesang, die Männer mit dumpfen Totengesängen die Gruft, verneigten sich und zogen ab. Rongs Frauen bedeckten die Balken mit Erde und Steinen, bevor auch sie gingen. Jäger und Königin blieben, in Gedanken an ihren Freund, die Letzten an der Gruft. Am nächsten Tag packten sie ihre Habe, verabschiedeten sich von den Jei und suchten auf dem Sammelplatz des Heeres nach einer Gruppe Sarmaren. Mit ihnen wollten sie in die Ebenen jenseits der hohen Berge ziehen. Oro kannte ihren Anführer, Americh, einen klugen, umsichtigen Mann, der sich über die Verstärkung seiner kleinen Schar freute. Um vor Einbruch des Winters wenigstens noch in die Nähe ihrer Heimat zu kommen, ritten die Sarmaren tagelang ohne Pausen. Am Ende einer Grasebene, vor einem Gebirge gönnte Americh Pferden und Reitern einen Ruhetag, den er auch zur Auffüllung der Fleischvorräte nutzen wollte. Dazu ritt er mit Oro in der Morgendämmerung ins Vorgebirge. In einer Senke ließen sie die Packpferde zurück und suchten getrennt nach Wild. Als sie sich gegen Mittag wieder trafen, berichtete Oro von älteren Fährten wilder Ziegen und einer frischen Bärenspur. Americh hatte auch Ziegenfährten entdeckt, jedoch frische. Den Bären zu jagen reizte sie zwar, doch sie brauchten mehr Fleisch und folgten den frischen Fährten der Ziegen. Als sie frische Losung fanden, ließen sie die Pferde zurück und pirschten zu einem Hügelkamm. In dem dahinterliegenden Tal, an einem von Gras umsäumten Bach, sahen sie das Wild. Weibliche Stücke hatten sich wiederkäuend niedergetan, ein starker Bock äste abseits und Kitze sprangen spielend umher. Um möglichst viel Beute zu machen, schlug Americh vor, das Rudel talabwärts zu treiben: „Weiter unten wird das Gelände zu einer steilen, engen Schlucht, die mit einem überhängenden Felsvorsprung endet. Neun, zehn Pferdelängen darunter ist ein Teich." Der Jäger stimmte zu: „Ich reite zur anderen Talseite. Du bleibst hier und wartest auf mein Signal; den Schrei des Adlers. Wir preschen dann gleichzeitig hervor und treiben die Ziegen zum Felssturz." Oro ritt davon, Americh wartete. Es dauerte. Ungeduldig schlich er zur Hügelkuppe, sah die Ziegen unruhig werden und beschloss, allein loszureiten, da ertönte doch noch der Schrei des Adlers. Er lief zu seinem Pferd, galoppierte auf den Hügel. Der alte Bock sicherte sofort in seine Richtung. Die Geißen scharten sich um die Kitze. Bevor sie flüchtig wurden, preschte Oro hervor und Americh sprengte ins Tal. Das Rudel schob sich einen Augenblick zusammen, flüchtete dann talabwärts. Nur der alte Bock und eine Geiß kletterten zwischen Felsen talaufwärts. In wildem Ritt verfolgten die Männer das Rudel. Unweit des Abgrunds brach eine Geiß mit Kitz auf der Seite des Jägers aus. Oro schoss auf das Kitz. Es fiel. Die Geiß entkam. Um das Wild in noch größere Panik zu versetzen, stießen die Jäger jetzt schrille Schreie aus und schwenkten ihre Umhänge. Die Tiere stürmten in wilder Flucht dem Abgrund entgegen, rutschten über den Fels und fielen, sich überschlagend, in die Tiefe. Die Verfolger ritten schnell um die Felswand, fanden am Beckenrand drei tote Kitze und im Wasser zwei verletzte Geißen, die sie mit der Lanze erlösten. Americh brachte noch eine laufkranke Geiß mit einem Pfeilschuss zur Strecke und fand ein weiteres Kitz. Oro hatte die Umgebung abgesucht und etwas entfernt einen toten Jungbock gefunden. Mit schwer beladenen Packpferden ritten sie zufrieden zum Lager. Am Abend gab es Fleisch vom Spieß, geschmorte Innereien und aus ledernen Schläuchen gegorenen Fruchtsaft. Satt und leicht berauscht schliefen sie spät ein und saßen früh am Morgen bereits wieder im Sattel. In der nächsten Woche ritten sie einem Fluss entlang der Mittagssonne entgegen und dann, einem anderen folgend, wieder in Richtung Sonnenuntergang bis zu einem langgezogenen See. An seinem Ende begann ein weites Hügelland mit Wäldern, Grasflächen und Flüssen. In einem der Wälder stand Americhs Heimatdorf. Vor der Siedlung legten die Krieger Rüstungen an und stellten ihre Beute auf den Packtieren zur Schau. Von Spähern angekündigt, wurden sie erwartet und freudig begrüßt. Americh ritt an der Spitze der Krieger, neben ihm Oro und Aliana. Als sie zu dem Ältesten der Sippe kamen, glitt Americh vom Pferd und überreichte ihm als Zeichen seiner Ehrerbietung einen golddurchwirkten Helm, die Ehrengabe von Tau-nan. Dann stellte er Oro und Aliana vor. Vom Jäger, dem Nachkommen eines Gottes, hatten sie gehört und auch von dem sagenumwobenen Frauenvolk wussten sie. Seine Königin als Gast zu haben, war für sie eine Ehre. Bei einer Feier für die Heimkehrer erzählte Americh dann im Gemeinschaftshaus ausführlich von den Heldentaten der Sarmaren, während Oro und Aliana sich bald in ihr Zelt zurückzogen und dort mit ihrem keinen Sohn endlich wieder Geborgenheit und Ruhe genossen.

Der Winter kam mit Schneestürmen und eisiger Kälte. Oros Zelt und das kleine Feuer boten kaum Schutz. Sie froren erbärmlich. Americh gab ihnen eine verlassene Hütte. In ihr bauten sie das Zelt auf und waren so doppelt gegen Wind und Frost geschützt. Wenn das Wetter es zuließ, nahmen sie am Dorfleben teil oder besuchten Americh und seine Krieger. Oro ging, wenn es möglich war, jagen, tauschte Fleisch und Felle gegen Emmer, Linsen, Milch oder Stoffe. Als Schnee und Eis in der wärmenden Frühlingssonne langsam schmolzen, saß er mit Aliana oft vor der Hütte. Sie sprachen dabei immer wieder von ihrer Tochter und dem Frauenvolk. Als Oro von der Königin wissen wollte „Was wurde aus deinem Volk? Besteht es noch? Ist es noch ein Frauenvolk? Sind die Nachkommen unserer Tochter noch Königinnen?", schüttelte Aliana den Kopf: „Ich habe zwar die Sicht der Seherin. Doch weiß ich nicht alles, kenne Zukunft und Vergangenheit nur zum Teil. Ganz verborgen bleibt mir, was während unseres langen Schlafs geschah. Aber ich weiß, mein Volk wandert noch über die Erde! Der Einzelne stirbt, ist der Zeit unterworfen, aber das Volk als Ganzes stirbt nicht. Du und ich, wir sind auch sterblich, auch unsere

Zeit ist endlich. Wie viel wir noch haben, weiß ich nicht. Leben wir doch schon länger als alle anderen." Aliana blickte auf ihr Kind: „Wenn unsere Erdenzeit zu Ende sein wird, werden wir in dem Knaben und seinen Nachkommen und in den Nachkommen seiner Schwester doch weiterleben. Unser Kind wird seine Zeit haben und seine Kinder und Kindeskinder werden ihre Zeit haben. Das Geschehen auf Erden wird sich nicht ändern. Im Grunde wiederholt sich doch alles – immer wieder." Sie drückte den Knaben liebevoll an sich: „Er ist die Hoffnung meines Volkes und Gründer deiner Sippe. Wie soll er heißen? Orion, wie dein Vater?"

„Orion! Ja, Orion, das soll sein Name sein. Damit wird Vergangenheit Gegenwart und Gegenwart Zukunft. Lass uns nun Alkiones Nachkommen suchen."

Aliana schüttelte den Kopf: „Nein! Für das Kind ist das noch zu gefährlich!"

Im Jahr darauf drang ein Reitervolk von jenseits der hohen Berge in das Gebiet der Sarmaren ein, verwüstete Dörfer, raubte Frauen, Kinder und Vorräte. Das Sarmarenheer versuchte, die Feinde zu vertreiben, wenigstens aufzuhalten, kämpfte lange, blieb aber erfolglos. Viele starben, auch Americh. Das einst so stolze Volk flüchtete besiegt und hoffnungslos in einem großen Treck dem Sonnenuntergang entgegen, Oro und seine Familie mit ihm. Doch bald schon trennten sie sich von ihm, zogen nach Norden. Der Jäger wollte nicht allzu weit weg von seiner Vergangenheit und dem letzten Siedlungsort der Scorpio. Nun fingen sie doch an, nach Alianas Scorpios zu suchen, fragten überall nach einem Volk von Kriegerinnen mit einer Standarte, die ein Spinnentier zeigt. Monde reihten sich aneinander, Jahreszeiten vergingen, keiner wusste vom Frauenvolk. Als sie das ewige Eis erreichten, wandten sie sich nach Südosten, kamen an die Grenzen des großen Ostvolkes und trafen auch auf die Sung-ni. Die wussten zwar vom dem alten Volk, doch keiner wusste, ob es noch existierte.

Während der langen Wanderschaft war aus dem kleinen Orion ein kräftiger Knabe geworden. Er jagte mit Oro und erlegte schon Hasen und Waldhühner. Wenn der Vater jedoch in gefährlichem Gelände oder auf wehrhaftes Wild jagte, durfte er nicht mit: „Zu gefährlich!", hieß es. Das führte regelmäßig zu wortreichen Protesten und mühsam unterdrückten Tränen. Wenn Oro dann nachgeben wollte, blieb die besorgte Mutter hart: „Das Kind bleibt bei mir." Diese Jahre waren für die drei trotz aller Strapazen und Gefahren schön. Sie genossen die vertraute Gemeinsamkeit, sprachen über Wünsche und Gedanken, schmiedeten Pläne oder erzählten Sagen und Abenteuer. Dabei schilderte Oro auch einmal einen Traum, der ihn beunruhigte: „Auf der Suche nach Wild kam ich im Gebirge in eine kahle, enge Schlucht. Auf beiden Seiten ragten glatte Felsen steil in die Höhe. Plötzlich kam aus einem der Felsen, eine riesige Katze mit mächtigen Zähnen. kam langsam näher, fauchte, duckte sich zum Sprung. Ich wollte meinen Speer schleudern, konnte mich aber nicht bewegen. Der Tiger wohl auch nicht. Er wirkte wie versteinert. Dann öffnete sich der Fels erneut. Die Göttin mit dem Bogen trat hervor, lächelte geheimnisvoll, strich der Katze über den Rücken und verschwand mit ihr." Oro grübelte: „Was bedeuten ihr sonderbares Lächeln, ihr Schweigen und die Katze? Was bedeutet das alles?" Aliana ahnte Schlimmes, schwieg jedoch. Orion kaute unbeeindruckt weiter an seinem Fladenbrot und am nächsten Morgen war der Traum schon vergessen.

Auf ihrer Suche hatten sie die Erde durchstreift, von den dunklen Nadelwäldern des Nordens bis in die schwülen Urwälder des Südens – unnachgiebig, aber erfolglos. Als sie zurück in die Steppe kamen, von der sie einst aufbrachen, war es gerade wieder Winter. Ohne festes Ziel ritten sie in Schneestürmen und eisigem Wind westwärts, überquerten verschneite Ebenen und vereiste Flüsse. Doch, am Ufer eines dunklen Meeres vor einem undurchdringlichen Wald, kamen sie nicht weiter. Von den langen Märschen neben den entkräfteten Pferden waren sie erschöpft, hatten nichts mehr zu essen und Orion war krank. Dick in Felle gehüllt, saß er zusammengesunken auf seinem Pferd, sein Gesicht glühte, Frost schüttelte seine Glieder und keuchender Husten quälte ihn. Aliana kannte die Krankheit, wusste von ihrem oft tödlichen Verlauf und wusste, dass er unverzüglich Ruhe, Wärme und heilende Hilfe brauchte. Oro wusste das auch, suchte verzweifelt nach einem Ausweg: „Was soll ich tun? Weiterziehen ohne ein rettendes Ziel? Das wäre des Knaben Tod! Ohne Hilfe bleiben wäre für uns alle tödlich!" Doch tatenlos aufgeben wollte er auch nicht, wollte wenigstens Zeit gewinnen, dachte: „Vielleicht können schon ein paar Tage Ruhe und Wärme Orion helfen und Aliana etwas Erholung bringen." Ohne große Hoffnung schlug er im Windschatten des Waldes ihr Zelt auf und versuchte, ein wärmendes Feuer zu entzünden. Doch das feuchte Holz glimmerte und qualmte nur und die spärlichen Flammen des Kienspans erloschen schnell. Als dann ein aufkommender Schneesturm den Qualm auch noch zurück ins Zelt drückte, musste Oro auch die letzte Glut löschen. Im Zelt blieb es bitterkalt. Orions Zustand verschlechterte sich zusehends. Sein Leben schwand. Aliana bat Oro weinend: „Bitte, bitte hilf! Hypnos Bruder ist nah, ganz nahe. Stirbt unser Sohn, stirbt mit ihm die Hoffnung meines Volkes auf Wiedervereinigung und deine Sippe wird nie entstehen!" Oro war ratlos: „Ich weiß nicht einmal, wo wir sind. Und wenn ich nach Hilfe suchte, müssten wir uns trennen, müsste ich euch zurücklassen. Das aber tue ich nicht. Niemals! Wir bleiben zusammen und, wenn es denn sein soll, sterben wir auch zusammen." Hoffnungslos sank er neben Aliana nieder, spürte aber im selben Moment einen unwiderstehlichen Zwang, der ihn vors Zelt zog. Der Sturm peitschte ihm Schnee ins Gesicht, die Augen tränten, trotzdem sah er im sturmdurchtobten Wald eine leuchtende Schneise. In ihr rührte sich kein Lüftchen, fiel keine Flocke. Während er noch bewegungslos staunte, erschien seine göttliche Beschützerin, zeigte freundlich lächelnd auf die Schneise: „Folge ihr und sei getrost, hier endet euer Weg nicht." Er stürzte ins Zelt, packte und berichtete dabei sein Erlebnis. Ungläubig blickte Aliana nach draußen, sah die Schneise,

half, das Packpferd zu beladen, wickelte Orion in den Fell-
mantel seines Vaters, setzte ihn vor sich aufs Pferd und ritt
hinter Oro in die Schneise. Um sie tobte das Unwetter, heul-
te der Sturm, schlugen Baumwipfel, splitterten zusammen,
fielen Bäume krachend zu Boden. Sie aber kamen wohlbe-
halten zu einer Siedlung. An runden Hütten standen Wagen mit vier oder sechs Rädern, in schützenden Verschlägen
drängten sich Pferde, Menschen sahen sie nicht. Inmitten des
Dorfes pochte Oro, der Göttin vertrauend, an die Tür einer
Hütte, die sogleich eine ältere Frau öffnete und sie einließ.
In der freundlichen Atmosphäre und anheimelnden Wärme
der Hütte fühlten sie sich wieder geborgen. Noch bevor der
Jäger um Hilfe bitten konnte, stand der Ältere der zwei am
Feuer sitzenden Männer auf und begrüßte sie: „Seid will-
kommen. Die Göttin kündigte euch an, dich als ihren Freund
und Enkel eines mächtigen Gottes. Und dich", er neigte sein
Haupt in Richtung Aliana, „als sagenumwobene Königin des
Frauenvolks." Oro und Aliana dankten mit vor der Brust ge-
kreuzten Händen. Der Alte deutete auf ein kleines erhöhtes
Lager. „Legt das Kind dort hin. Mich wählte die Göttin, ihm
zu helfen, und ihr Bruder gab mir dazu die Mittel. Ich küm-
mere mich um den Knaben, mein Sohn versorgt eure Pferde.
Wärmt und stärkt euch." Während Oro seinen Sohn auf die
Felle legte, streckte Aliana die Hände zum Himmel und flüsterte in der Sprache ihres Volkes eine Segensformel, die der
Jäger, nicht aber ihr Gastgeber verstand. Der dankte trotzdem: „Die Sprache der Urzeit verstehe ich nicht, aber wohl
weiß ich, wer Arescorpio war und spüre den Segen, den du
für mich und meine Familie von seinem Vater, dem großen
Gott, erfleht hast." Während Orions Eltern am Feuer ihren
Hunger stillten, zerstieß der Schamane in einem Mörser Blätter, Samen und herb duftende Wurzeln, kochte daraus unter
stetem Murmeln einen Brei und strich ihn dem Knaben auf
die Brust. Orion umhüllte sofort eine beruhigende, ätheri-
sche Wolke, die bis zu seinen Eltern drang und ihre ohnehin
große Müdigkeit noch vergrößerte. Die Frauen bemerken es
und zeigten ihnen in einem abgetrennten Bereich der Hütte

eine Schlafstatt. Oro holte ihre Sachen, während Aliana erleichtert bei dem inzwischen ruhig schlafenden Orion stand. In der Kammer sanken sie auf das Lager und fielen sofort in tiefen Schlaf. Als sie erwachten, gelobte Oro der Göttin Opfer und Aliana erzählte von einem Traum, in dem die „Große Mutter" Orions Genesung versprach. Als sie ans Feuer traten, begrüßte Orion sie schon mit einem schwachen Lächeln und ihre Gastgeber wie alte Freunde. Der Schamane zeigte zufrieden auf den Knaben: „Seht, das Böse ist gewichen, aber genesen ist er noch lange nicht." Er blickte fragend auf die Eltern. „Wenn ihr weitermüsst, lasst ihn bei uns. Wir sorgen für ihn, als wäre er einer von uns." Sie dankten ihm, wollten jedoch bei ihrem Kind bleiben. Während Orion durch die Heilkunst des Alten und Alianas Pflege langsam wieder zu Kräften kam, sorgte Oro für Wildbret und die Königin half den Frauen. An den Abenden erzählte der Alte von sich und seinem Volk: „Ich bin ein Skolotei, bin der Schamanen Höchster und engster Berater des herrschenden Fürsten. Durch mich seid ihr Gäste unseres Volkes. Unsere Männer sind tapfere Reiter, stark, zäh und weithin gefürchtete Krieger. Keiner sucht Streit mit uns, es sei denn, er sucht sein Verderben. Die Frauen kämpfen bei uns mit, wie bei einem kleinen Stamm, der gegen Sonnenuntergang leben soll und sich rühmt, Teil deines Volkes zu sein, Königin." Aliana sprang auf. „Dank dir, weiser Mann, immerwährender Dank!" Das ist der erste greifbare Hinweis auf mein Volk.

Am liebsten wären sie gleich dem Hinweis gefolgt. Doch Orion war noch zu schwach und ihre verschlissene Ausrüstung und Kleidung würde gegen die raue Witterung nicht ankommen. Sie froren schon, wenn sie die Hütte etwas länger verließen. Die Familie des Schamanen half, gab ihnen Kleidung, wie der Skolotei sie trug: enganliegende Hosen, wollene Hemden, Umhänge, Fellstiefel und spitze Mützen. So ausgestattet wurden sie nach und nach dem Dorf vertraut, wurden eingeladen, feierten mit den Bewohnern oder nutzten mit ihnen das Schwitzzelt. Dabei erfuhren sie, dass die Skolotei Wanderhirten sind, oft zu neuen Weidegründen ziehen und dabei ihre Hütten auf den Wägen mitnehmen. Die beschauliche Winterruhe des Dorfes wurde nur einmal durch Getümmel vor der Hütte des Schamanen unterbrochen. Stolze Reiter, geschmückt mit kunstvoll verarbeitetem Gold, bewaffnet mit kurzen Schwertern, spitzen Äxten, Pickeln ähnlich, und Pfeilen mit dreiflügeligen Spitzen wollten den „Segen" des Schamanen für einen Kampf gegen Eindringlinge, die eine kleine Siedlung ihres Volkes überfallen hatten. Nach ein paar Tagen kamen sie schon siegreich zurück, berichteten von herumziehenden Räubern – „die es jetzt nicht mehr gibt". Die Zeit verging für Aliana und Oro schleppend, während sie auf die vollständige Genesung ihres Sohnes warteten. Gegen Ende des Winters erzählte der Jäger erneut von einem Traum mit der Göttin: „Sie erschien mir wieder, wieder in der Schlucht, genau wie das vorige Mal. Doch diesmal streichelte sie den Tiger nicht, lächelte auch nicht, wies nur nach oben und verschwand. Die Katze blieb, duckte sich zum Sprung. Ich erschrak, erwachte." Der Jäger schüttelte den Kopf: „Was, was nur bedeutet das? Der Tiger. Wieso ist ein Tiger bei ihr und was will der von mir?" Aliana ahnte erneut Unglück.

Als die Vogelschwärme wieder nach Norden zogen und warmer Wind über die Steppe wehte, hatte Orion sich halbwegs erholt. Aliana machte mit ihm schon kleine Streifzüge durch den umliegenden Wald. Dabei schlitterte er auf dem Eis eines kleinen Teichs, brach ein und versank bis zum Hals im eisigen Wasser. Aliana sprang ihm nach, zog ihn ans Ufer, hüllte ihn in ihren Mantel und eilte mit ihm zum Dorf. In glitschigem Schnee und dichtem Gehölz kamen sie nur mühsam voran. Orion konnte bald nicht mehr weiter, keuchte, brach zusammen. Mit letzter Kraft schleppte ihn seine Mutter zur Hütte. Die Frauen legten das zitternde Kind in warme Tücher und Felle gewickelt auf heiße Steine und brachten der zitternden Mutter trockene Kleidung und heißen Tee. Kurz darauf kam Oro von der Jagd, ließ, als er seine bleiche Frau und das fieberglühende Kind sah, bestürzt seine Beute fallen und versuchte, Aliana zu trösten.

Orions Krankheit kehrte zurück. Der Schamane kämpfte erneut um sein Leben.

Als sich der Zustand des Kindes gebessert hatte, ging Oro wieder jagen, anfangs ohne Erfolg. Doch dann fand er, im ersten Dämmerlicht eines anbrechenden Tages, die frische Fährte eines Widders. Hoffnungsfroh folgte er ihr entlang eines Baches bis in eine schmale Schlucht. Dort, an einer engen Biegung, zwischen hochragenden felsigen Hängen endete die Fährte. Als er auf dem Boden der Schlucht nirgends ihre Fortsetzung fand, vermutete er, der Widder sei seitlich an der Schlucht hochgestiegen. Er band sein Pferd an einen Strauch und kletterte ihm nach. Am Ende des Steilhangs war ein dicht bewachsenes Plateau. Dort suchte er weiter nach Hinweisen auf Wild, rutschte dabei zwischen Büschen und Stauden in einen überwucherten Felsspalt und stürzte in eine darunter liegende Höhle. Benommen vom Sturz, wischte er sich Staub und Sand aus den Augen, sah in einiger Entfernung Tageslicht, wollte aufstehen. Doch ein heftiger Schmerz im Fußgelenk ließ ihn zurücksinken, „Gebrochen!", murmelte er resigniert und kroch auf Händen und Knien dem Licht entgegen. Doch nach wenigen Metern hörte er hinter sich schon wütendes Brummen, drehte sich um und sah einen riesigen Bären aufgerichtet dicht vor sich stehen. Während er sein Jagdschwert vom Gürtel riss, traf ihn ein Brantenhieb an der linken Schulter und warf ihn auf den Rücken. Die Bestie stürzte sich auf ihn. Er stemmte ihr das Schwert entgegen, spürte noch, wie die Klinge in den Tierkörper drang und verlor das Bewusstsein. Als er wieder zu sich kam, lastete das Gewicht des toten Bären so auf ihm, dass er kaum atmen und sich bewegen konnte. Hinzu kam noch, dass er linke Arm gefühllos war. Trotzdem konnte er sich befreien. Erschöpft und schmerzgepeinigt spürte er Verzweiflung aufkommen, kämpfte dagegen an, versuchte, sich zu beruhigen: „Nicht aufgeben, nur nicht aufgeben!" Es half. Nüchtern überdachte er seine Lage: „Du sitzt irgendwo im Gebirge in einer Höhle über einer steilen Wand mit einem gebrochenen Fuß und einem unbrauchbaren Arm. Niemand weiß, wo du bist. Dein Pferd steht weit unter dir." Plötzlich schöpfte er Hoffnung: „Das Pferd? Ja, das Pferd! Es könnte mich retten. Mit ihm käme ich zum Dorf. Ich muss zum Pferd! Doch wie, wie klettere ich mit einem Fuß und einer Hand den steilen Hang hinunter? Eine falsche Bewegung ...!" Sein Blick fiel auf den Jagdspeer: „Mit dem könnte ich mich etwas absichern und mit einem Stück davon das Fußgelenk schienen und wenn ich mir aus der Jagdtasche Lederriemen schneide und daraus ein Seil mache, dann schaffe ich es – vielleicht." Als er nach dem Speer griff, hörte er Fauchen, sah eine zum Sprung geduckte riesige Katze mit langen Zähnen. Als sie auf ihn zuflog, dachte er noch: „Der göttliche Vollstrecker?" Der Speer bohrte sich in den Leib der Katze. Ihr Gewicht warf ihn auf den Rücken. Sein Nacken schlug auf einen Stein. Das Genick brach. Oro war tot. In goldenem Licht erschien die Göttin, zog den Speer aus dem Tiger und schloss die Wunde. Der Tiger erhob sich, wieder unversehrt, schüttelte sich und stellte sich neben seinen toten Leib. Die Göttin kniete neben Oro nieder, legte einen beim Aufprall ausgebrochenen Fangzahn der Katze auf Oros Brust und salbte seine Stirn mit dem Nektar der Götter. Er öffnete die Augen, sah, erstmals ohne Blendung, in ihr strahlendes Antlitz. Milde lächelnd reichte sie ihm die Hände, half ihm auf. Oro betrachtete gleichmütig seinen toten Körper und prüfte vorsichtig die Beweglichkeit seiner wieder unversehrten Glieder. Die Göttin sagte: „Komm! Ich bringe dich zu deinem Vater." Als er zögerte, beruhigte sie ihn: „Du musst dich nicht sorgen. Dein Sohn wird dein Blut vererben, deine Sippe gründen. Sie wird über viele Generationen bestehen. Mit dem Zahn dort können deine Nachkommen und Auserwählte den Tiger rufen. Er wird ihnen helfen, wenn es die Vorsehung erlaubt. Aliana wird dir bald folgen und auch mancher deiner Nachkommen und irgendwann auch die Nachkommen deiner Tochter und das ganze restliche Volk der Scorpio. So ist es bestimmt!" Sie nahm seine Hand, zog ihn zum Ausgang, sagte nochmal: „Komm!", und sie glitten Hand in Hand, gefolgt von dem Tiger, in den Nebel der Sterne.

Aliana wartete die ganze Nacht auf Oro, dachte an seine Träume, ahnte Unheil, ritt beim ersten Licht los, ihn zu suchen. Sie kannte das Gebiet, in dem er öfter gejagt hatte, entdeckte Hufabdrücke, folgte ihnen und fand sein Pferd. In der Steilwand sah sie Kletterspuren, losgetretene Steine, abgerissene Sträucher, kletterte ihnen nach und wäre auf dem Plateau beinahe auch in den Spalt gestürzt. Nach einem Blick in die darunter liegende Höhle suchte sie nach einem Zugang, fand ihn, blickte in die Höhle, erstarrte: „Oro zwischen einem riesigen Tiger und einem mächtigen Bären – tot! Der Große Jäger von wilden Tieren getötet?" Sie wandte sich ab, mochte es nicht glauben, kämpfte zitternd gegen Schwäche und Schwindel. Nachdem sie sich etwas beruhigt hatte, ging sie zu ihm, blickte in sein wächsernes Gesicht und auf die toten Tiere, erinnerte sich an seine Träume und ihre Ahnungen: „Keiner entrinnt dem Schicksal und der Vorsehung!" Als sie sich über den Leichnam beugte, atmete sie den berauschenden Duft der göttlichen Ambrosia ein, wurde zur Seherin und sah hinter den Sternennebeln Oro, den Götterenkel, bei den Seinen, zu seinen Füßen die Katze, die Vollstreckerin der Vorsehung. Der Tiger, nur er, konnte das Leben beenden, das er dem Amulett getreu stets beschützt hatte. Sein Zahn war nun Schutz von Oros Nachkommen. Als sie aus der Trance erwachte, strich sie dem Leichnam liebevoll über die duftende Stirn, nahm den Zahn von seiner Brust und das Skorpion-Amulett von seinem Hals, verließ die Höhle und verschloss sie mit herab gestoßenen Felsbrocken, Steinen und Erde. Niemand, weder Mensch noch Tier, sollten Oros Leichnam je finden.

Erst während des Ritts zurück zur Siedlung wurden Aliana die Folgen von Oros Tod voll bewusst. Heimatlos musste sie nun in fremden Ländern ihr Kind allein beschützen. Bei den Skolotei konnten sie nicht immer bleiben, musste sie doch ihr Volk finden, um ihrem Versprechen, ihm bei Gefahren beizustehen, gerecht zu werden. Ihr Ritt wurde langsamer, ihre Gedanken vermischten sich immer mehr mit Sorgen und Erinnerungen, ballten sich zu Ängsten, wurden zu Verzweiflung, wurden unerträglich. Ein Leben ohne Oro erschien ihr zunehmend sinnlos. Sie sehnte ihren Tod herbei. Doch die den Scorpio eigene Unnachgiebigkeit und ihr Glaube an göttlichen Schutz bewahrten sie vor Selbstaufgabe. Sie besann sich, raffte sich auf, dachte an die Verantwortung für ihren Sohn, den Hoffnungsträger ihres Volkes, und unterwarf sich ihrem Schicksal. Sie allein war jetzt Orions Familie, musste ihm den Vater ersetzen und überlegte: „Wie kann ich ihn trösten, was erzähle ich ihm vom Leben und Sterben des Großen Jägers? Soll er von der urzeitlichen Herkunft seiner Eltern, von den Mythen ihrer und damit auch seiner Abstammung wissen oder von der Göttin, der Freundin seines Vaters, die ihn an den Himmel holte? Was soll er von seiner Bestimmung erfahren? Was würde ihn verwirren? Wofür ist er noch zu jung?" Sie fand keine Antworten, erreichte unentschlossen das Haus des Schamanen. Orion sprang ihr freudig entgegen, sah ihr ins Gesicht, erblasste. Halb fragend, halb wissend stammelte er: „Vater ist tot?" Aliana rang um Fassung, nahm ihn weinend in die Arme. Der Schamane kam, ahnte das Geschehene, brachte sie in die Hütte und gab ihnen beruhigenden Tee. Aliana drückte ihren Sohn an sich, spürte seine Gefühle, versuchte, ihn zu trösten, erzählte ihm von der göttlichen Abstammung seines Vaters und von seinem letzten Kampf, in dem er unbesiegt starb. Auch von ihrer Herkunft berichtete sie, von ihrem Volk, das vor der Zeit lebte und wohl auch jetzt noch lebt und von ihrem Versprechen, zu ihm zurückzukehren, wenn es das Schicksal verlangt. Von seiner eigenen Bestimmung sprach sie nicht.

Es dauerte lange, bis Orion sich mit dem Verlust seines Vaters einigermaßen abgefunden hatte. Aliana war stets an seiner Seite, ging sogar mit ihm jagen, doch ersetzen konnte sie Oro nicht. Monde später sah sie in seherischen Momenten Gefahren für ihr Volk heraufziehen, wollte ihr Versprechen erfüllen, wollte zu ihm. Orion ließ sie, um ihn nicht zu gefährden, während ihrer Suche bei der Schamanenfamilie. Einer Eingebung folgend, legte sie ihm beim Abschied das Skorpion-Amulett um: „Das ist die Gabe eines mächtigen Gottes. Er schenkte es seinem Sohn, dem ersten König der Scorpio. Alle Scorpio-Könige trugen es. Der letzte gab es deinem Vater. Nun sollst du es haben. Hüte es sorgsam und gib es an einen deiner Söhne weiter und der soll es an einen der seinen weitergeben und so fort. Versprich es!" Er versprach es.

Aliana folgte den vagen Hinweisen des Schamanen, ritt an den Ufern des dunklen Meeres entlang, dann nach Westen, in die endlosen Ebenen. Dort suchte sie in allen Richtungen, ohne Erfolg. Schließlich ritt sie traurig zurück und traf in menschenleerer Umgebung plötzlich eine alte Frau, die sich ihr in den Weg stellte und ihr Pferd zügelte. Aliana begehrte auf, griff nach ihrem Schwert. Die Alte verlangte völlig unbeeindruckt in herrischem Ton: „Such weiter!", wies die Richtung und war verschwunden. Die Königin ahnte, wem sie begegnet war, folgte dem Hinweis und fand gegen Abend eine kleine Siedlung. Die Leute kannten ein Volk, wie sie es beschrieb, erzählten: „Das sind sonderbare, geheimnisvolle Menschen. Doch sind sie friedlich und gute Nachbarn, helfen bei Not und Leid. Sie leben gegen Sonnenuntergang nur einen Tagesritt entfernt." Am nächsten Morgen ritt Aliana voller Hoffnung, aber auch mit Angst vor einer neuen Enttäuschung in die genannte Richtung und sah gegen Abend eine palisadenumsäumte Stadt mit einem großen Platz in der Mitte und darauf die Fahne der Urzeit, ihre Standarte. Zitternd, von Gefühlen überwältigt, glitt sie aufschluchzend vom Pferd und setzte sich mit Freudentränen in den Augen auf einen Stein. Als sie sich etwas beruhigt hatte, ging sie, das Pferd am Zügel, erwartungsfroh, aber auch beklommen zur Stadt: „Wird man noch von mir wissen? Was wird noch sein wie damals, in der Zeit vor der Zeit?" Doch Freude vertrieb die Zweifel schnell. Sie sprang aufs Pferd, rief laut: „Mein Volk! Mag es sein, wie es will, mein Volk!" Und preschte an einem Torwächter vorbei, staunte: „Ein Krieger, keine Kriegerin?" An der Standarte auf dem großen Platz traten ihr zwei bewaffnete Frauen entgegen, fragten nach ihrem Begehr. Spontan sagte sie: „Ich will zu Alkione."

„Wen sollen wir melden?"

„Sagt, die Mutter ist da!"

Die Kriegerinnen wurden misstrauisch, dachten verunsichert: „Eine Verrückte?! Vielleicht?" Aliana wurde gebieterisch: „Geht nun, meldet mich!" Eine der Wächterinnen ging zu einem großen Haus, Aliana ihr nach. Am Eingang wartete schon eine junge Frau, neigte ihr Haupt und reichte ihr ein Amulett: „Sei willkommen, Königin! Ich bin Alkione. Dein Kommen wurde mir offenbart." Aliana nahm die kleine Plastik, strich zärtlich über die glatte Katzenfigur, reichte sie zögernd zurück und zog aus ihrer Gürteltasche den Fangzahn: „Er ist von dem Tiger, der deinen Urahn, den Vater der ersten Alkione, tötete. Oro ist jetzt bei den Seinen." Sie deutete nach oben und erzählte, was sie als Seherin erfahren hatte: „Der Tiger ist ein göttliches Tier und das Amulett ist sein Abbild. Nun weilt er bei Oro. Mit dem Zahn kannst du die Katze rufen, sie wird dich und deine Nachkommen schützen, wenn es so vorgesehen ist." Sie hielt inne. „Hast du schon Nachkommen?" Alkione schüttelte den Kopf. Später, bei Brot und Tee erzählte sie: „Aus Überlieferungen kennen wir unsere Vergangenheit, wissen vom trennenden Streit und verderblichen Wortbruch, der uns zum Fluch wurde, aber auch von der Möglichkeit einer Wiedervereinigung unseres Volkes. Nach deinem Fortgang haben wir uns allmählich den anderen Völkern angepasst, sind ihnen ähnlich geworden, sind nicht mehr das ‚Frauenvolk', das du verlassen hast. Doch über Krieg und Frieden, unsere Wanderwege und alle lebenswichtigen Fragen entscheiden auch heute noch allein Frauen. Deine Nachkommen, Königin, waren stets die Führerinnen des Volkes, hießen alle Alkione und trugen das Amulett. Wir leben hier schon im siebten Jahr, leben in Frieden und leben nicht schlecht. Jetzt, mit dir, können wir vielleicht immer bleiben." Das glaubte Aliana nicht, wollte ihr die Hoffnung aber nicht nehmen.

Inzwischen war es Nacht geworden. Alianas Kommen hatte sich rumgesprochen. Auf dem großen Platz hatte sich bei weit leuchtenden Feuern das Volk versammelt, wartete neugierig auf die Gründerin ihres Fürstinnengeschlechts. Als Alkione und Aliana in den Schein der Flammen traten, verstummte die Menge. Die Fürstin rief: „Scorpio, hört! Ein Wunder geschah! Die Götter gaben uns die Führerin unseres Volkes, unsere erste Königin, aus der Zeit vor der Zeit, zurück. Sie blieb damals bei uns, als Axzares mit vielen Helden und Heldinnen zum Urmeer zog und ist nun wieder eure und meine Königin. Sie wird uns beschützen wie in der Urzeit." Das Volk jubelte. Aliana trat vor: „Ihr wisst von mir, als ich bei euren Ahnen war. Doch wisst ihr nicht, warum ich euch einst verließ, wohin ich ging und woher ich jetzt komme. So hört!" Sie berichtete kurz über ihre Zeit mit Oro, erzählte von seinem Tod und der Heimholung an den Himmel durch die Göttin, sprach ausführlich über ihren Sohn, der bei den Skolotei lebt und als Gründer der Sippe eines Sonnenhüters mit seinen Nachkommen die Prophezeiung erfüllen wird. „Wann das geschieht, weiß ich nicht!", waren ihre Schlussworte. Raunen erfüllte den Platz. Unruhe verbreitete sich. Sie stieß die Faust gen Himmel und rief: „Wann auch immer, unser Volk wird am Himmel wieder vereint. Das weiß ich gewiss!" Nun jubelten die Menschen und feierten. Die Fürstinnen zogen sich zurück. Beim Abendessen erzählte Alkione vom Volk, berichtete, wie es sich zusammensetzt, wie viele von ihnen Kriegerinnen oder Krieger sind und wie es sich ernährt. Aliana erzählte von dem langen Schlaf, den Kämpfen und Kriegen, der Suche nach den Scorpio und, mit einer unheilvollen Ahnung, von der Flucht der einst so mächtigen Sarmaren vor stetig weiter nach Sonnenuntergang drängenden Reiterhorden: „Bald wird auch hier Krieg, Elend und Vertreibung sein und wir werden wieder kämpfen müssen." Beunruhigt holte Alkione einen beinernen Schrein, entnahm daraus die heilige Chronik des Volkes, reichte sie der Königin: „Das heilige Buch, du kennst es. Es ist ja auch ein Teil der Prophezeiung. Wird es weiter bei uns sicher sein?" Aliana wog das Buch in ihren Händen: „Vielleicht? Vielleicht auch nicht! Bewahre es gut! Es ist schwer geworden. Viel ist geschehen, seit ich es das letzte Mal in Händen hielt?" Müde blickte sie um sich. „Lass mich nun ruhen – bei meinem Volk!" Alkione wies ihr ein bequemes Lager, wünschte ihr gute Träume und mischte sich glücklich unter die Feiernden.

Monde später wurde Alianas Prophezeiung wahr. Sie hörte in tiefer Nacht laute Stimmen und das Schnauben unruhiger Pferde. Vor dem Haus lehnten im Fackelschein zwei Späherinnen an ihren schweißnassen Tieren: „Königin, grausame Reiter kommen uns erbarmungslos mordend und plündernd immer näher, sind nur noch wenige Tagesritte entfernt. Not und Elend folgen ihnen nach; blutgetränkt ist ihr Weg. Wehe uns, wenn sie uns finden!" Sie schwiegen in der Hoffnung auf Zuversicht und Trost. Doch Aliana blickte nur in sich gekehrt auf die Standarte. Schließlich wandte sie sich an die inzwischen hinzugekommenen Scorpio: „Seht, die Strafe des Eidbruchs trifft uns wieder. Das endlose Wandern geht weiter. Diesen Horden sind wir unterlegen. Sie haben schon Völker unterjocht, vernichtet oder vertrieben, die weit größer und mächtiger waren als wir. Geht nun und kommt morgen beim ersten Licht vor das Tor!"

Im Morgendunst trat Aliana vor ihr Volk: „Schwestern! Waren wir einst als ‚Frauenvolk' auch unbesiegbar, so sind wir es jetzt, trotz des Beistands der Männer, nicht mehr. Wir müssen diesem Feind weichen und er wird nicht der letzte sein, dem wir weichen müssen. Doch ich weiß ein Land, wo wir Ruhe finden können, ein weit entferntes, unbekanntes, für Reiter unzugängliches Land. Ein Land mit unendlichen, undurchdringlichen Wäldern, hohen, schroffen Bergen, tückischen Mooren und langen, eisigen Wintern, doch ohne Steppen und Ebenen. Das Leben dort ist mühsam. Doch die wenigen Bewohner sind friedlich, freundlich und hilfsbereit. Dort wären wir willkommen und fänden endlich Frieden und Ruhe. Der Weg ist zwar weit, doch leicht zu finden. Der unbewegliche Stern", sie blickte zum nördlichen Himmel, „zeigt ihn uns. Das Land liegt unter ihm und muss unser Ziel sein, jetzt und solange wir auf Erden wandern. Denn dort, und nur dort, so ist es bestimmt, kann sich die Prophezeiung erfüllen. Bereitet euch also auf einen weiten Weg, auf eine lange Wanderung vor, nehmt nur mit, was ihr unbedingt braucht und wenig hinderlich ist." Verängstigt und traurig zerstreute sich das Volk und kehrte gegen Mittag mit Wagen und Lasttieren zurück. Aliana, in voller Rüstung, Kriegerin wie einst, ordnete hoch zu Ross den Treck. Sie selbst ritt mit dem heiligen Buch an der Spitze, neben ihr Alkione mit der Standarte, dahinter der Rat der Frauen, das Heer und das Volk. Zur Beobachtung der Feinde blieben Späher zurück. Um die Treckspuren zu verwischen, schleiften Reiter, weit aufgefächert, Reisigbündel und Büsche hinter den Scorpio her. Nach einigen Tagen, viele glaubten schon, sie seien entkommen, holte ein verwundeter Späher sie ein und berichtete: „Die Steppenreiter fanden unsere Siedlung, fanden unsere Spuren, folgen uns, sind schon nah. Wir griffen ihre Vorhut an, töteten einige, mussten den vielen aber weichen." Aliana blickte auf den weit um sie lagernden Tross, mit dem schnelles Vorwärtskommen unmöglich war, und wandte sich an den Rat: „Wir müssen nun doch kämpfen, uns verteidigen, so gut es geht, haben aber allein keine Chance! Wir brauchen Hilfe. Ich kann sie holen, benötige aber mehr Zeit. Unsere besten Reiterinnen sollen sie mir schaffen, sollen in zwei Gruppen die Horde von verschiedenen Seiten abwechselnd angreifen, sie reizen, fliehen und in die Irre führen. Solange sie unseren Kriegerinnen folgen, folgen sie nicht uns. Kämpfen sollen die Frauen aber nicht, es wäre Selbstmord. Und entkommen kann das ganze Volk der Horde dadurch auch nicht. Der Tross ist zu schwerfällig!" Sie schwieg einen Moment, erklärte dann: „Ich reite zu den Skolotei. Sie sind in der Nähe, sind uns wohlgesonnen und sind die Einzigen, die unseren Feinden an Mut, Zähigkeit und Anzahl ebenbürtig sind. Es wird etwa zehn Tage dauern, bis ich zurück bin – hoffentlich mit einem großen Heer." Zu Alkione gebeugt ergänzte sie leise: „Wenn der Kampf beginnt, werde ich da sein, mit oder ohne Skolotei." Sie packte das alte Buch und etwas Proviant in die Satteltasche, band ein Beipferd an ihren Sattel und galoppierte nach Osten.

Drei Tage ritt sie vom ersten Licht bis in die Dunkelheit, wechselte häufig die Pferde, machte keine Pausen. Dann glitt sie vor dem Haus des Schamanen erschöpft aus dem Sattel und stand vor dem Alten. Bevor sie noch fragen konnte, sagte er: „Dein Sohn ist wohlauf, ist schon ein guter Jäger, bringt immer Beute heim und reitet fast besser als wir." Als er merkte, dass sie trotzdem noch besorgt war, fügte er hinzu: „Orion versprach, gefährliches Wild zu meiden." Aliana war erleichtert, dankte dem Schamanen. Im Haus wurde sie freudig begrüßt und bewirtet. Dabei erzählte sie von der verzweifelten Lage ihres Volkes und wandte sich an den Schamanen: „Du und ich, wir folgen unseren Bestimmungen, kennen unsere Pflichten und erfüllen sie." Der Schamane nickte: „Es ist, wie du sagst. Ich spürte eure Not. Was soll ich für dich und dein Volk tun?"

Sie blickte ihm beschwörend in die Augen: „Siehe, weiser Mann, dein Volk ist das mächtigste diesseits des großen Gebirges. Jenseits sind es die Sung-ni. Sie waren einst unsere Freunde – sind es nun nicht mehr. Mordend und plündernd dringen sie mit anderen Reiterstämmen und vagabundierendem Kriegsvolk Richtung Sonnenuntergang vor. Eine große Horde von ihnen verfolgt uns. Sie ist uns weit überlegen. Holt sie uns ein, werden sie viele töten und die übrigen versklaven." Sie schloss die Augen, blickte dann an dem Alten vorbei ins Leere: „Diese Horden werden auch euch nicht verschonen. Ihr werdet euch in blutigen Schlachten und erbitterten Kämpfen wehren müssen. Wenn ihr jetzt helft, unsere Verfolger zu vernichten, werdet ihr jedenfalls diese Horde nicht im Rücken haben und hättet bei ihrer Vernichtung auch noch meine Kämpfer zur Seite." Der Alte lächelte: „Du nennst gute Gründe, euch zu helfen. Leider kann ich nicht über deine Bitte entscheiden. Über Krieg und Frieden beschließt der Hohe Rat. Ich reite sogleich zu ihm und bringe dir morgen seine Entscheidung." Er ging. Sie schlief ermattet ein, träumte von Orion, bis ein Geräusch sie weckte. Er stand vor ihr, ließ zwei Waldhühner fallen und kuschelte sich an sie. Sie strich ihm übers Haar, streichelte seine Wangen. Die Frauen kamen hinzu, kritisierten scherzhaft Orions Beute, neckten ihn, erzählten von seinen Streichen und Heldentaten und plauderten mit Aliana. Die Königin genoss entspannt die sorglose Fröhlichkeit. Als es Nacht wurde, holte sie das alte Buch, erzählte Orion von seiner Bedeutung und der Verantwortung eines jeden, dem es anvertraut ist. Dabei wurde sie ernst und hoheitsvoll, flüsterte mit dunkler Stimme: „Bei mir und meinem Volk ist das Buch nicht mehr sicher. Du, Orion, Sohn des Sonnenhüters Oro, du sollst es nunmehr bewahren. So ist es bestimmt. Dir und deinen Nachkommen ist es hiermit anvertraut, bis mein Volk es zurückverlangt. Gib es am Ende deines Weges weiter. Gib es dem besten Jäger unter deinen Söhnen und der soll es dem besten seiner Söhne geben und so fort." Plötzlich durchlief sie ein Schauer, Schweiß trat ihr auf die Stirn. Sie stammelte: „Ich sehe mich und mein Volk in grausamer Schlacht auf blutgetränktem Felde. Doch jetzt umfasst mich tiefe Finsternis." Sie schüttelte sich, erwachte zitternd aus der Trance, zog den verängstigten Orion an sich: „Es muss nicht alles eintreten, was ich sehe. Oft sind es nur böse Träume." Sie nahm das Buch, blätterte darin, drückte es an die Stirn und reichte es ihm. Er wich zurück. Aliana legte seine Hand sanft auf das Buch: „Fürchte es nicht, es ist nicht bedrohlich. Auch dieses Buch schenkte, wie schon das Amulett, der mächtige Gott seinem Sohn, dem Gründer unseres Volkes. Es ist Teil unseres Schicksals. Sei getrost, der Gott wird sein Geschenk schützen und dir zur Seite stehen." Orion verschwand mit dem Buch in der früheren Kammer seiner Eltern, war gleich wieder da und erzählte von seinen kleinen Abenteuern und „großen" Jagderfolgen. Gegen Mittag des nächsten Tages trat der Schamane lächelnd in die Hütte: „Dein Wunsch wird erfüllt, Königin. Am Abend kommt ein Heer, geführt von Fürst Karmak – möge es siegen!" Als er ihr in die Augen blickte, erschrak er: „Scheue die Dunkelheit, Herrin. Sie bringt dir Unheil." Aliana nickte: „Ja, es ist so bestimmt und wird so kommen. Keiner kann es ändern. Lassen wir es geschehen." „Ja", stimmte er zögernd zu: „So sei es denn." Aliana bestätigte traurig: „Ja, so sei es." Später hörten sie Getümmel. Das Heer des Fürsten sammelte sich vor dem Dorf. Im ersten Licht des nächsten Morgens ritt Aliana zu ihm. Von Orion hatte sie sich schon am Abend verabschiedet. Doch als sie ihn mit Tränen in den Augen winkend am Dorfrand stehen sah, kehrte sie um, umarmte und segnete ihn, verharrte einen Augenblick, innerlich zerrissen von Mutterliebe und Verantwortungsbewusstsein, sprang dann nach einer letzten Umarmung wieder aufs Pferd und preschte zu Karmak. Der Fürst befahl: „Aufbruch!", die Pferde trabten an, fielen in Galopp und verschwanden hinter einer Staubwolke.

Nach vier Tagen kamen sie in die Gefilde „Yamai"; einem weiten Hügelland, durchzogen von Heideflächen, bewaldeten Tälern und kleinen Flüssen. Späher berichteten, das Scorpio-Volk lagere einen halben Tagesritt entfernt in einem Tal, seine Verfolger einen Tagesritt von ihm entfernt. Der Fürst wollte die Horde sofort angreifen. Aliana hielt ihn aber zurück, überzeugte ihn von den Vorteilen gemeinsamen Handelns mit ihren Kriegern. Wenig später ritten zwei Scorpio-Späherinnen dem Heer entgegen, direkt zu Aliana:

„Dank den Göttern! Du bist zurück! Das Heer sahen wir schon in der Morgendämmerung, wussten nicht, ob Freund oder Feind. Dich erkannten wir erst jetzt."

Die Kriegerinnen berichteten vom Geschehen während ihrer Abwesenheit und erzählten, dass ihre List erfolgreich die Verfolgung des Volkes verzögert hatte. Aliana wies auf das Heer: „Das sind Skolotei. Sie werden uns helfen. Ihr Anführer ist Fürst Karmak. Reitet nun zu Alkione und kündet uns an." Am späten Abend erreichte das Heer die Wagenburg der Scorpio, schlug die Zelte auf und bereitete sein Essen. Neugierige vom Volk gesellten sich zu ihnen, verständigten sich gestenreich und freundeten sich an. Aliana war mit dem Fürsten zu Alkione geritten. Die Wächterinnen begrüßten ihre Königin freudig, den Fürsten scheu, verwirrt von seiner imposanten Erscheinung. Er merkte ihre Unsicherheit, wollte ihr entgegenwirken, erwiderte ihren Gruß besonders freundlich. Das aber verwirrte sie noch mehr. Alkione trat zu ihnen, umarmte die Königin, sah Karmak, und war sofort fasziniert. Ihm ging es nicht anders. Er konnte seine Blicke nicht von ihr abwenden. Das wiederum verwirrte Aliana: „Kennt ihr euch?" Der Fürst schüttelte etwas verlegen den Kopf. Alkione errötete, wurde förmlich. Später beobachtete Aliana schmunzelnd, wie sich beide immer wieder verstohlen ansahen. Die aufkeimenden romantischen Gefühle wichen aber schnell, als sie die Verteidigung der Wagenburg planten. Zurück bei den Skolotei erklärte Karmak seinen Truppführern den Schlachtplan und zog sich zurück. Die beiden Frauen blieben im Zelt, sprachen über die unvermeidliche Schlacht und die Zukunft des Volkes. Die Königin sah düstere Zeiten kommen: „Der Ausgang der Schlacht ist ungewiss, gewiss ist jedoch, dass wir viele Tote beklagen werden. Aber wie auch immer, sie werden nicht die letzten sein. Weitere Kämpfe und Kriege und auch weitere Vertreibungen und Wanderschaft werden folgen. Das heilige Buch wäre bei euch nicht mehr sicher und ich werde es auch nicht mehr schützen können. Ich habe es deshalb zu den Skolotei mitgenommen und meinem Sohn gegeben. Er und nach ihm seine Sippe werden es über die Zeiten hinweg bewahren und, wenn ihr es verlangt, werden sie es zurückgeben. Orion lebt bei einem weisen Schamanen, der seine göttliche Abstammung und das Schicksal unseres Volkes kennt. Die Skolotei werden nicht nur meinen Sohn, sondern auch das Buch beschützen, bis er es selbst vermag." Alkione blickte traurig ins Feuer. Aliana versuchte, sie abzulenken, necke sie mit Karmak: „Der Fürst ist doch wirklich ein stattlicher Mann, ein gefürchteter Krieger, großer Herrscher und seinen Freunden gegenüber ein liebenswürdiger, freundlicher Mensch. Der wäre doch was für eine Scorpio-Fürstin?" Über Alkiones Gesicht huschte ein Lächeln: „Ja, schon! Er wäre der Richtige."

Noch bevor der Morgen graute, ließ Karmak das Lager abbrechen und verbarg sich mit seinen Kriegern in den dichten Wäldern beiderseits des Tales. Aliana prüfte derweil in der Wagenburg die Barrikaden und sprach den Verteidigern Mut zu. Es dauerte nicht lange, bis im ersten Sonnenlicht die wilde Horde mit gellendem Geschrei heranstürmte und einen Pfeilhagel auf die Wagenburg schoss. Doch kaum ein Pfeil traf einen der gut geschützten Verteidiger. Die hingegen trafen mit gezielten Schüssen viele Angreifer oder Pferde, die zusammenbrechend ihre Reiter unter sich begruben oder verletzt in wilder Panik davonstoben. Nach mehreren solchen verlustreichen Angriffen wechselte die Horde die Taktik, versuchte nun, Lücken in die Verschanzung zu reißen oder sie mit den Pferden zu überspringen. Ein verbissener Nahkampf begann. Schließlich gelang es Einzelnen, die Barrikaden zu überwinden. Andere drängten nach. Für die Verteidiger wurde die Situation gefährlich. Für die Skolotei war es der Moment, den Feinden in den Rücken zu fallen und sie von beiden Seiten zu bedrängen. Verwirrt wandte sich der größte Teil der Horde dem neuen Gegner zu. Auf dem Vorfeld der Wagenburg begann eine wilde, hin und her wogende Schlacht. Als auch die Skolotei aufgrund der gegnerischen Überzahl in Bedrängnis gerieten, stürmten die Scorpio aus der Wagenburg, trieben die dort gebliebenen Feinde vor sich her und schlossen den Kessel. Die Horde musste sich nun nach allen Seiten verteidigen. Zusammengedrängt behinderten sie sich gegenseitig und konnten ihre zahlenmäßige Überlegenheit nicht mehr nutzen. Als das Tageslicht schwand, versuchte der geschwächte Rest der Feinde, in Keilform den Kessel zu sprengen. An der Spitze kämpfte der Häuptling, der Stärkste ihrer Krieger. Er wütete gegen die Skolotei, zwang sie zu weichen. Als Karmak das sah, galoppierte er über das Schlachtfeld, sprang vom Pferd und stürmte auf den Häuptling zu. Der erkannte in ihm den gegnerischen Anführer, rannte ihm mit Gebrüll entgegen. Es wurde ein dramatischer, gewaltiger Kampf. Staunend hielten Krieger beider Parteien inne, ließen nach und nach die Waffen sinken und beobachteten nur noch das Geschehen. Berichte vom Häuptlingskampf verbreiteten sich über das ganze Schlachtfeld. Bald herrschte in großen Teilen eine Art Waffenruhe. Als Aliana davon erfuhr, ritt sie, von Feinden kaum behelligt, zum Platz des Zweikampfes und stellte sich zwischen die Staunenden. Beide Anführer waren erschöpft, bluteten aus vielen Wunden, doch keiner wich. Ihre Schwerter klirrten weiter aufeinander oder hämmerten auf die Schilde. Als der Fürst Ermattung spürte, sammelte er seine Kräfte und stürzte sich mit der Wucht seines ganzen Körpers auf den Häuptling. Diesem Angriff konnte der Räuber nicht standhalten. Er fiel auf den Rücken. Karmak kniete blitzschnell auf seinen Armen und griff nach dem Dolch. Im gleichen Augenblick sah Aliana, wie einer der Horde seinen Bogen hob und auf den Fürsten zielte. Um Karmak mit ihrem Schild zu decken, sprang sie zu ihm und geriet in die Flugbahn des Pfeils. In den Rücken getroffen, sank sie neben dem Fürsten und dem toten Häuptling in den Staub. Die Schlacht entbrannte aufs Neue. Im Mondlicht trieben die Verbündeten die Feinde nun vor sich her. Führerlos irrten die Verbliebenen der Horde in kleinen Gruppen oder einzeln über das Schlachtfeld. Die Skolotei verfolgten sie erbarmungslos, hieben nieder, wen sie erreichten. Kaum einer entkam. Karmak saß, von Kriegerinnen des Volkes umringt, bei Aliana. Er hatte ihr den Pfeil aus dem Rücken gezogen und ihr Haupt auf seinen Schoß gebettet. Bleich blickte sie mit weit geöffneten Augen zu den glitzernden Sternen: „Fürst", flüsterte sie, „sage meinen Sohn, er soll nicht traurig sein. Ich werde jetzt heimgeholt zu den Meinen am Himmel. Beschütze du ihn auf Erden. Meinen Leib lass hier bestatten nach Art deines Volkes." Er strich ihr beruhigend über das Haar. „Alles wird so sein! Ich verspreche es! Dein Sohn wird für mich sein wie mein eigener. Von deiner Tapferkeit werde ich ihm erzählen und von deiner Tat, die mich am Leben hielt." Aliana versuchte zu lächeln. Während ihre Lippen sich noch bewegten, erloschen ihre Augen. Ihr Körper spannte sich kurz und erschlaffte. In selben Moment erhob sich ein brausender Wirbelsturm, trieb den Staub des Schlachtfeldes in die Höhe und verdunkelte den Mond. Aus der Düsternis schwebte ein großer Schatten zum Leichnam. Karmak bedeckte die Augen, wich erschrocken zurück. Als er die Hand wieder sinken ließ, sah er ein dunkles Tier, ähnlich einem Skorpion, zu den Sternen schweben: „So ist es denn wahr, was man erzählt. Die Helden dieses rätselhaften Volkes werden an den Himmel geholt." Auch Alkione hatte es gesehen, drängte sich durch die Kriegerinnen, kniete neben Aliana nieder und schloss ihr sanft die erloschenen Augen. „Sie wurde heimgeholt!", sagte sie leise. Karmak nickte: „Ja, ich habe es gesehen."

Die Kriegerinnen der Scorpio trugen ihre tote Königin ins Lager, wuschen und salbten ihren Körper, kleideten ihn festlich und gaben der Toten die goldenen Insignien der Königin bei. Dann bahrten sie den Leichnam unter der alten Standarte auf. Während die Frauen Totenwache hielten, bauten Männer hinter dem Lager eine große kreisförmige Höhle aus Steinen, kleideten sie mit Baumstämmen aus und bereiteten darin Alianas letzte Ruhestätte. Gegen Mitternacht kam Karmak in die Wagenburg, verneigte sich vor der Toten und ging zu Alkione. Traurig saßen sie zusammen, sprachen über Kampf und Tod und trösteten sich mit der Heimholung Alianas. Karmak staunte noch immer: „Ich sah, wie ihr Körper starb und fühlte, wie ihr Leben blieb." Leise fügte er hinzu: „Sie wird bei den Sternen glücklicher sein als hier." Lange erzählten sie sich von Sagen und Prophezeiungen, sprachen über den kleinen Orion und seine Zukunft, wurden vertraut und gaben sich ihren Gefühlen hin. Als das Feuer erlosch, schmiegte sich Alkione an Karmak. Sie umarmten und küssten sich, schlüpften unter die Felldecken und blieben bis gegen Mittag zärtlich vereint im Zelt. Danach folgten sie Alianas Leiche zum Grabhügel, beteiligten sich an den Ritualen und verweilten schließlich als Letzte am Grabhügel. Alkione fasste zärtlich die Hand des Fürsten, blickte ihm traurig in die Augen: „Wir müssen uns jetzt trennen – für immer. Doch ich werde etwas von dir behalten – auch für immer!" Er sah sie neugierig an. Doch sie küsste ihn, lief zum Lager, rief nur noch über die Schulter: „Es wird ein Mädchen." Am Nachmittag zogen die Skolotei mit reicher Beute vom Schlachtfeld und aus dem Lager der Horde heim und tags darauf wanderte das Volk weiter.

Am Ende der Erzählung stand: „Ich, Orion, Sohn des Oro und der Aliana, von Fürst Karmak angenommen als eigener Sohn, habe in meinem sechzehnten Sommer bei den Skolotei die Geschichte meiner Eltern in das Buch geschrieben."

Poserich fügte hinzu: „Orion und seine Nachkommen wurden berühmte Jäger. Sie verwahrten Amulett und Buch, wie versprochen. Nach den Gefilden Yamais, wo das Volk seine Freiheit verteidigte und Alianas Grabhügel steht, wurde es künftig genannt. Erst von den Menschen rund um das Schlachtfeld, dann in Erzählungen und Legenden und später nannte es sich selbst so. Erst nach einer noch mehrere Jahrhunderte dauernden Wanderung durch Steppen und Wälder, Gebirge und Wüsten erreichten sie das von Aliana genannte Ziel. Jetzt leben sie schon seit vielen, vielen Jahren weit im Nordosten Asiens auf einer unzugänglichen Hochebene, abgeschirmt von den Menschen durch Schnee und Eis, durch Gebirge und Wälder. Ich bin ein Nachfahre Orions und durch seine Mutter sind die Yamai auch mein Volk."

Versunken im historischen Geschehen blickte ich aus dem Flugzeugfenster und glaubte einen Augenblick, zu den Sternen zu gleiten. Doch das Brummen der Motoren, das laute Geschwätz der Mitreisenden, der unangenehme, allgegenwärtige süßsäuerliche Geruch, die aufdringliche Nähe einer dicken Sibirierin auf dem Nebensitz und die allgemeine Enge brachten mich brutal in die Wirklichkeit zurück. Sie erschien mir jetzt fremdartig, ja bedrohlich durch den Zwang, mit lärmender Technik unter Menschenmassen modern leben zu müssen. Ich wollte nicht mehr modern sein, wollte keine Menschenmassen um mich haben, die ständig „up to date" sind, dauernd reden, Musik hören, auf Handys starren, rauchen und, und, und … Nur, wo finde ich das? In der Vergangenheit? Ja! In der Gegenwart? Vielleicht beim Alten Volk, den Yamai? Bloß, dorthin wollte ich doch gerade nicht! Aber nun war ich schon wieder unterwegs nach Sibirien, erst mit einem alten Buch, jetzt mit einem Tigerzahn und tat, was ein unbekannter Schamane durch eine grimmige alte Frau von mir verlangte. Muss das sein, muss das wirklich sein? Langsam überkam mich die Gewissheit, ja, es muss! Ich war ein Akteur geworden in dieser wundersamen Geschichte und hatte mich erstaunlicherweise damit auch schon abgefunden. Poserich würde sagen: „Es ist eben, wie es ist!" Resigniert starrte ich aus dem Fenster. Bei der Landung rüttelten heftige Böen das Flugzeug so durch, dass meine dicke Nachbarin spitze Schreie ausstieß, betete und sich an meinen Arm klammerte. Ich blieb stoisch gelassen, dachte ironisch: „Was soll mir schon passieren? Ich hab doch einen Zahn!" Die Landung normalisierte sich, die Frau auch. Dankbar tätschelte sie mir den Arm und winkte mir noch fröhlich zu, als ich in einem Gepäckhaufen nach meinen Sachen suchte. Schließlich fand ich Reisetasche und Rucksack, schleppte sie in eine Art Terminal, setzte mich in einer Ecke auf einen wackligen Stuhl und wartete. Ich sollte abgeholt werden. Menschen kamen und gingen. Begrüßungen und Abschiede wurden zelebriert. Männer in Uniform stolzierten gewichtigen Schrittes ziellos durch die Halle, während in der gegenüberliegenden Ecke eine Holzkiste mit Schachteln und Koffern gefüllt wurde. Mit der Zeit verliefen sich die Leute. Schließlich saß nur noch ein Uniformierter bei der Gepäckkiste und ich wartete weiter, wartete auf Volgan. Er würde kommen, davon war ich überzeugt, aber wann? Von Poserich und aus eigener Erfahrung wusste ich: „Volgan lehnt Uhren ab und ist auch gegenüber Vorgaben aus dem Kalender entspannt." Es vergingen Stunden. Zwischenzeitlich war ich einmal eingenickt und von dem Uniformierten unsanft mit dem Hinweis geweckt worden, dass man hier nicht schlafen dürfe. Daraufhin hatte ich es mir unter den mistrauschen Blicken des Aufpassers auf dem Boden bequem gemacht. Schließlich, es war schon finstere Nacht, erschien mit federndem Gang und fröhlichem Grinsen Volgan. „Ah, du schon da", begrüßte er mich. Damit war jede Möglichkeit einer Beschwerde wegen seiner Verspätung geblockt. Wir schüttelten uns die Hände. Er freute sich, mich zu sehen und ich freute mich über ihn. In einem alten Pick-up fuhren wir über holprige Wege zu einem Häuschen am Dorfrand. Von einer schweigsamen Frau wurde mir eine kleine Mahlzeit hingestellt und eine Schlafstatt zugewiesen. Volgan verabschiedete sich: „Morgen wir zu Radul laufen; du viel gut ruhen." Er verschwand und ich wollte nur noch schlafen.

Im ersten Dämmerlicht rüttelte Volgan mich wach, flüsterte: „Gleich gehen, Tag warm, Mücken viel". Ich rieb mir die Augen, sah ringsum schnarchende Männer, raffte meinen Schlafsack zusammen und stieg über die „Mitschläfer" zur Tür. Mit zwei

Rentieren zogen wir los. Nach einer kurzen Wanderung durch flaches Land mit Mooren und Bächen erreichten wir ein Vorgebirge und waren die Mückenplage los. Der Marsch in der beeindruckenden Berglandschaft mit herrlichen Panoramen wurde zum Vergnügen. Meine Zweifel am Sinn der Reise schwanden. Abends genossen wir die Ruhe unter den Sternen, erzählten uns Jagderlebnisse oder sprachen über kulturelle Unterschiede und Gemeinsamkeiten. Ich erfuhr viel über Brauchtum und Kultur der indigenen Bevölkerung. Doch über den Grund meiner Einladung erfuhr ich nichts. Fragte ich, wich er aus: „Du sehen, alles kommt, wie kommt, du sehen." Ich gab auf: „Es ist ... und so weiter! Ich weiß schon." Gut, ich werde sehen und sah nach knapp einer Woche das Dorf der Radul, sah in der Mitte das große Zelt, daneben die kleineren. Alles, wie Poserich es beschrieben hatte. Ich glaubte sogar, sein Zelt zu erkennen. „Ja", sagte ich, „es hat sich nichts geändert." Volgan sah mich fragend an. Ich lächelte nur. Damit war er zufrieden. Viel zu fragen, war nicht seine Art. Im Dorf begegneten mir die Radul, wie sie einst Poserich begegneten, zurückhaltend freundlich. Auf der Zeltgasse trafen wir Tungortok, Liwanu und den Dritten ohne Namen. Wir wechselten ein paar Worte. Sie wünschten mir viel Glück. Misstrauisch dachte ich: „Wozu? Warum? Habe ich denn viel Glück nötig? Wissen sie mehr als ich?" Vor dem Zelt, von dem ich schon geahnt hatte, es könnte Tatkrets und Poserichs sein, blieb Volgan stehen. Es war tatsächlich das Zelt der Schamanin. Er erklärte: „Früher heiliges Zelt. Jetzt dein Zelt, mein Zelt. Hier wir warten, nicht lange, du sehen." Meine Frage, worauf wir warten und wieso „heilig", überhörte er und verschwand. Ich legte mich auf ein paar Felle, „wartete" und schlief darüber ein. Volgan kam irgendwann mit Proviant und einer Flasche Wodka zurück. Während unserer Tour hatte er nicht getrunken. „Der mag doch Alkohol", dachte ich: „Warum hattest du keinen Wodka dabei?" Er winkte ab: „Du nicht gut denken, wenn ich aufpassen müssen auf dich und trinken. Jetzt du sicher, jetzt ich trinken kann, du auch." Er lächelte, gönnte sich einen nicht allzu kleinen Becher und schenkte mir auch ein. Abends fragte ich: „Wissen die Dorfbewohner, warum ich hier bin?" Er wich aus. Ich gab nicht nach. Schließlich brummte er: „Alle wissen, wer du sein; alle wissen, wohin du gehen; alle wissen nicht, warum und ob du zurückkommen; alle warten." Ich fragte: „Auf was warten sie?"

„Alle nicht wissen, aber warten – vielleicht alle morgen wissen, vielleicht."

Damit war das Thema für ihn erledigt und er erzählte, seine Freunde seien über Poserichs Tod sehr traurig und wollten wissen, wie er starb. Ich schilderte, was ich wusste, und erzählte auch vom großen Schatten, der zu den Sternen flog. Volgan war beeindruckt, doch skeptisch. Man sah ihm an, wie er überlegte. Nach einer Weile nickte er aber in seiner üblichen Art: „Ja. Poserich mitgenommen, ist bei Stern, bei Tatkret. Ich viel froh." In dieser Nacht träumte ich von Zermo in Gestalt eines Skorpions, von einer ganzen wimmelnden Schar dieser Tiere, von Wölfen, die mich verfolgten und im Sternendunst mit den Skorpionen kämpften. Als ich aufschreckte und verstört um mich blickte, sah ich Volgan entspannt am Feuer sitzen: „Du träumen schlecht! Jetzt Angst?" Ich wusste es nicht. Doch es war schon beängstigend, allein die Yamai zu suchen. Vielleicht hatte ich wirklich Angst. Verdrossen kramte ich in meinem Rucksack. Als ich zögernd das Kästchen mit dem Zahn hervorzog, stellte Volgan lakonisch fest: „Du haben Angst!" Ich sagte nur: „Ja!" Er nickte. Ich betrachtete kopfschüttelnd den kleinen Behälter, meinte ironisch: „Was soll mir schon passieren? Ich hab ja einen tollen Zahn!" Volgan merkte den Spott nicht, legte drei Finger an die Stirne, streckte sie in Richtung Kiste und murmelte Beschwörungen. Das weckte bei mir wieder etwas Glauben an den Wunderzahn. Ich hing ihn mir um den Hals. Auch dieser Tag ging zu Ende, ohne dass etwas passierte; „alle warteten" weiter. Am Abend wurde mir die Warterei zu viel. Irgendwas muss geschehen. Ich bat Volgan: „Komm mit! Der Zahn beschützt dich bestimmt auch." Er blickte lange nachdenklich ins Feuer. Die Entscheidung fiel ihm sichtlich schwer. Neugier und Ruhm reizten zum Mitgehen. Das Unbekannte, Unheimliche der Yamai schreckte ab. Leise kam: „Ich dich nicht begleiten kann; ich nicht eingeladen." Das war wahr, aber nicht überzeugend. Ich glaube, vor der Tour selbst hatte er keine Angst, doch vor den Yamai. Er wusste nicht, was ihn dort erwartet. Meine Angst war hingegen der Weg, nicht das Volk. Ich sollte als Mitteleuropäer wagen, was kein Radul je gewagt hatte. Ich sollte allein in eine Wildnis ziehen, die noch nie ein „normaler" Mensch betrat. Die Zweifel am Schutz durch den Zahn kehrten zurück, meine Unentschlossenheit auch. Ich wurde nervös, wollte mich ablenken, ging an die Luft. Kalter Wind ließ mich erschaudern. Ich suchte Schutz im Wald, setzte mich fröstelnd auf einen umgestürzten Baum, vielleicht auf den, auf dem einst auch Poserich und Tatkret saßen. „Yamai oder nicht Yamai?", das war die Frage. Gewiss, das Einfachste wäre heimzureisen. Doch da war noch der nervige, allgegenwärtige Spruch: „Es ist, wie es ist!" Der schien hier unumgänglich und traf erstaunlicherweise auch immer zu. Ich mochte diese „Weisheit" nicht, erschien sie mir doch nur als Floskel, um Hilflosigkeit, Resignation, Phantasielosigkeit zu verbergen. „Ja, schon!", dachte ich. „Doch es ist eben ... verdammt! Da ist sie schon wieder!" Eine größere Motivation für das „Yamai-Abenteuer" war meine fast schmerzhafte Neugier. Ich wollte unbedingt das Alte Volk kennenlernen und den Schamanen sehen, sagte mir: „Wenn du schon bei den Radul bist, kannst du auch zu den Yamai gehen. Sie sollen ja auch nur Menschen sein. Verflixt, also doch: Es ist, und so weiter!" Verdrossen klopfte ich meinen Hosenboden ab und ging ins Dorf. Aus unserem Zelt drangen Stimmen. Volgan hatte Besuch. Am Feuer saß ein Mann. Nach seinem Äußern gehörte er zu Volgans Sippe und sah ihm selbst auch etwas ähnlich. Volgan deutete auf den Gast: „Das Bruder, halber Bruder, hat andere Mutter; heißen Pulmir." Ich sagte auf Russisch: „Guten Abend, Pulmir, wie geht es dir?" Er sagte: „Ja, ja, geht schon; ich bin gekommen wegen dir; du Freund Poserichs, ja?" Ich nickte und setzte mich. Volgan stellte mir einen Becher Tee und ein Glas Wodka hin, hob sein Glas: „sa Sdorowje! Mutter kommen zu Pulmir und sagen, Volgan gehen mit Fremden zu Yamai und nicht kommen zurück, aber nicht schlecht sein das für ihn." Ich fragte: „Und, hat sie auch etwas über mich gesagt? Werde ich auch nicht zurückkehren und ist das für mich auch nicht schlecht?" Pulmir verstand nichts. Volgan schüttelte den Kopf: „Nein, nichts!" Nun war es also entschieden: Ich gehe! Was mit mir beim Volk geschieht, stand offenbar nicht fest, also konnte ich dort noch über mich selbst bestimmen. Hier nicht! Hier bestimmte Volgan: „Wir morgen gehen, ganz früh; Bruder allen sagen, wir gegangen. Dann alle wissen und alle zufrieden. Jetzt wir schlafen." So willfährig wie Volgan unterwarf ich mich Befehlen nicht. Ich bestand darauf auszuschlafen. Er weckte mich trotzdem gewohnt unsanft: „Du kommen, wir gehen; Rucksack da." Er deutete zum Zelteingang. Ich opponierte, vollzog trotzig in aller Ruhe meine morgendlichen Rituale, rüstete mich betont langsam und stapfte dann aus dem Zelt. Volgan stand im Halbdunkel neben den Rentieren, wirkte verdrossen. Ärgerte er sich über mich oder hatte er jetzt doch wieder Bedenken? Letzteres traf wohl zu! Mein tapferer Volgan konnte eins überhaupt nicht ertragen: Ungewissheit! Nun musste er mit, ohne zu wissen, was ihn bei den Yamai erwartet und warum er bei ihnen bleiben soll. Ich versuchte, ihn aufzumuntern: „Sei doch froh, du musst den Weg nur einmal gehen." Er lächelte gequält und trottete los.

Ich ging, wie immer, hinter ihm. Nach ein paar Metern befahl er: „Du vor. Du haben Zahn." Den hatte ich. Doch den Weg kannte ich trotzdem nicht. Ich ging einfach talabwärts am Fluss entlang. Volgan folgte missmutig. Gegen Mittag bog das Tal vor einer mehrere hundert Meter hohen, unabsehbar breiten, senkrechten Felswand nach rechts ab und öffnete sich zu einer weiten, Hügellandschaft mit kleinen Bauminseln. Dort konnte sich bestimmt kein Volk verstecken. Und um zu den Yamai zu kommen, musste man, nach Poserichs Erkenntnissen, erst tiefe Wälder und Schluchten, eisige Höhen und Gletscher überwinden. Links, im Werchojansker Gebirge, gab es das. Doch dort war alles erforscht, wenigstens aus der Luft. Ein ganzes Volk wäre bestimmt entdeckt worden. Ich wusste nicht weiter, blickte zu meinem Begleiter. Der blickte ratlos um sich. Ich schaute wieder auf den unüberwindbaren Fels, bewunderte dabei gedankenverloren das Wasser, das in großer Höhe brausend aus dem Stein schoss und sich vor uns in einen kleinen Teich ergoss. Alles beeindruckend schön, doch für unser Vorhaben fatal. Ich wusste nicht weiter. Volgan merkte meine Ratlosigkeit. Sie erschütterte seinen Glauben an den Zahn. Das tat mir leid, doch ich konnte nur vorschlagen, erst einmal zu rasten und die Tiere zu tränken. Während Volgan zu den Ren ging, ging ich zum Wasserfall, um mich im Sprühnebel zu erfrischen und von dem fallenden Wasser zu trinken. Auf dem Teichrand rutschte ich aus und schlitterte auf glitschigem Fels hinter die Wasserwand. Prustend rieb ich mir die Augen, sah eine Höhle: „Ein Hinweis?" Hoffnungsfroh kroch ich ein paar Meter hinein, richtete mich auf, ging weiter. Modriger Geruch schlug mir entgegen. Schnell wurde es kalt und dunkel. Nass und frierend stolperte ich weiter, fiel, schürfte mir die Hände auf. Als ich nur noch tastend vorankam, gab ich auf: „So bringt das nichts!" Vor Kälte zitternd kroch ich zurück und unter dem Wasserfall hervor. Volgan stand vor mir: „Was du machen? Wo du waren?", fragte er aufgeregt. Ich erzählte. Er strahlte: „Das seien Weg. Zahn dir helfen, wir gehen." Plötzlich hatte er es eilig. Ich schlüpfte schnell in trockene Kleidung. Wir stülpten unsere Regen-Capes über und zehrten die widerstrebenden Packtiere durch den Wasserfall. In der Höhle waren sie zunächst störrisch, kaum voranzubringen, gewöhnten sich aber bald an die Dunkelheit und das sporadische Licht meiner Taschenlampe. So kamen wir ganz gut voran. Dann wurde der Weg steiler und wir langsamer. Schließlich kletterten wir auf einem beschwerlichen Steig immer höher. Als wir völlig erschöpft rasten wollten, hörten wir beängstigend nahe Steine poltern, kletterten weiter und standen kurz darauf im Freien. Vor uns breitete sich ein dunkler Nebelwald aus. Am Horizont schimmerten schneebedeckte Gipfel eines zerklüfteten Gebirges. Ein kleiner kristallklarer Bach floss in einem schmalen Tal auf uns zu. Kein Laut war zu hören. Ich staunte über gleitende Nebelgebilde in Baumwipfeln, war von der verzauberten Stimmung und der geheimnisvollen Atmosphäre gefangen, dachte an Geister, Trolle, Riesen und – Tiger. Unwillkürlich griff ich nach dem Zahn. Im gleichen Moment sah ich am Ende des Tals ein gelbes Schemen. Ich schaute zu Volgan: „Die Katze?"

„Ja, Katze. Wir gleich gehen!"

Erschöpft entschied ich: „Nein, wir übernachten hier. Die Tiere brauchen Ruhe und Futter." Erstaunt fragte ich mich: „Bin ich nun der Chef?" Auch Volgan war verblüfft, murmelte dann aber: „Gut, gut, du sagen, wir tun." Er wirkte verändert, war, wie ich, von dem Außergewöhnlichen, dem Geheimnisvollen dieser Landschaft beeindruckt, blickte sich scheu um, flüsterte: „Das heiliges Land, Geisterwald, wir ganz still." Fast geräuschlos schlugen wir das Lager auf, versorgten die Tiere, kochten auf einem winzigen Feuer unser Abendessen und schlüpften in die Schlafsäcke. Volgan schlief gleich ein, hatte keine Angst mehr, glaubte jetzt fest an die Botschaft seiner Mutter. An den Schutz der Katze glaubte er sowieso. Ich lag noch lange wach, horchte in die Nacht. Am nächsten Morgen waberte Nebel über dem Bach und Schnee bedeckte das Land. Nach einem kleinen Frühstück suchten wir nach Spuren des Tigers. Wegen des Schnees zunächst erfolglos. Dann aber sahen wir mitten auf einer Lichtung ein frisches Trittsiegel der Katze. Es war so platziert, dass wir es finden mussten. Offensichtlich zeigte der Tiger uns, wir sollen ihm folgen, und wir folgten ihm, denn jetzt glaubte auch ich an den Schutz des Zahns.

Es wurde ein beschwerlicher, gefährlicher, ein überaus anstrengender Marsch, schwieriger als jede Tour, die ich in einem Gebirge gegangen war. Wir kletterten über den Hauptkamm eines Hochgebirges, überquerten Gletscher und reißende Bäche, stiegen in tiefe Schluchten und dunkle Täler. Doch ich fürchtete kein Unheil, vertraute unserem geisterhaften Beschützer und bestaunte trotz aller Anstrengungen immer wieder die unberührte Natur und die beeindruckenden Panoramen. Nach Überwindung des Hochgebirges kamen wir in einen finsteren Nadelwald, der bald in lichten Laubwald überging und stan-

den plötzlich staunend vor einer sonnendurchfluteten Hochebene. Pferde und Schafe grasten auf üppigen Weiden und in
der Ferne, umgeben von Feldern, sahen wir eine Stadt. Volgan
lächelte, deutete zur Siedlung: „Yamai!" Nach allem, was ich erlebt hatte, erstaunte mich das nicht: „Es ist eben, wie es ist!"
Emotionslos bestätigte ich: „Ja, wir sind da." In Gedanken versunken gingen wir langsam zur Siedlung. Unsere braven Tiere
freuten sich über das frische Gras und uns ging es schnell genug. Unweit der Stadt wurde Volgan nervös. Ihm wurde wohl
auf den letzten Metern seines Weges ohne Wiederkehr das
Ungewisse seiner Zukunft erneut bedrohlich bewusst. Selbst-
erhaltungstrieb und Schicksalsergebenheit kämpften in ihm.
Seine trübe Stimmung begann auch meine Gelassenheit zu trü-
ben. Doch ich unterdrückte die aufkeimende Furcht, dachte:
„Du hast doch mehr Selbstbestimmung als er, hast Alternativen, kannst zurückkehren – so es das Geistervolk zulässt. Ob
es das tut, ist zwar ungewiss. Trotzdem, ich habe bessere Kar-
ten als er." Meine Gelassenheit kehrte zurück. Ich klopfte meinem Begleiter beruhigend auf die Schulter, lächelte. Das half!
Er dachte wohl: „Wenn der Europäer keine Angst hat, muss
ich auch keine haben." So gingen wir gemächlich an den Pa-
lisaden entlang, fanden ein offenes Tor und kamen auf einen
großen Platz. In seiner Mitte wehte im Abendwind die Standarte aus der Urzeit. Halblaut bestätigte ich mir: „Ja; nun bist
du tatsächlich bei Alianas Volk, dem Volk aus der Zeit vor der
Zeit." Volgan blickte mich fragend an. Doch mir war jetzt nicht
nach erklären. Ich wollte endlich wissen, warum ich hier bin:
„Was zum Teufel soll ich hier? Die haben doch schon alles für
ihre Himmelfahrt, das Amulett, das alte Buch und Poserichs
Sohn haben sie auch."

Der Platz war menschenleer. In den Häusern ringsum rührte
sich nichts. „Wie ausgestorben!", dachte ich und lehnte mich
müde an die Fahnenstange. Volgan blieb abseits bei den Tieren.
Als ich gerade lautstark auf mich aufmerksam machen wollte,
erschien ein älterer Mann. Ich wusste sofort: „Zermo, der Schamane." Er lächelte; ich lächelte; Volgan lächelte nicht, neigte

nur kurz den Kopf. Schweigend standen wir uns gegenüber. Er betrachtete mich freundlich abschätzend, ich ihn neugierig. Ein Tiger kam aus einem Hauseingang, bettete sein mächtiges Haupt auf die Vorderpranken und beobachtete mich. Der Platz füllte sich langsam. Die Yamai staunten über meine „hochfunktionelle" Ausrüstung, tuschelten. Mir wurde die Situation langsam peinlich, Zermo wohl auch. Er deutete einladend auf das Haus hinter ihm. Im Eingang stand eine Frau: Alkione. Sie lächelte, nahm Volgan an die Hand und lud uns freundlich zum Sitzen ein. Eine junge Frau brachte Tee und Honigbrot. Beim Essen blickte die Fürstin liebevoll auf ihren nun zurückhaltenden, ja schüchternen Sohn, während Zermo Belanglosigkeiten von Pferden, Wölfen und der Schneeschmelze erzählte. Ich hätte liebend gern auf den „Smalltalk" verzichtet. Aber es war hier wohl unhöflich, gleich „zur Sache" zu kommen. Es dauerte, bis er das Thema wechselte: „Ich sehe schon, du bist neugierig, willst endlich wissen, warum du hier bist." Er lächelte. Ich dachte: „Bitte, jetzt nur keine Psychoanalyse. Sag endlich, warum bin ich hier!?" Und tatsächlich, stolz und hoheitsvoll gab er bekannt: „Du bist eingeladen, mit uns zu kommen." Ungläubig starrte ich ihn mit offenem Mund an. Er blickte hilfesuchend zu Alkione. Die plauderte jedoch mit Volgan, merkte seine Hilflosigkeit nicht. Er versuchte nun zu erklären, wie ehrenvoll und einmalig diese Einladung ist: „Nachdem Poserichs Sohn bei den Yamai war, wurde ich zu meinem Volk am Himmel gerufen. Meine Schuld war getilgt. Ich hatte die Auflage der Richter von einst erfüllt und damit die Vereinigung unseres Volkes ermöglicht." Nach einer kleinen Pause berichtete er stolz: „Dann wurde ich, als einziger lebender Nachkomme unserer Könige, zum Arescorpio aller Scorpio geweiht, also auch der Yamai, die ich jetzt zu uns an den Himmel bringe." Er blickte dabei wieder zu Alkione. Die sprach aber immer noch mit Volgan. Längere Erzählungen waren offensichtlich nicht sein Ding. Etwas verlegen fuhr er fort: „Poserich hat gesagt, du fehlst ihm. Du sollst mitkommen." Er hielt inne, blickte mich fragend an: „Natürlich nur, wenn du willst. Dein Freund baut seinen Wein selbst aus und würde gerne deine Meinung dazu hören. Gusa will dich auch kennenlernen, will ihren Sohn nach dir nennen: Marcos. Poserichs göttlicher Urahn, Orion, der Vater des Großen Jägers, würde sich ebenfalls freuen, wenn du kommst. Er blieb deiner Sippe über alle Zeiten dankbar, weil einer deiner Vorfahren, ein Schmiede-Geselle des Feuergottes, ihn aufopferungsvoll begleitete, als er geblendet über die Erde irrte. Du, Kedalion, bist der letzte Nachkomme dieses Halbgottes." Er schwieg, blickte eine Weile versonnen ins Feuer. Dann wandte er sich an Volgan: „Du wirst mitgenommen. Es ist so bestimmt. Durch deine Mutter gehörst du zu uns und warst Mittler und Gefährte Poserichs." Ich dachte: „Der muss mit, ob er will oder nicht." Volgan, nun ein Auserwählter, atmete tief durch, kreuzte seine Arme und verneigte sich vor Zermo. Er unterwarf sich seinem König und dem Schicksal – es ist eben, wie es ist. Ich aber konnte kaum fassen, was mir geboten wurde, stand vor einer Entscheidung, die wohl noch nie ein Mensch treffen musste. Ich sollte zwischen Himmel und Erde, zwischen einem unbegrenzten Leben und einem nicht mehr allzu langen wählen. Zermo war von meiner Reaktion sichtlich enttäuscht. Er hatte eine freudige, spontane Einwilligung erwartet. Alkione, die mich nun beobachtete, ahnte, was in mir vorging: „Höre, Kedalion! Für dich ist nichts beschlossen. Du musst dich nicht sofort entscheiden, du hast Zeit – bis morgen Abend." Etwas schwindlig sagte ich: „Danke! Ich bin wirklich müde und brauche Zeit zum Nachdenken." Mir wurde eine kleine Kammer mit einem Lager zugewiesen. Körperlich müde, geistig aufgewühlt, wollte ich schlafen, konnte aber nicht. Die Gedanken kreisten, begleitet von konfusen Gefühlen, um das Himmelfahrts-Angebot. Einerseits erschien es mir als Mitteleuropäer irreal, andererseits, bei diesem geheimnisvollen, wundersamen Volk, aber wiederum real. Ich brauchte nur an all das Mysteriöse denken, was ich selbst erlebte oder von dem ich wusste. Doch jetzt wollte ich einfach nur schlafen, wollte „abschalten". Dabei dachte ich an Hypnos, flüsterte etwas verschämt „hilf mir" und schlief tatsächlich ein. Als ich aufwachte, schien die Sonne. Ich fühlte mich ausgeruht, war gestärkt, hatte Hunger. Doch schnell dachte ich wieder an den Entscheidungszwang und mit dem Wohlfühlen war es vorbei. Nun versuchte ich es mit einer „coolen" Entscheidungsfindung. Einfach Für und Wider abwägen: Hier bleiben, zeitlich begrenzt leben, mit Freud und Leid, oder mit einem Geistervolk zeitlos am Himmel leben, auch mit Freud und Leid. Der einzige Unterschied war die Zeit – einzig sie. Sie, die unbesiegbare, alles beherrschende Herrin der Vergänglichkeit. Sie, die Trauer, Schmerz und Leid bringt, kann aber auch Erlösung bringen und im Bewusstsein der Vergänglichkeit Lust und Freude steigern. Ich verstand jetzt, warum es Tatkret so schwer fiel, von uns zu gehen. Wahrscheinlich hätte sie ein erfülltes Erdendasein mit Poserich einem zeitlosen Sternenleben mit ihm vorgezogen. Zeitlosigkeit garantiert ja nicht ewige Liebe und kann auch zu einem langweiligen Dasein werden. Sie hatte keine Wahl. Ich hatte eine. Und, wie ich wusste, ist bei den Sternenbewohnern auch keine allzeitige Glückseligkeit garantiert. Zermos Jugend war nicht gerade erfreulich. Sein Vater ist irgendwie gestorben, Mord und Totschlag sind nicht unbekannt. Es „menschelte" doch ziemlich bei diesen Geistern: „Ja nun, so oder so?" Coole Abwägungen und Vernunft führten offenbar zu keiner eindeutigen Entscheidung. Also befragte ich meine Gefühle. Ihr Votum war eindeutig: Erde! Wegen meiner Neugier „flirtete" ich aber immer noch etwas mit dem Sternenleben. Um „nie nichts" bereuen zu müssen, ging ich ganz lieblos nochmal die Fakten durch: „Die Yamai folgen einer Prophezeiung; ich nicht. Dort oben kann es schön sein, wenn man glücklich ist und dazugehört; ich gehöre nicht dazu und ob ich dort glücklich sein werde, weiß ich nicht. Bei den Sternen wird mir nichts geboten, was ich nicht auch hier haben kann – außer der ach so zwiespältigen Zeitlosigkeit. Und mir geht das ständige ‚es ist, wie es ist' zunehmend auf die Nerven. Ich bleibe hier!"

Nach einem einsamen Frühstück suchte ich Volgan. Er saß am Fahnenmast, schnitzte an einem Stock, wartete. Durch die offene Tür eines Nachbarhauses hörte ich fröhliches Kinderlachen, stellte mir Poserich und Gusa beim Empfang ihres Knaben vor, freute mich mit ihnen, setzte mich neben Volgan und wartete auch. Am späten Nachmittag kamen Alkione und Zermo mit meinem Rentier. Alle anderen Weidetiere hatten sie freigelassen. Ahnten sie meinen Entschluss? Nun waren sie die Neugierigen. Wir aßen zusammen. Ich ließ mir Zeit, speiste in aller Ruhe, bedankte mich umständlich für die Gastfreundschaft und teilte ihnen dann, ohne jede Dramatik, meine Entscheidung mit. Volgan schreckte zusammen, rutschte unruhig hin und her. Der Schamane blickte mich nachdenklich an, kreuzte dann wie üblich die Arme und verneigte sich: „Ich habe es geahnt, du bist keiner von uns und für dich ist auch nichts bestimmt. Du bist ein Mensch dieser Zeit und hast als solcher entschieden; das ist klug; ob es weise ist, weiß ich nicht. Die Erdenzeit der Yamai ist vorbei. Wir werden heute Nacht geholt. Der Zahn wird dich zurückführen und die Radul werden dir weiterhelfen." Er hob wie segnend die Hände: „Glück und Zufriedenheit seien mit dir. Mag geschehen, was geschieht!" Nun kreuzte auch ich die Arme, verneigte mich vor ihm und Alkione und sagte nur: „Ja, so mag es denn geschehen." Wie es denn sein wird, erklärte mir die Fürstin: „Diese Nacht ist ohne Mond und die Sterne unseres Volkes stehen über uns. Um Mitternacht werden wir zu ihnen geholt. Dann musst du weg sein. Hier wird nichts mehr an uns erinnern – fürchte die Macht der Götter." Alkione war emotionaler als Zermo, zeigte Gefühle, zeigte ihre Enttäuschung: „Kämst du doch mit! Dein Freund wird traurig sein und meine liebe Gusa auch. Doch was nutzt es, mit Unabwendbarem zu hadern. Du weißt ja, es ist, wie es ist!" Sie nahm meine Hand, drückte sie lange, wurde zur fürsorglichen Frau: „Ich gebe dir, was du für die Rückkehr brauchst, und Angst musst du nicht haben. Der Tiger wird dich beschützen." Damit war alles geklärt. Die beiden Yamai gingen in den Hintergrund des Hauses und Volgan wieder zur Fahnenstange. Ich schlenderte durch die Siedlung. Die Menschen waren unruhig, angespannt, diskutierten in Gruppen oder gingen nervös hin und her. „Die haben Angst vor dem Unbekannten", dachte ich, „wie Volgan. Wissen nicht, was sie erwartet, was da oben aus ihnen wird. Wie lebt man als Geist? Wie sieht man dann aus?" Ich dachte an das Kind meines Freundes, wollte es sehen, mich verabschieden. Als es dämmerte, ging ich zu ihm. Lachend kam mir der Knabe entgegen. Die Ähnlichkeit mit Poserich war offensichtlich. Augen, Stirn und Nase waren wie bei ihm. Die Züge um den Mund und die Form des Kopfes hatte er wohl von der Mutter. Ich hob ihn hoch, freute mich über sein Lachen und Jauchzen, als wäre es mein Kind, sagte stolz: „Du bist ein toller Kerl! Sei glücklich, wo und was du auch immer wirst, und bleibe so fröhlich wie jetzt." Beim Gehen fragte ich nach dem Tiger. Die Amme antwortete in holprigem Russisch: „Der gegangen." Dabei schaute sie nach oben. In Alkiones Haus packte ich meine paar Sachen, nahm den bereitgestellten Proviant, verweilte noch etwas und ging zum Fahnenmast. Dort standen in der Abenddämmerung der Schamane, die Fürstin, Volgan und mein Rentier. Das Volk füllte den Platz bis in die Seitenwege. Ich hielt erschrocken inne: „Die werden sich doch nicht alle von mir verabschieden wollen? Schnell wurde aber klar, sie warteten schon auf die Himmelfahrt." Volgan trat zu mir, legte mir beide Hände auf die Schultern, blickte mir ernst in die Augen und sagte: „Waidmannsheil!" Das hatte ich nun wirklich nicht erwartet. Er musste unseren „Jäger-Glückwunsch" von Poserich haben. Aber die Bedeutung hatte er wohl nicht so recht verstanden. Ich verstand jedoch, was er meinte, drückte ihm die Hand und erwiderte: „Waidmannsdank!" Zermo und Alkione flüsterten etwas, was ich als „Segen" auffasste. Ich dankte ihnen, wünschte: „Gute Reise." Die Menschen machten den Weg frei. Ich marschierte mit dem Ren los, erst langsam, dann immer schneller, schließlich floh ich fast, wurde aber bald wieder langsamer, wollte nichts verpassen, wollte sehen, was ich noch immer nicht glauben mochte und sah, als ich mich umwandte, einen wilden Sturm herantoben. Seine Wirbel erfassten mich, zerrten mich zur Siedlung. Ich warf mich auf den Boden, klammerte mich an einen Baum. Mein Rentier hatte sich rechtzeitig am Waldrand in Sicherheit gebracht. Der Sturm ließ schnell nach. Doch nun erschien mit Brausen und Donnern eine dunkle Wolke über der Siedlung, wurde zu einer Spirale, drehte sich rasend schnell, ähnlich einem gewaltigen Tornado. Äste und Gras flogen vorbei. Sand stob. Die Wolke senkte sich, überdeckte die Siedlung. In gespenstischer Stille zog sie sich zusammen, wurde zu einem riesigen Ball, der erst langsam, dann immer schneller in den Himmel glitt, bis er als dunkler Fleck im glitzernden Sternenbild des Skorpions verschwand. Ich starrte ihm nach. Die Prophezeiung hatte sich erfüllt: „Unglaublich!!" Langsam stand ich auf, wischte mir Sand aus dem Gesicht, klopfte Staub aus den Kleidern und schaute auf den verwüsteten Ort. Als ich meinte, alles ist vorbei, zeigten die Götter ihre Macht. Ein Feuerball, einem Meteoriten gleich, stürzte senkrecht in die Siedlung, entfachte eine riesige Stichflamme, die blaugrün in einer gewaltigen Explosion erlosch. Dann herrschte sackrabenschwarze Nacht. Auch dort, wo die Siedlung vor kurzer Zeit noch stand. Weder Feuer noch Glut waren zu sehen – nichts. Zu gerne wäre ich sofort zum Meteoriteneinschlag gegangen. Doch die Macht der Götter! Ich versuchte sie nicht, folgte dem Rat von Alkione, und verbrachte die Nacht bei meinem Ren am Waldrand. Schlaf fand ich nicht. Neugier hielt mich wach. Im ersten Dämmerlicht lief ich gleich zur Siedlung. Nichts war von ihr übrig, nicht einmal der kleinste Rest eines Gemäuers, Balkens oder Metalls. Es war, als hätte ein riesiger Staubsauger alles geschluckt. Das ganze Areal war nur eine dunkle, spiegelglatte, glänzende Fläche aus verbrannter Erde. Keiner würde vermuten, hier habe gestern noch ein Volk gelebt, wenn auch ein kleines. Vorsichtig berührte ich die glatte Erde, erwartete Hitze, doch sie war kalt. Widerstrebend gestand ich mir ein: „Es ist, wie es ist! Akzeptiere das Unglaubliche, finde dich damit ab oder werde wahnsinnig." Ich entschied mich fürs Abfinden.

Im Glauben an meinen mystischen Beschützer fühlte ich mich auf dem Weg zurück sicher und kam dank seiner Führung in den zerklüfteten Hängen und wilden Wäldern auch bestens zurecht. Zur Mittagszeit des sechsten Tages stand ich vor der Pforte zur Normalität. Müde und abgekämpft wollte ich noch einmal im Geisterwald übernachten. Doch ein unwiderstehlicher Zwang trieb mich weiter. So rutschte ich in die Höhle und stolperte im Dunkeln abwärts. Nach ein paar Stunden erschreckte mich heftiges Beben. Ich hörte bedrohliches Knirschen und Poltern. Als es immer näher kam, wurde mir klar, warum ich nicht vor der Höhle hatte verweilen dürfen und trieb das Ren an. Eine panische Flucht war es jedoch nicht. Pfad und Dunkelheit ließen sie nicht zu – und ich hatte ja auch einen mächtigen Beschützer. Als das Donnern stürzenden Gesteins aber immer bedrohlicher wurde, rannte ich doch so schnell es Pfad und Finsternis zuließen. Mit aufgeschlagenen Knien und blutenden Händen sprang ich durch den Wasserfall, das Ren an mir vorbei. Als ich mich umdrehte, sah ich die Felswand bersten und polternd einbrechen. Der einzige Weg zur nunmehr ehemaligen Stadt der Yamai war nicht mehr. Kein lebender Mensch außer mir hat ihre Siedlung je gesehen und nun erinnerte nichts mehr an das Volk aus der Zeit vor der Zeit. Nur ihre geheimnisvollen Akteure werden vielleicht in den Mythen der indigenen Bevölkerung weiterleben. Mir fehlten jetzt schon ihre Urtümlichkeit, ihre eigenartige Logik, ihre Zufriedenheit und Freundlichkeit. Ihre Welt war ein wundersamer Kontrast zu unserer wirren, ideologisch zerrissenen, hysterischen, hyperschnellen und streitlustigen Welt. Zu gerne wäre ich länger bei ihnen geblieben, hätte mehr von ihnen gelernt und erfahren. Doch sei es drum: „Sie sind jetzt glücklich. Ihr größter Wunsch hat sich erfüllt." Grübelnd zog ich mit meinem müden Tier das Tal hinauf. Nach ein paar Stunden traf ich auf Menschen, die noch nicht so ganz zu meiner modernen Welt gehörten, auf Volgans Freunde. Ich freute mich, rief spontan: „Gott segne euch." Dachte kurz: „An wen oder was glauben sie eigentlich? Aber egal! Gott ist überall und für alle." Ich schüttelte jedem die Hand, nannte sie beim Namen: „Tungortok, Liwanu!" Bei dem namenlosen Dritten hielt ich inne. Er sagte ein wenig stolz: „Heiße Anuk, hab richtigen Bär gefunden." Ich umarmte ihn und sagte bewundernd: „Anuk!" Sie sahen sich suchend um und mich fragend an. Ich ahnte, was sie wissen wollten, zeigte mit ausgestrecktem Arm nach oben und versicherte: „Volgan geht es gut. Er wurde mitgenommen." Sie blickten scheu zum Himmel und dann, ebenso scheu, zu mir. Sie wussten, dieser Mann aus einem fernen Land weiß nun mehr über Geister, Wunder und Nebenwelten als ihre Schamanen und weisen Alten. Ihrer Gewohnheit entsprechend fragten sie nicht und ich erzählte auch nichts. Es würde sie nur verwirren. Sie waren keine Yamai, „nur" Radul und reinen Glaubens an ihre tradierte Geisterwelt waren sie auch nicht mehr. Zu oft schon waren sie mit unserer manchmal recht sonderbaren Zivilisation in Berührung gekommen. Schweigend, in Gedanken versunken gingen wir zum Dorf. Ich erholte mich ein paar Tage, wurde ins große Zelt eingeladen und von allen ehrfurchtsvoll behandelt. Keiner fragte nach meinen Erlebnissen. Die drei Freunde hatten meine Erklärung verbreitet und nachzufragen war eben nicht üblich. Mir war es recht. Wie sollte ich auch etwas erklären, was mir selbst unerklärlich war. Es ist eben, wie es ist. Als ich mich wieder kräftig genug fühlte, brachten mich Tungortok und Anuk zum Flugplatz und verschwanden nach einer kurzen Verabschiedung, sichtlich froh, den „Geisterkenner" los zu sein. Um nicht ständig an meine Erlebnisse denken zu müssen, entzifferte ich während des umständlichen Rückfluges Poserichs Kindheitserinnerungen.

Das moderne Leben mit Hektik, Technik, Elektronik, unnötigen Reglementierungen, persönlichen Beschränkungen, dominierender Egozentrik, latenter Kriminalität, grundsätzlichem Misstrauen und allgegenwärtiger Voreingenommenheit war mir fremd geworden. Es fiel mir schwer, aus der anderen, der friedlichen, freundlichen, stillen, naturnahen Welt zurück zu finden. Doch die alltäglichen Anforderungen zwangen mich dazu. Ich arbeitete, erfüllte Verpflichtungen und jagte auch hin und wieder. Aber, wie einst Poserich, war auch ich ein anderer geworden. Meine Erlebnisse, seine Erzählungen, Zermos Aufzeichnungen und die Berichte aus dem alten Buch ließen mich nicht los. Unser von Mehrwert und Wohlstandsstreben gesteuertes Gemeinschaftsleben erschien mir inhaltsleer, oberflächlich und mein eigenes Dasein zunehmend sinnlos. Ich zog mich in die andere, die indigene sibirische Welt zurück und lebte, wie einst Volgan: „Zeit-frei". Zeit wurde mir gleichgültig. Ich sehnte das Ende meines freudlosen Daseins herbei, hatte Suizidgedanken, dachte dabei aber auch an meine Entscheidung für ein erdgebundenes, zeitlich begrenztes Leben und bald dominierten Gründe für ein irdisches Dasein wieder mein Denken. Schließlich wehrte ich mich vehement gegen Selbstaufgabe, kämpfte mich zurück. Vernunft half – doch nicht immer. Gegen manche meiner sibirischen Erlebnisse kam sie nicht an. Der Verstand hatte dafür nicht nur keine Erklärung, sondern verweigerte bereits die Akzeptanz ihrer Existenz. Doch Ratio hin, Ratio her: Es ist, wie es ist. Bei den Yamai hatte ich die Himmelfahrt und damit die Zeitlosigkeit ausgeschlagen. Nun beschloss ich, die mir gebliebene Zeit zu genießen, zu nutzen, oder auch zu vergeuden. Ich kehrte ins „moderne" Leben zurück, zog in Poserichs Haus, trank seine exzellenten Weine, stöberte in seinen Büchern, traf mich mit der alten Korona, jagte wieder. Meine Zeit verstrich, doch ganz vergeudete ich sie nicht. Einem Freund mit exzellenten Kenntnissen mythologischer und mystischer Überlieferungen aus allen Zeiten und bewundernswerter Beharrlichkeit bei der Suche nach ihrer Entstehung hatte ich von meinen Erlebnissen erzählt, erst einige Episoden, dann die ganze Geschichte. Wir diskutierten nächtelang. Er tat das Geschehen nicht als Phantasiegebilde eines von Geltungssucht Getriebenen ab, was ich erwartet hatte, sondern wollte verstehen, bat mich, alles aufzuschreiben. Und ich schrieb, hoffte dabei auch, meine ach so illusionslosen, realitätsgläubigen Mitmenschen zu erstaunen. Sie sollen sich wundern wie ich, sollen erfahren, was ich erfuhr und die Erkenntnis eines Königs in Jerusalem begreifen und verinnerlichen, wie ich es tat. Salomo predigte, überliefert durch das Alte Testament (Prediger, 1.9,): „... und geschieht nichts Neues unter der Sonne." Diese uralte Weisheit gilt für viel mehr als nur für das, was sich in den verschiedenen Jahrhunderten wiederholte, für das inzwischen Gewohnte. Sie gilt auch nicht nur für menschliches Handeln, sondern auch für Naturereignisse, die heute als neu bezeichnet werden, doch schon zigmal in der Erdengeschichte vorkamen, und sie gilt leider auch für Grausamkeiten und Leid, für Streitigkeiten und Kriege. Das Schicksal der Scorpio in der Zeit vor der Zeit und später der Yamai und auch das von Poserichs Familie zeigen es. Und all das wiederholt sich schon wieder. Unsere Hoffnung auf ein Ende menschlicher Gräueltaten nach den vielen Millionen Toten in den letzten großen Kriegen wird enttäuscht. Nicht nur in Europa ist wieder Krieg, wieder Vertreibung, Tod und Grausamkeit, die man eigentlich nicht „unmenschlich" nennen kann, sondern „menschlich" nennen müsste. Denn Menschen haben all das „Unmenschliche" erfunden und Menschen fügen es immer wieder Menschen zu. Und neu ist auch nicht, dass einzelne faschistoide Ideologen oder psychopathische Fanatiker durch ihr Streben nach Macht und Durchsetzung ihrer unheilvollen Phantasien unzähligen anderen Leid bringen. Dabei ist das Tun dieser Unholde nach Salomos Erkenntnis letztlich nur „ein Haschen nach dem Wind" – ja schon, möchte man hinzufügen, doch zu welchem Preis?! Andererseits ist mir durch meine Erlebnisse in Sibirien bewusst, dass der Mensch bei seinem Tun nicht immer so ganz selbstbestimmt handelt, dass ihm manches unabwendbar vorbestimmt ist – Schicksal? Vielleicht? Ist es bei manchen Despoten auch so? Haben sie vielleicht keine andere Wahl, müssen sein, wie sie sind, sind sogar zu bedauern? „Deus lo vult!", würden die Kreuzritter des Mittelalters rufen. „Gott will es!" Poserich ist so ein Beispiel. Er musste nach Sibirien, ob er wollte oder nicht. Wie weit reicht eigentlich des Menschen Wille? Ich weiß es nicht! Doch wenn auch der „Erde Großen, der Erde Fürsten" nicht genug Verstand und Willen aufbringen, sich gegen Hybris zu wehren und wenn sie nicht zur Vernunft gezwungen werden können, dann könnten sie, wenn es denn so bestimmt ist, mit Atombomben Ragnarök „spielen", ihren eigenen „Götter"-Untergang herbeiführen, und mit ihm den der gesamten Menschheit. Das wäre dann wirklich „neu unter der Sonne". Doch keiner könnte mehr staunen.

Ich werde es nicht mehr erleben. Der Tage satt sitze ich an Poserichs Schreibtisch und schreibe die letzten Zeilen meines Berichts. Vielleicht habe ich damit getan, wozu ich bestimmt war? Wäre schön! Ich glaube einfach daran, lehne mich zufrieden in Poserichs alten Ledersessel zurück und blicke versonnen auf die in der Dämmerung am Waldrand äsenden Rehe. Sie kommen vertraut näher. Plötzlich sind Ruhe und Zufriedenheit weg. Beklommenheit und Angst dominieren meine Gedanken. Ich spüre Hypnos Bruder – spüre ihn ganz nah. Ängstlich taste ich nach dem Tigerzahn, meinem Beschützer. Er zerfällt in meiner Hand, wird zu Staub, den ein Windstoß durchs offene Fenster wirbelt. Die Rehe flüchten. Der Wald wird zu einer riesigen Mauer mit einem kleinen Tor, kommt schnell näher. Ich blicke zum Himmel, suche nach einem großen Schatten, sehe nur den Mond. Die Mauer steht vor mir, das Tor öffnet sich, zeigt mir die Zeit, ein lebend Wesen, und warum ...

Ich fand Marcos Kedalion am nächsten Morgen. Er lehnte im Schreibtischsessel, die erloschenen Augen auf den Wald gerichtet, seine Hände auf dem Skript neben einem zerbrochenen Bleistift. Traurig schloss ich ihm die Augen und las seine letzten Zeilen. Zu gern hätte ich gewusst, was er noch sah. Doch es ist eben, wie es ist!

Experto credite!
Glaube dem, der es selbst erfahren hat. (Vergil, Äneide 11,283)

E.T. Post

Der Autor

E.T. Post wurde im Zweiten Weltkrieg geboren.
Sein Vater fiel in der Schlacht um Königsberg. Die
Mutter floh mit seinem Bruder und ihm im Januar
1945 nach Bayern. E.T. Post ist ein Kriegskind. Die
Kindheit verbrachte er auf dem Land. 1953 zog
die Familie nach Darmstadt, damit der Bruder die
Möglichkeit zum Studieren hatte. Für ihn war dazu
kein Geld übrig. Er lernte einen Beruf und machte
während seiner Ausübung im Abendgymnasium
Abitur. Danach studierte er mit Stipendien an der
Uni Frankfurt a. M. Jura, an der Uni Mainz Staats-
wissenschaften und Volkswirtschaft und promo-
vierte zum Dr. jur. Sein gesamtes Berufsleben hat
der Autor in engem Bezug zu Kunst und Kultur ver-
bracht, zuletzt als Leiter dieser Abteilung im Hessi-
schen Ministerium für Wissenschaft und Kunst.

Der Verlag

*Wer aufhört
besser zu werden,
hat aufgehört
gut zu sein!*

Basierend auf diesem Motto ist es dem novum Verlag ein Anliegen, neue Manuskripte aufzuspüren, zu veröffentlichen und deren Autoren langfristig zu fördern. Mittlerweile gilt der 1997 gegründete und mehrfach prämierte Verlag als Spezialist für Neuautoren in Deutschland, Österreich und der Schweiz.

Für jedes neue Manuskript wird innerhalb weniger Wochen eine kostenfreie, unverbindliche Lektorats-Prüfung erstellt.

Weitere Informationen zum Verlag und seinen Büchern finden Sie im Internet unter:

w w w . n o v u m v e r l a g . c o m

Milton Keynes UK
Ingram Content Group UK Ltd.
UKHW020656021124
450460UK00007B/58

9 783991 306238